ARCANE 21 – 5 Quai Gambetta – 44220 Couëron – 07.70.97.21.21.
francoisemollero@yahoo.fr
arcane21fr@ hotmail.com
Site : http://arcane21.free.fr
Facebook : Villa Anthéa de Françoise Rouaud Mollero

Dépôt légal : Avril 2001
2e édition : Juillet 2002
3e édition : Décembre 2002
4e édition : Août 2003
5e édition : Décembre 2004
6e édition : Novembre 2009
7e édition : Novembre 2011
8e édition : Novembre 2013
9e édition : Juin 2015
10e édition : Décembre 2016

ISBN 2-9516761-0-7

VILLA ANTHÉA

Roman

*

Françoise ROUAUD-MOLLÉRO

ARCANE 21

1

De la terrasse surplombant Paris, Aurore pouvait apercevoir l'Arche de la Défense. C'était une journée scintillante, aux lueurs changeantes, à l'air imprégné de douceur. Depuis quelques semaines, le printemps avait fait irruption, jaillissant comme une force vive, un élan nouveau, mais brusquement une ombre ancienne planait sur elle comme une menace.

Pierre s'était arrêté de parler et Aurore le regardait. Il était l'ami de son père et son parrain. Elle ne l'avait pas revu depuis quelques mois, depuis la mort de son père exactement, mais aujourd'hui, il l'avait fait venir pour lui parler.

- Pourquoi ne m'as-tu pas dit ça plus tôt ? dit-elle lentement.

Elle le fixait intensément mais ses yeux restaient insondables. Il eut du mal à soutenir son regard.

- J'ai longtemps hésité, dit-il.

Elle eut un sourire de dérision.

- Longtemps, oui.

Elle restait là, insensible et frémissante à la fois.

- Quand était-ce ? demanda-t-elle seulement.

- Il y a deux mois.

Pierre sentit qu'elle était bouleversée mais il savait qu'elle n'en montrerait rien. Elle regardait devant elle, l'air songeur. Un souffle léger effleurait les marronniers de l'avenue.

- Qu'est-ce que tu vas faire ? demanda-t-il.

- Je ne sais pas.

Ce qu'il venait de lui apprendre était tellement inattendu, tellement attendu aussi. Attendu trop longtemps...

- Tu vas aller à Nantes ?

Aurore le regarda sans répondre tandis qu'une nostalgie violente et insoupçonnée s'insinuait en elle. Elle n'était pas retournée à Nantes. Sept ans plus tôt, elle y avait passé un mois avec son père. Il arrivait du Proche-Orient où il avait travaillé plusieurs mois et avait tenu à venir dans cette ville où ils n'étaient jamais venus et où ils ne connaissaient personne. Comment aurait-elle pu se douter ?

Pierre l'observait. Il avait l'air fatigué.

- Si tu y vas... commença-t-il.

Elle l'interrompit.

- Je n'ai pas dit que j'irai.

- Si tu y vas, répéta-t-il, descends à l'hôtel Hélios.

- Pourquoi ?

- C'est là que j'étais, il y a deux mois. Le hasard...

Aurore se leva, s'appuya au rebord de la terrasse et regarda autour d'elle. Pierre semblait avoir tout ce qu'il avait toujours affirmé vouloir. Pourtant elle se demandait, en le regardant aujourd'hui, à côté de quoi il était passé.

- Pourquoi as-tu autant attendu pour me dire ça ? dit-elle avec obstination.

Le visage de Pierre exprima la lassitude.

- Ce n'était pas à moi de te le dire.

Elle le regardait, impénétrable. Il l'avait connue enfant, vue grandir, secrète et presque intimidante. Il avait souvent cherché sur son visage une expression, une ressemblance mais Aurore ne ressemblait à personne.

De retour chez elle, Aurore resta un long moment songeuse. Elle vint s'asseoir à son bureau et sortit un classeur d'un tiroir fermé à clé. Des feuilles éparses s'y trouvaient, déroulant des phrases aux rythmes insinuants. Des années de notes qui, depuis quelques temps, avaient commencé à prendre forme. Depuis qu'elle s'était plongée dans la rédaction de ce livre qu'elle portait en elle depuis longtemps. Un livre porté comme un bébé, se nourrissant de sa substance et de sa vie.

Au bout d'un moment, elle décrocha le téléphone et jeta un regard sur la carte que Pierre lui avait glissée dans la main, avant qu'elle ne parte. Quelques secondes plus tard, elle composait un numéro.

- Allô, l'hôtel Hélios ? J'aimerais réserver une chambre pour ce soir. C'est possible ?

- Certainement. Pour combien de temps ?

- Une nuit, peut-être plus. Je ne sais pas encore.

- Très bien. C'est à quel nom ?

Elle hésita, prise au dépourvu.

- Sanders, finit-elle par dire.

Elle raccrocha. Elle était décidée à aller à Nantes. Mais était-ce important d'y aller, de courir après quelque chose qui risquait de s'enfuir et l'entraîner toujours plus loin. Mais elle ne pouvait pas ne pas y aller. Comment appelle-t-on ça ? C'était comme un miroir où on ne trouverait pas son reflet.

Elle referma son classeur d'un geste brusque. Dans ce livre, elle avait essayé de trouver des réponses. Mais connaissait-elle la bonne question ?

2

Pauline scrutait le ciel. Elle avait ouvert la fenêtre et il lui sembla qu'elle respirait mieux. C'était la fin du jour et la douceur de l'air annonçait un été précoce. Elle se souvint d'un autre soir, des siècles plus tôt. C'était l'automne et déjà l'amorce d'un déclin. Un étrange pressentiment l'avait effleurée et elle avait songé... Elle ne se souvenait plus...

Elle quitta la fenêtre et regarda autour d'elle avec lassitude. Ses pensées s'ébauchaient, inachevées comme des phrases qu'on laisse en suspens. Tout s'enfuyait. Elle allait avoir cinquante ans dans quelques mois, mais il y avait déjà si longtemps qu'elle ressentait ce sentiment diffus qui ressemble au désenchantement.

Le téléphone sonna et elle décrocha.

- Allô ! ... Oui... Ne quittez pas. Je vous passe mon fils.

Elle ouvrit la porte qui donnait sur le hall d'entrée.

- Alex, appela-t-elle. Téléphone pour toi.

Elle entendit des pas dans l'escalier et un homme brun et décidé fit irruption dans la pièce.

- Pourquoi es-tu dans le noir ? demanda-t-il en allumant une lampe posée sur une console.

L'éclairage donna à la pièce un aspect mouvant.

- Je n'avais pas remarqué qu'il faisait sombre, répondit-elle.

Il lui lança un regard pénétrant avant de prendre le téléphone.

- Allô, oui ! ... Oui. Je rentre ce soir.

Pauline l'observait. Il avait dix ans lorsqu'elle avait épousé son père. C'était alors un jeune garçon secret qui l'observait avec une curiosité et une assurance tranquille. Pauline s'était occupée de lui avec douceur et il avait paru trouver cela naturel. Aujourd'hui, c'était un homme de trente-cinq ans, affichant un scepticisme souriant.

Il semblait s'impatienter au téléphone.

- Bon. D'accord. Je verrai ça plus tard.

Il raccrocha et regarda Pauline avec attention. Elle était fine et précieuse comme le jour où il l'avait vue pour la première fois. Le temps semblait avoir glissé sur elle, insensiblement.

Il parcourut le salon au charme subtilement distillé. Pauline en avait fait un endroit qui lui ressemblait. C'était une esthète qui aimait être séduite, et vivre en harmonie avec les choses et les gens. En même temps, il sentait chez elle un certain détachement, une fragilité. Pauline semblait porter en elle une douleur secrète. Enfant, il l'avait aimée comme sa mère, peut-être parce qu'elle semblait avoir besoin de lui. Elle était toujours souriante et en même temps lointaine comme ce soir.

- Tu rentres à Nantes ? demanda-t-elle.

- Oui. Et toi ? Qu'est-ce que tu fais cette semaine ?

- Je crois que je vais rester ici ce soir. J'irai à Nantes dans la semaine. Peut-être qu'ensuite, j'irai quelques jours chez Isabelle. Ou à Paris. Je ne sais pas.

Depuis la mort du père d'Alex, Pauline ne cessait de bouger, d'aller d'un endroit à un autre. Déjà avant, ça la prenait, elle disparaissait quelques jours, revenait, repartait. Mais là, elle semblait fuir, dériver vers quelque chose d'inconnu, insaisissable. Alex avait renoncé à comprendre. Après tout, lui aussi plaçait l'indépendance au-dessus de tout.

Elle parut émerger d'un rêve et s'approcha d'Alex. Ses yeux reflétaient une nostalgie incertaine.

- Tu devrais venir passer quelques jours à Nantes, dit-il.

Pauline le regarda avec une douceur infinie. D'ailleurs, certains soirs, tout devenait infini dans ses yeux.

- Mais je vais venir, répondit-elle.

Alex n'insista pas et embrassa sa joue.

3

Aurore ralentit en arrivant à Nantes et regarda l'heure au tableau de bord : 21 heures 35. La nuit était tombée doucement, fluide et imprécise comme un rêve. Sept ans plus tôt, c'était le début de l'été à Nantes. Aurore y avait passé un mois insouciant, étrangère aux pensées de son père et à la plupart de ses mouvements. Certains jours, il partait seul pour la journée. Au Harold's, le pub jouxtant l'hôtel où ils étaient descendus, elle s'était liée avec Marc, le propriétaire, Sophie, sa sœur, et toute une bande d'habitués dont certains étaient étudiants comme elle. C'était en juin, elle avait dix-huit ans, et quand son père était remonté à Paris, malgré sa fureur qu'à l'époque elle n'avait pas comprise, elle était restée jusqu'à la fin de l'été. Des vacances partagées entre la côte Atlantique où les parents de Marc et Sophie avaient une petite maison et Nantes.

Elle s'était laissée séduire par cette ville fière et distante. Cette ville d'anciens armateurs, au passé trouble, restait tournée vers l'océan, qui continuait d'apporter des senteurs étrangères et lointaines, insidieuses comme des appels. Quelques années plus tôt, Aurore avait songé qu'elle aurait aimé avoir des raisons d'y vivre. Elle n'imaginait pas alors qu'elle en aurait pour revenir.

Elle songea à Marc. Il connaissait tout le monde ou presque à Nantes. Il faudrait qu'elle lui demande, à lui... Pas une seconde, elle n'imagina qu'il ait quitté la ville.

L'hôtel Hélios se trouvait à la sortie de Nantes près de la voie express en direction de Saint-Nazaire et La Baule. La nuit était plus fraîche et Aurore avait refermé sa vitre et mis l'autoradio en sourdine. Au bout d'un moment, elle se demanda si elle n'avait pas raté l'hôtel.

Un peu plus loin, au carrefour, se trouvait une station-service brillamment éclairée. Au dernier moment, elle décida de s'y arrêter, ralentit brusquement et donna un coup de volant à droite. La voiture qui la suivait d'un peu trop près freina brutalement. Aurore entra en trombe sur l'esplanade de la station et stoppa à dix centimètres d'une BMW noire, arrêtée près des pompes. Le propriétaire de la voiture, après un instant de surprise, s'approcha de la 205 d'Aurore, lui lança un long regard et comme elle descendait, dit d'un ton sarcastique :

- Le clignotant était en option sur votre voiture ? Le type derrière a failli vous emboutir.

Aurore soutint son regard froidement. Il lui faisait penser à un Italien, en plus dur.

Elle se détourna avec hauteur et tendit ses clés au pompiste.

- Vous pouvez me faire le plein ?

Le type à la BMW lui lança un dernier regard avant de remonter en voiture. Aurore se sentit fatiguée et vaguement irritée. Elle s'adressa de nouveau au pompiste.

- Vous pouvez m'indiquer l'hôtel Hélios ? Je ne dois pas être loin ?

- Non, c'est à trois cents mètres sur la droite, après le deuxième carrefour. D'ailleurs vous n'avez qu'à suivre la BM. Elle y va.

Elle suivit des yeux la voiture qui sortait de la station.

- Merci, dit-elle au pompiste. Je trouverai bien.

La nuit était douce. Trop douce.

L'hôtel Hélios était une grande bâtisse moderne et blanche aux larges baies vitrées. Sur le fronton souligné par un fin néon rouge, un soleil couchant était représenté en jaune orangé. Le même logo que sur la carte que Pierre lui avait donnée. Sur le parking éclairé par des lampadaires, Aurore remarqua la BMW noire. Curieux endroit, où Pierre avait retrouvé sa mémoire enfuie.

L'homme à la BMW ouvrait son courrier, appuyé à la réception. Il releva la tête et eut un sourire en reconnaissant la jeune femme de la station-service entrant dans le hall. Il la détailla lentement. Grande et mince avec des cheveux clairs, presque blonds, elle avait des traits intéressants mais surtout, elle brillait d'un éclat singulier.

Elle croisa son regard, le soutint un instant puis se tourna vers le réceptionniste.

- J'ai réservé une chambre. Au nom de Sanders.

Le réceptionniste avait dans les cinquante ans. Il sourit d'un air vaguement blasé et ouvrit le registre devant lui. Après l'avoir regardé d'un air distrait puis avec plus d'attention, il dit prudemment:

- Je ne vois pas de chambre à votre nom.

- Comment ça ? J'ai réservé cet après-midi par téléphone.

- Je ne comprends pas. Votre nom ne figure nulle part.

Aurore le regarda avec irritation.

- Ecoutez, quand j'ai téléphoné, c'est une femme qui m'a répondu. Chambre 19, elle m'a dit.

- C'est que... la chambre est prise.

L'homme avait l'air ennuyé.

- Eh bien, donnez-m'en une autre, dit Aurore avec agacement.

- Mais c'est que... toutes les chambres sont occupées...

Elle se sentit brusquement fatiguée.

- Comment ça, tout est occupé ? C'est une plaisanterie ?

Le réceptionniste eut un réflexe d'indignation.

- Madame ! Ce n'est pas le style de l'établissement.

Elle le regarda, sidérée.

- Je rêve, là. Et c'est quoi, le style de l'établissement ?

L'homme de la station avait l'air d'observer la scène avec intérêt. Aurore s'obligea à respirer lentement.

- J'ai réservé pour ne pas avoir à courir les hôtels ce soir. Où pensez-vous que je puisse trouver un hôtel à une heure pareille ?

- Ecoutez, Madame, je vais téléphoner, essayer de faire le nécessaire.

- Essayer ?

Elle était fatiguée. Le type de la station la stressait. L'idée de ressortir et de se mettre à la recherche d'un autre hôtel la mit en colère.

- Il y a un directeur ici ? demanda-t-elle brusquement. Ou ce n'est pas le style, non plus ?

L'homme à la BM, qui observait la scène depuis un moment, s'approcha et s'adressa au réceptionniste.

- Que se passe-t-il ?

Aurore se retourna vivement et le regarda avec colère.

- En quoi ça vous regarde, vous ?

- Il se trouve que vous voulez parler au directeur et que le directeur c'est moi, dit-il tranquillement avec le même ton qu'à la station-service.

Elle le considéra d'un air buté.

- Vous ne ressemblez pas à un directeur d'hôtel.

- Pourquoi ? C'est comment, un directeur d'hôtel, selon vous ?

Elle haussa les épaules.

- Dites-moi plutôt comment vous allez me trouver une chambre.

Il la fixa d'un œil pénétrant qu'elle s'obligea à soutenir. Cet homme avait une assurance insolente. Il finit par s'adresser au réceptionniste.

- Que s'est-il passé ?

L'homme bredouilla. Il avait perdu de sa superbe.

- Je ne comprends pas. La réservation de Madame n'a pas été notée. Il s'agit sûrement d'un oubli.

- Nous verrons ça, dit le directeur.

Il se tourna vers Aurore.

- Madame, nous sommes désolés...

- Pas autant que moi ! répliqua-t-elle, une nuance de sarcasme dans la voix.

Il la fixa d'un air impassible, puis s'adressa au réceptionniste.

- Vous donnerez le numéro 7 à madame. Faites faire la chambre.

- Bien monsieur, dit l'autre en décrochant le téléphone.

Le directeur se retourna vers Aurore.

- Votre chambre sera prête d'ici une demi-heure. Si vous voulez vous installer au salon en attendant.

Elle ne put s'empêcher de dire :

- Je croyais que toutes les chambres étaient occupées ?

- Celle-ci ne l'est plus.

- En somme, il suffit d'insister.

Il sourit.

- Ça dépend.

Elle dit lentement.

- Je suppose que je dois vous remercier.

- Mais je suis à votre entière disposition, dit-il avec une insistance ironique.

Cet homme était irritant et elle préféra l'ignorer. Elle regarda autour d'elle. Le hall était vaste et lumineux et s'ouvrait sur un bar et une enfilade de salons ou de pièces de réception. Elle s'avança. Pierre lui avait parlé du bar de l'hôtel.

Elle se retourna. Le directeur l'observait toujours. Elle demanda :

- Il y a un autre bar ?

Il releva les sourcils.

- Non. Pourquoi ?
- Pour rien. J'aimerais téléphoner, c'est possible ?
- Certainement. Vous souhaitez rester plusieurs nuits ?
- Une ou deux. Peut-être plus. Je ne sais pas encore.
- Voulez-vous boire quelque chose ? Pour vous faire oublier le contretemps.
- Non, merci. Je dois ressortir. Il faut que je téléphone.

Le directeur la regardait. Elle réfléchit. Cet homme pouvait peut-être la renseigner. Elle hésita. Il valait mieux attendre de voir ce que Marc pourrait lui dire.

Le Harold's était un pub du centre-ville situé à la limite du quartier piétonnier du Bouffay. Marc parlait au bar avec un habitué quand le téléphone sonna.

- Allô... Aurore ? ... C'est incroyable... Ça fait tellement longtemps... Où es-tu ? A Nantes ?

A l'autre bout du fil, Aurore sentit sa stupeur et sourit.

- Je peux passer ce soir ?

- Oui, bien sûr. Tu es là depuis quand ?

- Je viens d'arriver.

- Où es-tu ?

Il semblait vouloir la retenir au téléphone, comme s'il craignait qu'elle ne vienne pas.

- Je serai là dans une demi-heure, dit-elle.

Elle raccrocha lentement. Sept ans plus tôt, elle avait passé beaucoup de temps au Harold's. Elle y avait croisé des gens animés de désirs différents, certains légers en apparence, d'autres affichant un désenchantement cynique ou détaché. Avec derrière les mots, les apparences, l'inconnu latent et l'attente. Les choses n'avaient pas répondu à son attente à elle comme elle le pensait. Mais attendait-elle quelque chose ? ... Tout, sans doute.

Elle ressortit de la cabine et rendit l'annuaire au réceptionniste qu'elle sentit vaguement hostile. Le directeur de l'hôtel avait disparu. Elle hésita un instant puis sortit.

Assis en face d'elle à une table, à l'écart du bruit et des gens, Marc observait Aurore. Elle était étonnante, vraiment, avec ce charme insinuant des gens insaisissables. Pourtant elle avait changé. Sous son sourire, il sentait une tension imprécise.

- Ça fait longtemps, Aurore. Et tu n'as jamais donné de nouvelles. A personne.

Elle regardait autour d'elle.

- Ça n'a pas changé, dit-elle. Ça marche bien ?

- Oui, très bien. Tous les soirs, c'est noir de monde.

Il y avait effectivement beaucoup de gens, la plupart se pressant au bar. Quand il l'avait connue, sept ans plus tôt, Marc venait d'ouvrir le pub, qui démarrait doucement. Un des deux barmen l'avait quitté brusquement et un soir, Aurore qui venait souvent, l'avait remplacé. Elle aimait traîner le soir, se laisser bercer par les courants, sensible aux ambiances. Curieusement, elle avait donné au Harold's une impulsion, un ton particulier. A cette époque, elle rayonnait d'insouciance et de légèreté. Il semblait à Marc que quelque chose fût différent.

- Sophie va être contente de te voir, dit-il. Elle a essayé de retrouver ta trace, mais vous avez déménagé sans laisser d'adresse. Où étais-tu pendant tout ce temps ?

- Un peu partout. J'ai vécu un an à Nice après mon séjour à Nantes. Et puis en Angleterre. Une idée de mon père.

Aurore s'était demandé longtemps pourquoi il avait tellement voulu quitter Paris, pourquoi il lui avait menti aussi.

- Il travaille toujours à l'étranger ? demanda Marc.

- Il est mort, il y a quelques mois.

- Je suis désolé, dit Marc.

Le père d'Aurore était venu quelquefois au pub. Il travaillait par contrat aux Proche et Moyen-Orient et semblait gagner beaucoup d'argent. Il pouvait être drôle et chaleureux mais forçait un peu trop souvent sur le whisky.

Un soir que Marc avait aidé Aurore à le ramener, elle lui avait avoué qu'il n'avait pas supporté la mort de sa femme, des années plus tôt. Elle était fille unique et il avait reporté sur elle une affection exclusive. Elle devait se retrouver seule aujourd'hui.

- Tu n'as pas de problèmes d'argent ?

Il s'en voulut de ne pas trouver autre chose. Elle hocha la tête.

- Non. Mon père avait contracté une assurance, et... Quand je pense qu'il a couru toute sa vie après l'argent pour finir par en gagner juste avant de mourir, dit-elle avec amertume.

Ses yeux étaient flous comme si elle suivait un autre rêve. Elle eut un geste comme pour balayer des pensées pénibles.

- Il est mort l'été dernier. J'ai pris un congé d'un an.

Son regard était insondable.

- Dis-moi, murmura-t-elle très doucement. Tu connais des gens nommés Brenner ? Lui était médecin, je crois. Ils habitent la région.

Marc la regarda, un peu surpris.

- Je connaissais un chirurgien de ce nom, il y a quelques années. Lui et sa femme avaient une maison près de La Baule.

Il s'interrompit.

- Pourquoi tu me demandes ça ? Tu les connais ?

- Non, c'est un ami de mon père qui m'en a parlé.

Elle semblait songeuse, mais il y avait dans son regard une lueur attentive.

- Qu'est-ce qu'ils sont devenus ?

- Sa femme habite toujours là-bas. Elle est veuve, je crois.

- Tu la connais ? demanda-t-elle, après un instant de silence.

- Je l'ai vue plusieurs fois. C'était une très belle femme. Enfin, ça fait des années que je ne l'ai pas vue.

- Qu'est-ce que tu sais d'autre sur ces gens ?

- J'ai entendu parler d'eux. Lui exerçait dans une clinique à Nantes. Puis, ils se sont retirés sur la côte, près de La Baule. A Sainte-Marguerite, exactement. Ils ont une propriété superbe. Ce sont des gens qui possèdent pas mal de choses dans la région.

Marc avait l'air intrigué, mais hésitait à interroger Aurore.

- C'est tout ce que tu sais ?

- Sur lui, je ne sais pas grand-chose. Elle, c'est la fille d'un antiquaire nantais. Fontenay, elle s'appelait avant de se marier. Ils passaient leurs vacances à La Baule. Je les ai vus quelquefois faire de l'équitation le matin sur la plage.

Aurore se rappelait la grande plage de La Baule. Sept kilomètres de sable doré. La plus belle plage d'Europe, d'après les dépliants touristiques. Des planches à voiles partout. Et l'odeur du sel et de l'huile solaire. Des vacances... Marc la regarda. Elle était songeuse.

- Aucune importance, finit-elle par dire.

Elle se secoua.

- Et Sophie, elle va bien ?

- Oui. Je vais lui dire que tu es à Nantes. Elle va être surprise. Elle s'est mariée, il y a cinq ans.

- Avec quelqu'un que je connais ?

- Tu te souviens de Gérard Diaz ?

- Gégé ? C'est vrai ?

Ils parlèrent un moment. De Nantes, de son séjour précédent, de gens qu'elle avait connus. Mais elle avait l'air fatigué.

- Je crois que je vais rentrer et me coucher tôt, ce soir.

- Tu restes longtemps à Nantes ?

- Je ne sais pas. Quelques jours.

- Tu es où ?

- A l'hôtel. Je repasserai demain. Dans la soirée.

Il eut un geste comme pour la retenir, mais déjà, elle s'était levée et embrassait sa joue.

- Bonsoir, Marc.

Quand Aurore rentra, elle aperçut le directeur accoudé au bar de l'hôtel. Il ne regardait pas dans sa direction. « J'aurais dû demander à Marc s'il le connaissait» songea-t-elle. Elle demanda sa clé à la réception puis s'avança à l'entrée du bar. Elle dévisagea lentement les différentes personnes qui s'y trouvaient.

- Vous cherchez quelqu'un ?

Elle se retourna. Le directeur l'avait remarquée et s'était approché.

- Non. Personne.

Difficile, de toute manière, même avec la meilleure intuition du monde, de reconnaître quelqu'un qu'on n'a jamais vu.

- Bonsoir, dit-elle avant de se détourner.

Il la suivit des yeux et la regarda monter l'escalier.

La chambre 7 était spacieuse et tendue de tissu bleu-vert. Aurore ouvrit le placard coulissant et y suspendit ses vêtements. Les murs de la salle de bain étaient couverts de miroirs qui la reflétaient à l'infini. Elle était trop énervée pour dormir. Elle fit couler l'eau dans la baignoire et y versa du bain moussant. Le lendemain, elle irait à La Baule...

5

Le lendemain matin, Aurore ouvrit les rideaux de velours turquoise sur un matin lumineux. Des senteurs montaient du jardin, celle d'un massif de roses et celle, plus insistante de l'herbe fraîchement coupée. Un court instant elle se sentit légère puis, apercevant la BMW du directeur de l'hôtel, revint à une réalité qui lui parut hostile.

Elle prit son petit déjeuner dans une grande salle ensoleillée donnant sur un jardin où se trouvait une piscine, vide pour l'heure. Contrairement à ce qu'elle avait imaginé, le directeur n'était pas dans les parages. Elle s'attarda un peu puis se décida à aller sur la côte, après avoir précisé à la réception qu'elle resterait encore deux ou trois nuits.

Elle avait entrouvert la vitre de la voiture et se laissait bercer, pénétrer par la douceur de l'air. Dans l'annuaire, elle avait relevé l'adresse trouvée au nom de Brenner.

Elle arriva à La Baule par la forêt d'Escoublac. Le boulevard surplombant la mer s'étendait en arc de cercle, bordé d'immeubles blancs aux larges baies vitrées donnant sur des balcons exposés au sud. Plus en retrait, de part et d'autre de l'Allée Cavalière, sommeillaient, comme dans un autre rêve, des centaines de villas enfouies dans la verdure ou perchées sur des hauteurs boisées. La mer, d'un bleu profond, était couverte d'une légère brume dorée.

Aurore roulait lentement sur le boulevard de mer. A l'extrémité de la baie, entre le port de plaisance et l'hippodrome de Pornichet, une route s'enfonçait sous les pins, longeant une côte constituée de plages et de petites falaises ocres, en direction de Sainte-Marguerite. C'est là que les Brenner habitaient, d'après Marc.

Elle demanda son chemin dans le centre et suivit l'itinéraire qu'on lui indiquait. A la sortie, elle arriva à une petite route bordée de chênes verts et de murets couverts de mousse, qu'elle emprunta. L'air était vif et parfumé. L'endroit était résidentiel, constitué de belles propriétés modernes dans des parcs clôturés de haies libres ou bien taillées à la brosse, comme sûrement leurs propriétaires, songea Aurore sombrement. Elle roulait lentement et tout de suite, remarqua une demeure plus ancienne, entourée d'un haut mur de pierre. Le portail en fer forgé était ouvert. Aurore hésita, passa devant, puis s'arrêta plus loin. Ce devait être là. L'endroit était tranquille. Les premières maisons étaient masquées par le virage. Elle fit demi-tour, repassa et s'arrêta devant le portail. Sur un des piliers le soutenant, deux mots étaient gravés dans la pierre : Villa Anthéa. C'était là. Au-delà d'un groupe d'arbres de soie, on apercevait la maison au bout d'une allée sinueuse. C'était une grande bâtisse harmonieuse, toute en pierre, avec des volets blancs et tout un côté recouvert de lierre. De hautes portes-fenêtres donnaient sur une terrasse entourée de balustres. Un transat vide s'y trouvait.

Le parc était magnifique, empli d'arbres exotiques et de pins centenaires, d'arbustes en fleurs et de massifs de roses. L'air était pur et les arbres doucement immobiles.

Une voiture était garée sur le terre-plein devant la terrasse. Elle avait la ligne d'une voiture anglaise et Aurore reconnut une Jaguar. Elle resta un long moment, assise au volant sans bouger. C'était terrible d'être là et de ne pas savoir quoi faire.

Midi sonna au loin, et Aurore s'étonna. Cet endroit et cette maison recelaient le charme et la lenteur de vivre.

Elle remit sa voiture en route et roula un moment sans but. Elle n'avait pas faim. Sur la côte, le ciel était intensément bleu et les rochers couronnés d'oiseaux blancs.

Elle gara sa voiture face à l'océan et explora les environs.

La plage de Sainte-Marguerite était enchâssée entre la pointe de la Lande et celle de Congrigoux, un petit promontoire planté de cyprès et de pins maritimes auquel on accédait par un chemin côtier. Une table d'orientation surplombait la mer. Au large, on apercevait le phare du Charpentier et la Pierre Percée, un étrange rocher troué en son milieu, et à l'ouest, au-delà de la plage de Bonne source et du port de plaisance, la baie de La Baule étincelait. Le vent du sud apportait par vagues des senteurs marines de sel et de goémon.

Elle alla s'asseoir sur un banc sous les pins et resta là, un moment, à regarder le mouvement inlassable de la mer sur la plage, le cœur empli de sentiments indéfinis et indéfinissables. Des éclats de lumière filtraient à travers les arbres.

Plus tard, comme attirée par un aimant, elle revint à la Villa Anthéa, mais ne vit personne. En fin d'après-midi, elle finit par se résoudre à partir.

Le lendemain, elle reviendrait. Le lendemain...

6

Aurore roulait lentement dans Nantes. La nuit était lourde et oppressante. Elle se gara devant le Harold's. Quand elle entra dans le pub, Marc l'aperçut tout de suite. Elle avait une expression dure qu'il n'avait jamais remarquée avant. Quelque chose de sombre et de presque inquiétant.

- Ça va, Aurore ? demanda-t-il.

Elle parut faire un effort pour sourire.

- Sophie est là, ce soir, poursuivit Marc. Je lui ai dit cet après-midi que tu étais à Nantes et elle espérait te voir aujourd'hui. Elle part demain. Simon aussi est là. Lui évidemment...

- Aurore, je pensais que tu ne viendrais pas !

Elle se retourna sur une jeune femme qui lui arrivait dessus. Elle avait de longs cheveux bruns et des yeux étonnamment verts. Aurore sourit.

- Sophie ! Tu es toujours aussi belle.

- Pourquoi tu n'as pas téléphoné, Aurore ? Je dois partir plusieurs jours en Corse chez mes grands-parents. Si j'avais su que tu venais, je serais restée. Il est trop tard maintenant. Je pars demain. Tu seras là à mon retour ?

- Peut-être, oui.

Sophie l'entraînait vers une table près de l'escalier qui montait à la mezzanine.

- Tu connais Simon. Et voici Maryse.

Le dénommé Simon la fixa sans rien dire. Il était accompagné par une fille jolie mais effacée qui considéra Aurore avec méfiance. Elle s'assit tandis que Sophie continuait de parler.

- J'ai essayé de te joindre, quand tu es repartie, mais tu as déménagé et tu n'étais plus dans l'annuaire. Tu es là pour longtemps, j'espère.

Elle s'interrompit.

- Marc t'a dit que je suis mariée ?

- Oui. Gégé n'est pas là ?

- Non. Il garde notre fils. Tu sais, je ne vais pas pouvoir rester longtemps. Je suis passée pour te voir mais ça fait déjà deux heures que je suis là.

- Vous avez un enfant ? demanda Aurore.

- Oui. Il a trois ans. Il s'appelle Anthony. J'aimerais que tu le voies.

Sophie la regarda avec gravité et répéta :

- Enfin, Aurore, pourquoi tu n'as pas téléphoné pour dire que tu arrivais ?

- Je me suis décidée sur un coup de tête.

Sophie fit un signe à quelqu'un derrière elle et Aurore se retourna sur l'homme qui passait près d'elles. Elle reconnut le directeur de l'hôtel Hélios qui parut surpris de la voir là. Il s'arrêta.

- Bonsoir, Sophie. Comment va Gégé ? Je ne l'ai pas vu depuis des années.

- Il va bien.

Comme il regardait Aurore, elle dit :

- Vous ne vous connaissez pas. Alex. Aurore.

Se tournant vers cette dernière, elle ajouta :

- Alex est un ami de Gégé.

Il fixa Aurore et sourit.

- Je ne m'attendais pas à vous voir ici.

- Vous vous connaissez ? demanda Sophie tandis que Simon, qui n'avait pas dit un mot, leur lançait un regard aigu.

- A peine, répondit Alex. Nous n'avons pas eu le temps d'échanger beaucoup de considérations.

Le ton était légèrement railleur et Aurore le regarda avec circonspection.

- Je suis descendue à l'Hélios, dit-elle à Sophie.

- Ah, c'est pour ça !

Il sourit.

- Je vous laisse. Je dois voir des amis.

Aurore le regarda s'éloigner.

- Tu le connais ?

- Oui. Gégé et lui étaient à l'Hydro ensemble.

- C'est quoi, l'Hydro ?

- L'école des officiers de la Marine Marchande.

Aurore était étonnée.

- Qu'est-ce que tu as fait pendant tout ce temps ? demandait Sophie. Tu es mariée ? Tu travailles ?

- Je suis prof.

Le directeur de l'Hélios revenait vers elles, après avoir fait le tour de la salle.

- Apparemment, les gens que je devais voir ne sont pas là. Je vous offre un verre ?

Sophie accepta en souriant. Il s'assit en face d'Aurore et la regarda avec curiosité.

- Aurore arrive de Paris, dit Sophie.

Elle le prit à témoin.

- Ça fait sept ans qu'on ne s'est pas revues et elle arrive sans prévenir alors que je dois partir demain.

- J'ai déjà remarqué que c'était quelqu'un d'imprévisible, dit-il.

Aurore ne réagit pas. Sophie la regardait.

- Au fait, demanda-t-elle, tu es prof de quoi.

- D'anglais.

- C'est vrai, je me souviens, dit Sophie, ton père était Anglais.

- Pas mon père. Ma grand-mère.

- Et ce sont les vacances scolaires en ce moment à Paris ? demanda Alex négligemment.

- Non. Elles sont finies.

Il semblait attendre l'explication, mais Aurore se contenta de le regarder.

- Et qu'est-ce que tu fais maintenant ? demanda Sophie.

- J'ai pris une année sabbatique.

Elle se tourna vers Alex et dit avec ironie.

- De toute manière, je travaille dans une école privée. Je donne des cours à des adultes.

Il la regarda avec un intérêt amusé.

- Alors, si tu as pris un congé, tu vas pouvoir rester un moment à Nantes, dit Sophie, brusquement enthousiaste.

Aurore eut un élan pour elle mais le regard du directeur de l'Hélios l'inclinait à une certaine retenue.

- Peut-être, oui, dit-elle. Comment est ton petit garçon ?

Sophie se mit à parler avec animation, à peine interrompue par Aurore. La présence de tous ces gens autour l'empêchait de se laisser aller. Pourtant elle était contente de revoir Sophie, infiniment plus qu'elle n'avait imaginé.

Au bout d'un moment, Maryse qui regardait sa montre se tourna vers Simon.

- On rentre ? Je suis fatiguée.

Aurore la regarda. Cette fille ne semblait pas l'apprécier outre mesure. Elle sentait chez elle une hostilité imprécise.

- Maintenant ? dit Simon.

Il semblait hésiter.

Sophie regarda sa montre, elle aussi.

- Ecoute, Aurore, il faut que je parte moi aussi. Je pensais que tu viendrais plus tôt. Tu seras là dans une semaine ?

- Peut-être, oui. Je ne sais pas encore.

- Essaie d'être là. Ou laisse-moi ton numéro de téléphone.

- Si je rentre plus tôt, je laisserai mon numéro à Marc.

Sophie se leva.

- Bon, j'y vais. Je te laisse avec Alex. Méfie-toi de lui, c'est un vieux phallocrate.

Aurore sourit. Elle avait craint de ne pas retrouver leur complicité. Elle avait hésité à recontacter Marc et Sophie, et là, elle les retrouvait comme elle les avait quittés, juste un peu surpris. En même temps, elle se dit que si elle n'avait pas eu une raison de revenir, elle ne les aurait peut-être pas revus. « Je passe à côté des choses quelquefois» songea-t-elle. Rien n'avait changé. Elle seule était différente.

Alex regarda Sophie.

- Venez un soir avec Gégé. Où dis-lui de passer ! Je serai content de le voir après tout ce temps.

- D'accord, je lui dirai.

Aurore se retrouva seule avec le directeur de l'Hélios.

- Je crois que je vais y aller, moi aussi, dit-elle.

Il releva les sourcils.

- Pourquoi ? Restez un moment. Vous n'êtes pas pressée.

Elle hésita. Ce type créait chez elle un malaise. Il y avait en lui une intensité presque palpable.

- Il y a longtemps que vous dirigez l'hôtel ?

- Depuis deux ans. Le hasard. Il était à l'abandon et je l'ai acheté trois fois rien.

- Et avant, qu'est-ce que vous faisiez ?

- Un tas de choses. Un an de médecine avant de partir de chez moi en claquant la porte. Ensuite, j'ai vécu un moment à l'étranger.

- Qu'est-ce que vous faisiez, là-bas ?
- Des choses très diverses. Certaines très bien payées.
Aurore le regarda avec une curiosité qui donna un éclat plus vif à ses yeux. Adolescente, elle lui aurait trouvé un look d'aventurier.
- Illégales ?
Il sourit.
- Vous avez beaucoup d'imagination.
Elle semblait attendre qu'il lui raconte. Il ajouta lentement.
- J'ai été dans la Marine. Entre autres. Au long-cours d'abord. Un peu de cabotage, ensuite.
- Vous voulez dire que vous partiez des mois sur des bateaux ?
- Oui. Cinq ou six mois sur les cargos. Quand j'ai commencé à naviguer, on faisait beaucoup d'escales et on restait longtemps dans les ports.
C'était un autre monde qu'il évoquait. Un monde qui lui était étranger.
Il parut deviner sa pensée.
- Vous savez, la Marine a changé. Avec les porte-conteneurs, les escales sont devenues plus courtes, un jour ou deux, quelquefois plusieurs heures seulement. La Marine telle qu'elle existait, telle que je l'ai connue en tout cas, c'est fini.
Aurore chercha à déceler la nostalgie dans ses paroles, mais sa voix était impassible et son regard impénétrable.
- C'est quoi un porte-conteneurs ?
Alex la regarda avec amusement.
- Vous êtes une Parisienne, Aurore.
Elle se demanda si c'était péjoratif, mais rien dans la voix d'Alex ne semblait l'exprimer. Ni d'ailleurs le contraire.
- Vous allez être sauvée par le gong, dit-il brusquement.
- Pardon ?
- On vous demande, dit-il en montrant Marc au bar qui tenait le téléphone et désignait Aurore.
- Excusez-moi, dit-elle en se levant. Elle alla au bar et regarda Marc avec surprise.
- Qui est-ce ?
- Personne, je voulais te parler.
- Qu'est-ce qui se passe ?
- J'ai oublié de te dire, hier soir. Ces gens dont tu me parlais, les Brenner...
- Oui ?
- Eh bien, c'est leur fils qui vient d'arriver !
- Ils ont un fils ?
Curieusement, Aurore n'avait pas pensé à cette éventualité.
- Qui est-ce ?
- Tu étais en train de lui parler. Alex. De l'hôtel Hélios.
Elle le regarda sans paraître comprendre.
- Alex, le directeur de l'hôtel ? finit-elle par dire.
- Oui. Alex Brenner. Tu n'avais pas fait le rapprochement ?
- Personne n'a prononcé son nom devant moi.

Elle semblait stupéfaite.
- Enfin, ce n'est pas possible. Il a presque quarante ans.
- Pas tout à fait. Il doit avoir l'âge de Gégé. Et puis qu'est-ce que l'âge a à voir?
- Rien. Quel âge a sa mère ?
- En fait, ce n'est pas sa mère. Son père s'est remarié quand Alex était gosse avec une femme plus jeune que lui.
Aurore resta silencieuse. Alex avait dit qu'il était parti de chez lui en claquant la porte. Sans doute avait-il été furieux de se retrouver avec une belle-mère. Jeune de surcroît.
- Et sa mère, qui est-ce ?
- Je n'en sais rien. Je crois que son père était veuf. Tu ne veux pas me dire pourquoi tu t'intéresses à eux ?
- Je ne m'intéresse pas à eux. C'est un ami de mon père qui m'a parlé d'eux mais je ne les connais pas. C'est sans importance.
Elle plongea son regard dans le sien.
- Je préférerais que tu n'en parles à personne.
Marc hocha la tête, perplexe. Elle restait là, songeuse.
- Tu le connais bien ?
- Alex Brenner ? C'est un ancien officier de Marine comme Gégé. Mais il ne vient pas souvent ici. Tu te souviens de Xavier ?
Quelqu'un fit signe à Marc.
- J'arrive !
Il se tourna vers Aurore.
- Je te dirai ça plus tard. Viens déjeuner demain midi avec moi.
Il s'éloigna. Aurore resta un moment indécise et observa Alex de loin. Cet homme appartenait à cette famille ? C'était difficile à imaginer. Il ressemblait à tout sauf à un fils de famille.
Elle revint lentement à la table et s'assit. Dire qu'elle avait failli lui poser des questions, le soir de son arrivée !
- Que se passe-t-il ? Une mauvaise nouvelle ? dit Alex.
- Hein ? Heu non.
Elle le regardait étrangement et il la sentit différente, hostile brusquement.
- Vous faites une drôle de tête. Quelque chose ne va pas ?
Aurore secoua la tête. Une foule de questions brûlait ses lèvres. Elle en posa une, anodine.
- Au fait, dit-elle, quelle chambre m'avez-vous donnée, hier soir ? Je croyais que tout était occupé.
- Je vous ai donné la mienne.
- Vous habitez l'hôtel ?
- Non. Enfin, il m'arrive d'y dormir. Et ma mère l'occupe quelquefois, quand elle vient à Nantes.
Elle le regarda avec étonnement. Qu'est-ce qu'il racontait ?
- Votre mère ?
- Oui. Elle habite près de La Baule. Et vous, coupa-t-il, que faites-vous de votre année sabbatique ?

Aurore se ferma.
- Une foule de choses que je n'avais pas le temps de faire avant.
- Quoi, par exemple ?
Elle regarda brusquement sa montre.
- Excusez-moi, mais je crois que je vais vous laisser, dit-elle.
Il la sentait sur la défensive.
- Vous voulez que je vous ramène ?
- Merci, j'ai ma voiture, dit-elle en se levant.
- Ah, c'est vrai ! Et bien, bonsoir.
Elle alla au bar dire au revoir à Marc.
- Tu t'en vas déjà ?
- Oui. On déjeune ensemble demain midi ?
- D'accord. A demain.
Dans sa voiture, elle hésita un instant. Quelque chose lui disait confusément qu'elle ferait mieux de rentrer à Paris. Elle mit le contact et démarra.

De retour à l'Hélios, Aurore jeta un regard circulaire à la chambre. Ainsi, cette femme occupait ces lieux quand elle venait à Nantes ? Un petit bureau se trouvait près de la fenêtre. Elle l'ouvrit dans l'espoir d'un improbable objet oublié. Un court instant, elle songea que le hasard était incroyable. Mais en fait, elle n'était pas là par hasard.

Alex rentra à l'hôtel un peu plus tard et remarqua la 205 d'Aurore Sanders garée près de l'entrée. Quand il était sorti en ville en début de soirée et qu'il l'avait reconnue devant le Harold's, une impulsion l'avait fait s'arrêter et entrer dans le pub. Cette fille l'intriguait. Elle était avec Sophie Diaz, qu'il avait croisée une ou deux fois avec Gégé quand ils s'étaient mariés quelques années plus tôt. Il avait saisi le prétexte pour s'arrêter.

Il leva les yeux sur la fenêtre de la chambre 7. Elle était encore éclairée. Il ressentait un sentiment ambigu. Cette fille avait une manière de vous fixer, longuement, sans ciller, comme si elle essayait de lire quelque chose en vous. Pourquoi avait-il cette impression infondée qu'elle lui était hostile ?

7

Le lendemain matin, Aurore prit une douche rapide et téléphona pour se faire monter le petit-déjeuner dans sa chambre. Lorsqu'elle descendit dans le hall vers dix heures, Alex Brenner n'y était pas. Au moment de sortir, elle se ravisa et demanda à la réception si elle pouvait téléphoner. La cabine du hall était occupée.

- Je peux appeler d'ici ? demanda-t-elle.

Le réceptionniste accepta d'un air contraint, et Aurore fit le numéro en l'ignorant superbement.

- Allô ! dit-elle en reconnaissant sa grand-mère.

- C'est toi, Aurore ? Ça fait un moment que je ne t'ai pas vue. Tu n'oublies pas que tu dois passer ce soir.

- Justement, je t'appelle pour te dire que je ne pourrai pas.

- Comment ça, tu ne peux pas ?

Le ton de la vieille Anglaise était impérieux.

- Je ne suis pas à Paris en ce moment.

- Où es-tu ?

Prise au dépourvu, Aurore hésita.

- Je suis chez des amis... A Fontainebleau... Tu vas bien ?

- Ça pourrait aller mieux. Ça fait des mois que je ne t'ai pas vue !

C'est elle qui avait en partie élevé Aurore. Elles avaient établi des rapports de force pendant des années mais depuis quelques temps, la vieille dame donnait des signes de fatigue.

Aurore fit un effort.

- Ecoute, je ne peux pas rester longtemps. Je te rappellerai.

- C'est ça. Et si je veux te joindre ?

- Je te rappellerai. Je t'embrasse.

Aurore raccrocha en soupirant et se retourna. Alex Brenner était derrière la réception et arborait un air sarcastique. Visiblement, il avait entendu une partie de la conversation, et elle se sentit obligée de se justifier.

- C'est ma grand-mère, dit-elle.

- Vraiment ? fit-il, sceptique.

- Oui, c'est une vieille Anglaise férue d'éducation et de principes.

- Ah ? Et être à Nantes, c'est contraire à ses principes ?

- Non, mais elle n'a pas besoin de savoir où je suis.

- Bien sûr. C'est logique.

Aurore eut l'impression de s'enliser et préféra ne pas insister. Alex regardait sa montre.

- Bon. Il faut que j'aille en ville, dit-il.

- Vous allez dans le centre ? Je vais avec vous. Vous me déposerez, dit Aurore sur une impulsion.

Il releva les sourcils.

- Et votre voiture ? Comment allez-vous rentrer ?

- Je trouverai quelqu'un pour me ramener.

Il lui lança un regard qui en disait long mais se contenta de dire :

- En attendant, dépêchez-vous, je pars dans cinq minutes.
- Je suis prête.
Ils sortirent sous l'œil réprobateur du réceptionniste.

Alex déverrouilla la fermeture centralisée des portières et Aurore monta côté passager. L'odeur des sièges en cuir emplissait la voiture. Il s'installa au volant et la regarda. Il remarqua qu'elle avait les yeux bleus. Jusqu'ici, il ne l'avait vue que le soir. A la lumière du jour, elle paraissait plus délicate, presque vulnérable. Il mit le contact.
- Où voulez-vous que je vous dépose ?
- Au pub. Je déjeune avec Marc.
Il démarra et prit la route du centre-ville. Il faisait un temps magnifique. L'air avait le parfum léger du printemps qui exulte.
Aurore s'adossa. De nombreuses questions se bousculaient dans sa tête mais comment les lui poser ?
Il dit sans la regarder.
- On peut savoir ce que signifie ce retournement de situation ? Hier, vous étiez pressée de partir et aujourd'hui vous me manifestez un intérêt que je qualifierais de soudain. Je ne doute pas que mon charme y soit pour quelque chose, mais je suis surpris.
Aurore ravala ses questions. Ce type était trop méfiant. Ce n'était pas lui qu'il fallait interroger. Bon sang, elle parlait comme un flic, maintenant ! Il valait mieux qu'elle demande à Marc et tienne cet homme à distance.
Ils étaient stoppés à un feu rouge et il l'observa. Elle n'avait pas vraiment un look de naufrageuse. Pourtant, il n'arrivait pas à la cerner.
- Vous êtes à Nantes pour un moment ? demanda-t-il.
- Je ne sais pas. Ça dépend.
- De quoi ?
- De moi, dit-elle en souriant.
Elle paraissait très jeune quand elle souriait.
- Pourquoi êtes-vous revenue ?
Aurore se sentit sur la défensive.
- Pour revoir Marc et Sophie.
- Pourquoi avoir attendu si longtemps ?
Elle fronça les sourcils. Elle n'était pas montée avec lui pour qu'il lui pose autant de questions. D'autant qu'il ne paraissait pas convaincu par ses réponses.
- Le temps a passé vite, fit-elle, fataliste.
Il conduisait souplement. Le centre-ville était animé. Les gens déambulaient sur les trottoirs ensoleillés. Aurore avait hâte d'arriver maintenant. De nouveau, elle éprouvait un antagonisme à l'égard de cet homme.
- Vous avez toujours habité Paris ?
Elle sursauta et le regarda mais il avait posé la question distraitement. Elle choisit de mentir.
- Oui.

Elle constata avec soulagement qu'ils arrivaient devant le Harold's. Alex stoppa la voiture, sans couper le moteur et se tourna vers Aurore qu'il considéra avec attention.

- Merci de m'avoir amenée, dit-elle. Vous ne descendez pas ?

- Je n'ai pas le temps. Vous saluerez Marc de ma part.

Elle hésita comme si elle attendait quelque chose puis descendit de voiture et lui fit un signe avant qu'il ne démarre.

Le Harold's était désert en ce milieu de matinée. Le barman n'arrivait que vers onze heures pour le moment plus chargé de l'apéritif et Marc allait déjeuner après treize heures. Le barman suffisait pour tenir jusqu'à 17 heures. Derrière le comptoir, Marc se faisait un café. Installée sur un tabouret, Aurore avait l'air sombre.

- Enfin, Marc, si elle n'est pas sa mère, pourquoi ce type dit « ma mère » en parlant d'elle ?

- Je n'en sais rien. Parce qu'elle l'a élevé, je suppose. Il la considère comme sa mère, c'est tout. Ce sont des choses qui arrivent. D'ailleurs, je l'ai vue, elle a l'air gentil.

- Vraiment ?

Les yeux d'Aurore étaient durs.

- Mais enfin, Aurore, tu la connais ? Tu l'as déjà vue ?

- Non, jamais.

- Et son père ?

- Non plus.

- Alors je ne comprends pas. Pourquoi tu t'intéresses à eux ?

- Comme ça ! Pour rien.

- Tu as sûrement une raison.

- Eh bien, mettons que ce soit Alex qui m'intéresse ! dit Aurore d'un ton léger.

- C'est faux, tu ne savais pas qu'il était leur fils.

- Qu'est-ce que tu sais de lui ? demanda-t-elle sans se troubler.

- Alex ! Il change plus souvent de femmes que de personnel. Et puis, il déteste les complications. Et toi, il suffit de te voir pour se rendre compte que tu les attires.

- Moi ?

- Et puis, c'est quelqu'un d'indépendant. Ce n'est pas Simon ou un autre. Tu ne ferais pas le poids.

- Moi ? Mais tu viens de dire que...

- Aurore ! Tu connais ce genre d'homme aussi bien que moi. Il a du fric, toutes les femmes qu'il veut et une vie parfaitement organisée. C'est le type le plus indépendant et le plus misogyne que je connaisse. Ce n'est pas à trente-cinq ans qu'on change. Une fois qu'il a passé la nuit avec une fille, c'est fini, elle ne l'intéresse plus.

Aurore, qui faisait tournoyer les glaçons dans son verre, le posa doucement.

- De nos jours, ce n'est pas en passant la nuit avec un homme qu'on obtient quelque chose de lui.

Marc lui lança un regard pénétrant avant de répondre.
- Ça, ça dépend de ce qu'on veut obtenir. Et de qui.
Aurore songea qu'elle ne savait pas ce qu'elle voulait exactement. Mais ça n'avait pas d'importance pour le moment.
- Il vient souvent ici ?
- Rarement.
Marc la regarda.
- De toute manière, ce n'est pas Alex qui t'intéresse. Tu ignorais son existence.
- Qu'est-ce que tu sais d'eux, Marc ? dit-elle doucement.
Il hésita.
- De Richard Brenner, peu de choses. D'elle, par contre, j'ai entendu parler. Elle est d'une famille très bourgeoise. Pauline Fontenay, elle s'appelait. Avant d'épouser Brenner, elle a été mariée une première fois. Avec un type qu'elle a lâché au bout d'une semaine. A l'époque, il y a vingt-cinq ou trente ans, je ne te dis pas le scandale. Après, elle a quitté Nantes. Elle n'est revenue que quelques années plus tard pour épouser le père d'Alex.
Aurore le regarda avec stupeur.
- Son premier mari, qui c'était ?
- Un ami de son père. Un expert financier ou je ne sais quoi. Un type du même milieu. Certains ont dit qu'elle avait voulu échapper à l'emprise de sa mère. Elle devait avoir dix-neuf ans. D'autres ont dit que c'était un amant de sa mère qu'elle avait voulu ridiculiser. On n'a pas su. Les gens disaient n'importe quoi, tu penses.
Aurore resta silencieuse. Pierre ne lui avait pas parlé de ça. Cette histoire était incroyable, et très éloignée de ce qu'elle avait imaginé. Mais depuis qu'elle était à Nantes, elle allait de surprise en surprise.
Marc poursuivait.
- Enfin, depuis qu'elle s'est remariée avec Brenner, elle mène une vie rangée. Les gens la trouvent plutôt gentille.
La porte du pub s'ouvrit et Patrice, le barman, entra. Aurore préféra changer de conversation.

Vers 13 heures, ils allèrent déjeuner. Dans l'après-midi, Marc la ramena à l'Hélios. Elle descendit et attendit qu'il ait tourné au coin de la rue pour monter dans sa voiture.

Il faisait chaud dans la cabine téléphonique et Aurore se sentit oppressée. Elle se dit qu'il allait lui falloir acheter un portable. Jusqu'ici, elle avait estimé qu'elle n'en avait pas besoin mais là...
La sonnerie résonnait, lointaine. Après un moment, une voix féminine au léger accent lui répondit.
- Allô ! dit Aurore. J'aimerais parler à Madame Brenner.
- Madame Brenner n'est pas là. C'est de la part de qui ?
- C'est personnel. Vous êtes... de la famille ?
- Je suis Lila.
Aurore attendit une explication qui ne vint pas.

- Quand pourrai-je lui parler ?

- Elle est absente pour plusieurs jours. Mais il est possible qu'elle rentre plus tôt. Voulez-vous que je lui dise de vous rappeler ?

- Non, je préfère l'appeler, moi. Vous savez où je peux la joindre ?

Aurore sentit la personne hésiter.

- Non, mais vous pouvez joindre son fils. Voulez-vous que je vous donne son numéro ?

- Non. Ou plutôt si.

Lila lui donna un numéro qu'Aurore reconnut pour être celui de l'hôtel Hélios.

- Vous ne voulez pas laisser un message ?

- Non. Je rappellerai. Merci.

Elle raccrocha. Que pouvait-elle faire de plus ? Attendre ? Retourner à Paris ? Elle sortit de la cabine et hésita avant de remonter en voiture. Qui était Lila ?

8

Marc reprit la direction du centre-ville avec un sentiment de malaise. Dans quelle histoire, Aurore était-elle en train de s'embarquer ? Elle avait changé. Et il avait le sentiment de ne rien pouvoir faire. Il pensait bien la connaître, si tant est qu'on puisse connaître quelqu'un. Elle lui avait toujours fait penser à un chat. Il espérait qu'elle retomberait sur ses pattes.

C'est avec étonnement qu'il vit arriver Alex Brenner en fin d'après-midi.

- Gégé n'est pas là ? demanda ce dernier. Je devais le rencontrer ici. Ainsi que Xavier.

- Ils ne sont pas arrivés. Ah si, voilà Xavier ! fit Marc en désignant une voiture qui se garait juste devant le Harold's. Une silhouette longiligne en descendit.

Xavier entra dans le pub, l'allure nonchalante. Alex et lui se connaissaient depuis la fac de médecine, mais Xavier, lui, avait terminé ses études alors qu'Alex avait laissé tomber pour partir naviguer. Xavier était quelqu'un de courtois avec quelque chose d'un peu austère. Il était marié depuis plusieurs années et menait une vie calme. Par périodes, il sortait et puis on ne le voyait plus pendant quelques temps.

- Tiens, voilà Gégé, dit Xavier.

Le nouvel arrivant fonça droit sur eux. Il était aussi grand que les deux autres, mais deux fois plus large. Ancien officier de Marine comme Alex, il s'occupait d'un garage pas loin du centre. Après avoir salué Marc, il tapa sur l'épaule de Xavier.

- Alors, Jack l'éventreur, ça va ?

Xavier avait poursuivi ses études et était devenu chirurgien. Il se tourna vers Alex.

- Dix ans après, il fait les mêmes plaisanteries, dit-il, faussement résigné.

Gégé se tourna vers Alex.

- Alors, qu'est-ce vous devenez tous les deux ? Ça fait des années...

Ils se mirent à évoquer des souvenirs et des anecdotes sous l'œil impassible de Marc.

Au bout d'un moment, Gégé dit :

- J'ai été surpris quand Sophie m'a dit. Retrouver Aurore Beaumont après tout ce temps. Et puis toi...

Alex releva la tête.

- Quel nom, tu dis ?

- Beaumont. Pourquoi ?

- Pour rien. C'est une amie de Sophie ?

- Oui. Elles ont passé un été ensemble, il y a quelques années. J'ai connu Sophie la dernière semaine du séjour d'Aurore. Elles étaient inséparables. Sous ses dehors légers, Aurore était quelqu'un d'assez grave. Elle se plaisait beaucoup ici et devait revenir. Je ne sais pas ce qui s'est passé. On pensait la revoir plus tôt.

Xavier jeta un regard à Alex.

- Et toi, demanda-t-il, tu l'as rencontrée ?

- Oui. Elle est descendue à l'hôtel.

- Ah ? Le hasard est amusant.

Alex ne répondit pas tout de suite.

- Je n'ai jamais tellement cru au hasard.

En fin d'après-midi, Aurore décida d'aller prendre un verre au bar de l'Hélios. Sur le parking, elle jeta un coup d'œil sur les voitures. Celle d'Alex Brenner n'y était pas.

Le bar de l'hôtel était décoré dans des tons chauds et feutrés. Les murs étaient recouverts de lambris sombres et luisants et de tissus bruns et ocres. Une épaisse moquette étouffait les pas et la lumière douce atténuait les ombres sur les visages.

Aurore s'installa au bar et parla un moment avec le barman après qu'il l'eût servie. Elle songea qu'elle pouvait tisser un réseau d'affinités, des liens ténus comme des filets.

Elle commençait à se sentir bien. A l'approche de la nuit, elle se détendait et se sentait devenir légère.

C'est avec surprise qu'elle vit arriver Marc.

- Je savais que je te trouverais ici, dit-il en venant vers elle.

Il s'assit sur un tabouret et commanda un verre. Le barman s'éloigna et Marc en profita pour dire à Aurore.

- Tu te souviens du studio que j'ai au-dessus du pub ? Il est inoccupé en ce moment. Je le louais à des étudiants, mais ils sont partis avant la fin de l'année universitaire. Si tu le veux...

- Tu es gentil, Marc, mais tu sais, je ne vais pas rester longtemps.

- Peu importe. Je t'ai apporté la clé.

Il lui prit la main et y posa la clé.

- Tu fais comme tu veux. Si tu changes d'avis...

- Ecoute, pour l'instant, je vais rester à l'hôtel. Mais si je reste plus longtemps... Merci, Marc.

Elle embrassa sa joue. Il la regarda, indécis.

- Ne t'en fais pas, dit-elle. Tout ce que je t'ai demandé n'a aucune importance.

- Je suis sûr que si. Tu ne serais pas revenue à Nantes, autrement.

- Mais si, voyons.

- Tu es sûre ?

Le retour du barman empêcha Aurore de répondre.

- Il faut que je retourne au pub, dit Marc.

- Déjà ? fit Aurore. Mais tu viens d'arriver !

- Je passais juste. Il y a du monde à cette heure au Harold's. Viens tout à l'heure.

Un peu plus tard dans la soirée, Aurore alla faire un tour au Harold's. Elle se souvenait de soirées semblables passées à traîner d'un endroit à l'autre, au gré de l'humeur, rencontrant d'autres gens comme elle, aimant la nuit et son appel, son souffle. A cette époque, la nuit lui semblait son élément.

Assise au bar sur un tabouret, elle avait l'air sombre. Marc l'observait sans rien dire.

- Sophie revient quand ? demanda-t-elle brusquement.
- Dans une semaine.
- Je ne sais pas si je serai encore là dans une semaine.
Elle avait son air obstiné des grands jours.
- Qu'est-ce qui ne va pas, Aurore ?
- Rien.
Il la sentait fermée à toute question et n'insista pas. Elle avait changé. Ou peut-être n'avait-il pas remarqué quelques années plus tôt ce qu'il y avait derrière sa légèreté et son insouciance. Il est vrai qu'à cette époque, elle était inséparable de Sophie et lui trop préoccupé par son divorce.
Ils parlèrent de choses et d'autres et elle se laissa aller.

Il devait être 1 heure du matin quand Aurore rentra à l'hôtel. Elle remarqua que la voiture d'Alex était là, les chromes étincelants sous le lampadaire.
A la réception, ce n'était pas le même homme. Celui-ci était plus jeune et lui tendit sa clé aimablement.
- Aurore !
Elle se retourna vivement en entendant son prénom et reconnut Xavier qui lui souriait.
- Alors, c'est vrai, tu es à Nantes ?
- Décidément, le monde est minuscule ! dit Aurore.
- Pas tant que ça, dit Xavier. Nous nous retrouvons toujours dans les mêmes endroits, le soir. Tu descends au club ?
- Où ça ?
- Il y a un club privé en bas. Tu ne savais pas ?
- Non.
- Viens, dit-il en l'entraînant.
Le bar était dans la pénombre, mais au fond se trouvait une porte donnant sur un escalier. En bas, il poussa la porte insonorisée et Aurore sentit un souffle chaud sur elle. Contrairement à beaucoup d'endroits, la musique n'était pas à fond et les gens pouvaient parler. Rien à voir avec une boîte comme il en existe partout. Celle-ci était feutrée, presque intime. Des éclats de lumière, de musique et de parfums.
Xavier l'entraîna à une table. Alex Brenner s'y trouvait ainsi qu'un groupe de quelques personnes parmi lesquels une jeune femme aux cheveux courts qui la regarda avec curiosité. Gégé était là aussi, qui se leva et la prit dans ses bras, la soulevant presque.
- Aurore, ma belle, comment se fait-il que tu ne sois pas revenue plus tôt ?
D'autorité, il la fit s'asseoir à côté de lui. Elle le regarda.
- Tu n'es pas parti avec Sophie ?
- Je la rejoins demain. C'est dommage que tu n'aies pas prévenu que tu venais.
Aurore sentit une brusque tristesse l'envahir. Ils avaient tous l'air heureux de la voir et elle... Elle regrettait de ne pas être revenue avant. D'être revenue aussi. D'avoir d'autres souvenirs obsédants comme des insomnies.
- Tu ne connais pas Edith, la femme de Xavier.

La jeune femme aux cheveux courts lui sourit.

- Sophie nous a parlé de toi, dit-elle.

Aurore éprouva une sympathie immédiate pour Edith mais se demanda ce que Sophie leur avait raconté ? Gégé continuait.

- Et puis Alex que tu connais. C'est vraiment la période des retrouvailles. Je ne l'avais pas vu depuis des années...

Ils parlèrent un moment. Aurore se laissait bercer par la musique. Elle sentait le regard d'Alex posé sur elle.

- Au fait, murmura-t-il un peu plus tard, après s'être rapproché, votre nom, c'est quoi exactement ? Sanders ou Beaumont ?

- Les deux, répondit-elle après une seconde d'hésitation. Sanders est le nom de ma grand-mère. C'est elle qui a téléphoné pour réserver ma chambre.

Elle réalisa aussitôt qu'elle faisait une erreur, ce qu'Alex remarqua aussi.

- Avec l'âge, dit-il sarcastique, elle a la mémoire courte, votre grand-mère. Elle vous croit à Fontainebleau.

Aurore ne répondit pas tout de suite.

- Et vous, quel âge avez-vous, finit-elle par dire.

Alex la fixa avec circonspection. Derrière sa désinvolture apparente, il devinait un désir précis.

- Trente-cinq ans, finit-il par répondre.

Un court instant, elle parut réfléchir. Elle le regardait avec insolence. A quoi jouait cette fille qu'il sentait capable de gravité ?

Il s'adossa à son siège.

- Pourquoi êtes-vous à Nantes ? demanda-t-il doucement. Que cherchez-vous, au juste ?

Aurore le regarda brusquement avec méfiance. Cet homme avait l'instinct d'un prédateur.

- Rien.

- Des femmes, j'en ai rencontrées pas mal, et je sais en reconnaître une qui court après quelque chose.

- A quoi vous reconnaissez ça, vous ?

- A sa manière de répondre à côté des questions, entre autres.

Elle haussa les épaules.

- Pour vous dire le fond de ma pensée, poursuivit Alex, je ne vous trouve pas franche du collier.

Aurore le regarda sans montrer la moindre émotion et sourit.

- J'espère bien. Avec tout le mal que je me donne.

Gégé revenait du bar avec un verre contenant une mixture bleue à base de curaçao qu'il tendit à Aurore.

- Sophie est contente de t'avoir retrouvée. A notre retour de Corse, on t'emmène passer quelques jours avec nous sur la côte. J'y ai un bateau.

- Un voilier ?

- Non. Un hors-bord. On fera des balades en mer et on ira à la pêche. Tu as déjà pêché au lancer ?

- Non.

- Je suis sûr que ça te plaira.

Il était si enthousiaste qu'Aurore n'eut pas le courage de lui dire qu'elle ne savait pas si elle serait encore là à leur retour.

Ils parlèrent encore un moment, jusqu'à ce que Gégé regarde sa montre.

- Je ne vais pas tarder à rentrer. J'ai un avion demain matin.

- Moi aussi, je vais aller dormir. Demain, j'irai faire un tour sur la côte.

- On se revoit dans une semaine ?

Aurore hocha la tête et se leva.

- Vous nous quittez déjà ? fit Alex. Vous êtes sûre que vous ne voulez pas rester poursuivre notre conversation ?

- Il est tard. Bonsoir.

- C'est comme vous voulez !

Aurore ne put s'empêcher.

- C'est toujours comme je veux.

Il se mit à rire.

- Je n'en doute pas un seul instant.

Elle embrassa Gégé et fit un signe à Alex ainsi qu'à Edith qui parlait à une autre table.

Dans sa chambre, Aurore ouvrit la fenêtre et sortit sur le balcon. La nuit était fraîche et douce et presque bienfaisante. Un calme inattendu régnait sur la ville. Au loin, elle percevait, assourdi, le bruit des voitures sur le boulevard. Elle respira l'odeur de la nuit sur la ville. Une odeur d'essence, de terre humide montant des parterres du rond-point et de bitume encore chaud. La nuit était déserte et un sentiment de solitude l'étreignit, réveillant des sensations, des réminiscences. Elle restait là, appuyée à la rampe, sans bouger, ses poumons s'imprégnant de l'air dense. Des éclats de voix résonnaient dans le lointain.

Au bout d'un moment elle frissonna et se décida à rentrer. Elle n'avait pas sommeil. A cette heure à Paris, il lui arrivait encore d'écrire. Là, les idées la fuyaient comme des oiseaux affolés. La réalité était trop présente, trop déroutante.

Elle avait cru que tout serait à la fois plus simple et plus compliqué. Elle s'était attendue à une longue recherche et au lieu de ça, elle avait trouvé tout de suite. Mais elle ne se sentait pas plus avancée. Elle songea à Alex. C'était incroyable qu'il appartienne à cette famille et surtout qu'il connaisse Gégé et Sophie. Des années plus tôt, elle aurait pu le rencontrer. Cet homme ironique comme le sort lui apparaissait comme un obstacle.

Elle ne pouvait pas rester dans cet hôtel. Elle songea à Marc et son studio au-dessus du pub. Le lendemain, elle s'y installerait.

9

Le lendemain, Alex ne passa à l'Hélios qu'en début d'après-midi. Il avait fait la fermeture du club à une heure impossible et dormi toute la matinée.

- Rien de spécial ? demanda-t-il à la réception.

Monsieur Graff, le réceptionniste lui donna le courrier et dit:

- Si. Votre mère a téléphoné. Elle voulait vous parler.

- Rappelez-la et passez-la-moi dans mon bureau.

Quelques minutes plus tard, le téléphone sonnait et Alex décrocha. C'était la réception, de nouveau.

- Ça ne répond pas. Pourtant, votre mère m'a affirmé qu'elle ne bougeait pas cet après-midi.

Monsieur Graff avait un ton lugubre. Il avait toujours l'air de vous annoncer une catastrophe. Alex songea que Pauline devait être sortie dans le jardin, trop loin pour entendre le téléphone.

- Ce n'est pas grave. Rappelez-la dans un quart d'heure.

- Bien, monsieur. Ah, mademoiselle Sanders a quitté l'hôtel ce matin ! Dois-je relouer la chambre 7 ou la garder disponible comme habituellement ?

Alex parut surpris.

- Mademoiselle Sanders a précisé si elle repartait à Paris ?

- Non. Elle n'a rien dit. Pour la chambre, que dois-je faire ?

- Elle a réglé comment ?

Il se doutait bien qu'elle n'avait pas laissé un chèque avec son nom et son adresse mais tenait à s'en assurer. Sait-on jamais ?

- En espèces.

Il réfléchit un instant.

- Ma mère a dit si elle venait à Nantes ?

- Non. Elle n'a rien dit à ce sujet.

- Rappelez-la et dites-lui que je passerai cet après-midi. Et gardez la chambre 7 disponible comme d'habitude.

Il resta un moment songeur puis se leva. A la réception, il laissa quelques consignes.

- J'y vais, dit-il, je pense que je serai rentré ce soir.

Alex ralentit en arrivant à la Villa Anthéa, engagea la voiture dans l'allée et s'arrêta devant la terrasse. Le gravier crissa sous ses pas. L'air sentait le lilas et l'odeur résineuse des pins.

Des souvenirs d'enfance traînaient dans sa mémoire. Des souvenirs de soleil, de vacances, d'insouciance. Il lui sembla que tout ça était loin, presque irréel. Il regarda les arbres séculaires. Combien d'enfances brèves et enfuies avaient-ils abritées ?

Il restait là, plongé dans ses pensées quand Pauline apparut sur la terrasse. Elle était habillée de clair, ainsi qu'il l'avait vue souvent.

- Qu'est-ce que tu fais ? Tu n'entres pas ?

Un sourire passa sur le visage d'Alex. Il monta les trois marches accédant à la terrasse et l'embrassa. Pauline le regarda avec douceur et l'entraîna dans la maison. Le salon était décoré dans des tons chauds et orangés. Les portes-fenêtres étaient ouvertes sur le jardin et une légère brise gonflait les rideaux.

- Lila n'est pas là ? demanda Alex.

- Elle est partie faire une course.

Lila était un personnage à part dans cette maison. D'origine polonaise, elle portait un nom parfaitement imprononçable. Elle avait été la gouvernante de Pauline et tout naturellement celle-ci l'avait engagée pour s'occuper d'Alex et aussi d'elle-même. Au début, il avait pris la chose avec méfiance. Puis il s'était rapproché de Lila, surtout lors des absences de Pauline. Car les week-ends où son père était trop occupé pour venir, elle partait quelquefois sans dire où elle allait. Elle confiait alors Alex à Lila et tous deux ruminaient son départ.

- Je ne pars pas pour longtemps, disait-elle. Tu vas rester avec Lila.

Pauline effleura son bras.

- Tu m'écoutes, Alex ?

Il émergea et la regarda.

- Regarde ce qu'on m'a donné.

Elle tenait dans ses mains un petit chat au pelage gris-bleu comme un chartreux.

Alex avait été surpris, enfant, de l'adoration qu'elle avait pour les chats. Elle en avait déjà deux. Celui-ci serait le troisième. Elle caressait le chaton qui ronronnait bruyamment.

- Il est doux, dit-elle. J'adore les chats. C'est raffiné, un chat. Il est beau, non ?

Le petit chat s'étirait délicieusement et Alex le prit sur ses genoux.

- A propos, dit Pauline doucement, Lila te fait demander si tu as trouvé une femme aimant les chats ?

Il sourit. Cela faisait longtemps... C'était une vieille plaisanterie entre Lila et lui adolescent.

Lila avait une théorie sur les chats. A ses yeux, on reconnaissait la sensualité chez une femme à son amour des chats.

- Surtout, assénait-elle à Alex d'un ton dogmatique, n'oublie pas ce que je te dis : méfie-toi des femmes qui n'aiment pas les chats. Une femme qui n'aime pas les chats...

- Oui, Lila, je sais, répliquait-il. Figure-toi, que j'ai l'intention de m'intéresser aux femmes qui aiment les chats autant qu'à celles qui ne les aiment pas. Ne serait ce que pour vérifier ta théorie. Et ne t'inquiète pas, je me méfierai de toutes.

Lila arborait un air ravi et Pauline feignait de se demander ce qu'ils pouvaient comploter tous les deux.

- Tu voulais me parler ? demanda Alex, brusquement.

- Oui. Enfin, ce n'était pas urgent. C'est à propos de ta tante, la sœur de ton père. Elle m'a parlé d'opérations qu'elle voulait faire et pour laquelle il faut ta signature.

- De quoi s'agit-il ?

- Oh, je n'en sais rien ! Une histoire de terrains qu'elle veut vendre. Ce que je voulais te dire c'est qu'au cas où ma signature serait nécessaire, comme il m'arrive quelquefois de m'absenter ou de partir en voyage, je t'ai fait une procuration.

- Qu'est-ce qu'elle veut faire exactement ?

- Tu verras ça avec elle.

Il la regarda, brusquement curieux.

- Où as-tu l'intention d'aller ?

- Pour l'instant, nulle part mais on ne sait jamais.

Des pneus crissèrent sur le gravier et une voiture conduite nerveusement stoppa brutalement devant la maison.

- Ça, c'est Lila, fit Alex en se levant.

Il sortit sur la terrasse, suivi de Pauline.

Une 205 rouge était arrêtée derrière sa voiture et une vieille dame en sortit, l'air réjoui.

- Qu'est-ce que je disais ! Tu roules beaucoup trop vite, Lila. Un jour tu t'arrêteras dans le salon, le volant autour du cou.

- Te voilà, toi. Toujours en train de critiquer ma conduite sportive !

- Xavier m'a dit qu'il t'avait croisée à Saint-Nazaire l'autre jour. Tu roulais tellement vite qu'il a à peine eu le temps de te reconnaître.

- Justement, ça ne devait pas être moi. Je ne dépasse pas le 50 en ville.

- Lila ! En ville, c'est 50 maxi, pas 50 mini. Quant à savoir si tu ne le dépasses pas...

La vieille dame eut l'air brusquement offusqué.

- Tu pourras dire à Xavier que je fais ce que je veux. Et d'abord, la prochaine voiture que j'achète, ce sera un cabriolet ou une décapotable. Une décapotable ira mieux avec mon look.

- Je rêve, fit Alex en se tournant vers Pauline.

Pauline souriait. Lila était une des rares personnes qui la faisait vraiment rire. Quand, plus de dix ans plus tôt, elle avait pris sa retraite, Pauline avait insisté pour qu'elle reste habiter à la Villa Anthéa. Et après tout ce temps, elle faisait partie de la famille.

Il regarda sa montre.

- J'ai peut-être le temps d'aller faire un tour.

- Où vas-tu ? fit Lila soupçonneuse.

- Voir cette histoire de terrains. Et Claude, il a mis son bateau à l'eau ?

- Pas encore. Du moins, je ne pense pas. Tu dînes avec nous ? demanda Pauline. Lila a une nouvelle recette de poulet sauté.

- Une recette explosive, pouffa la vieille dame.

- Je suppose que je n'ai pas le choix ?

- Tu supposes bien.

Il leur lança un regard indulgent et monta dans sa voiture.

Pauline et Lila. Deux femmes différentes et intuitives, qui avaient su préserver des manières, un autre art de vivre. Alex s'était retrouvé avec une mère et une gouvernante qui n'étaient pas les siennes mais qui s'étaient occupées de lui avec humour et douceur. C'était si loin...

Après avoir quitté l'Hélios vers midi, Aurore était passée au Harold's. Marc n'était pas là et elle monta déposer ses affaires dans le studio. Il était ensoleillé et donnait sur une petite loggia. Elle ne s'attarda pas. Au pub, elle dit au barman de prévenir Marc qu'elle s'était installée et qu'elle passerait le soir. Puis elle prit la direction de La Baule.

Lorsqu'elle passa devant la Villa Anthéa, elle éprouva un sentiment ambigu en reconnaissant la BMW négligemment garée devant la maison. Jusqu'ici, les liens d'Alex avec cet endroit étaient restés abstraits. Là, la réalité l'atteignait étrangement.

10

Aurore déambulait dans le quartier piétonnier du Bouffay. Les rues étroites et pavées étaient bordées de petites échoppes surmontées d'enseignes suspendues. Les façades anciennes semblaient détenir des secrets oubliés.

Elle n'était pas retournée à la Villa Anthéa depuis deux jours et se demandait avec de plus en plus d'insistance si elle n'allait pas rentrer à Paris. Tout lui semblait si compliqué.

En revenant au Harold's, elle s'arrêta net. Une Jaguar était stationnée devant le pub. C'était impossible ! Pourtant c'était bien celle aperçue dans le jardin des Brenner. Que pouvait bien faire la voiture ici ? Se pouvait-il que cette femme soit là ? Elle s'approcha de la voiture et regarda à l'intérieur. Une écharpe de soie blanche traînait sur le siège arrière.

- Elle vous plaît ? dit une voix derrière elle.

Aurore sursauta et se retourna, vaguement coupable. Alex était sur le seuil du pub et l'observait. Son regard s'attarda sur ses jambes. Elle s'obligea à respirer lentement.

- Je viens d'apprendre que vous habitiez le studio de Marc. Alors, vous avez décidé de rester ?

- Je ne sais pas encore.

- Je vous emmène faire un tour ? dit-il en ouvrant la portière côté passager. J'ai sorti le grand jeu pour vous aujourd'hui.

Elle le regarda avec scepticisme.

- Vous ne saviez pas que j'étais ici !

- Montez et ne discutez pas tout le temps, dit Alex en la poussant doucement.

La voiture stationnée au soleil était un four. Aurore crut y déceler une ombre de parfum, mais c'était peut-être une illusion.

- Elle est à qui, cette voiture ? demanda-t-elle, d'un ton indifférent quand Alex s'installa au volant.

- A ma mère. Elle l'avait laissée à réviser au garage.

Elle hésitait à lui poser des questions.

- Et d'abord, où voulez-vous aller ? demanda-t-elle.

- Mais où vous voulez. Ensuite, je ramène la voiture à l'hôtel.

Aurore s'affola. Si elle l'accompagnait, elle risquait de se trouver face à face avec cette femme...

- Aujourd'hui, je ne peux pas, dit-elle brusquement.

- Pourquoi ça ?

- C'est moi qui dois m'occuper du pub, aujourd'hui. Marc passe la soirée avec son fils.

- Je sais, il vient de me le dire. Mais il n'a pas besoin de vous avant ce soir. Il vient aussi de me le dire. On a le temps d'aller faire un tour.

- Non, une autre fois, dit Aurore d'un ton catégorique.

- Je serais curieux de savoir pourquoi.

Aurore était irritée. Il faisait trop chaud et elle se sentait oppressée. Alex la regardait avec attention.

Elle ouvrit la portière et un peu d'air moins chaud pénétra dans la voiture.

- Je ne peux pas. J'ai un certain nombre de choses à faire. Passez ce soir, ajouta-t-elle doucement.

- Ce soir, c'est moi qui ne peux pas.

- Pourquoi ?

- Pour quelqu'un qui ne répond pas aux questions, vous en posez beaucoup, je trouve.

- Je demandais ça comme ça, dit-elle en descendant de voiture.

- C'est comme vous voulez.

Elle voulut dire quelque chose mais il l'interrompit.

- Oui, je sais, c'est toujours comme vous voulez.

Il mit le moteur en route et lui lança un dernier regard avant de démarrer.

Elle regarda la voiture s'éloigner et rentra dans le pub. Marc lui fit signe.

- Au cas où ça t'intéresserait, dit-il, Pauline Brenner est à Nantes.

- Je sais, je viens de voir Alex.

- Il t'en a parlé ?

- Il avait sa voiture.

Elle semblait réfléchir.

- Elle est peut-être à l'Hélios, reprit Marc. Elle doit y descendre quand elle vient à Nantes.

Aurore restait silencieuse. Au bout d'un moment, elle dit :

- Je serais curieuse de voir à quoi elle ressemble.

Marc l'observait et elle sourit.

- Tu as raison, dit-elle. J'y vais.

Il la regarda sortir.

Il y avait quelques voitures sur le parking de l'Hélios mais Aurore remarqua tout de suite la Jaguar. Elle se gara à côté et entra dans le hall quasiment désert en regardant prudemment autour d'elle. Au bar, elle reconnut quelques habitués mais ne vit ni Alex ni quelqu'un pouvant ressembler à sa mère. Le barman, s'affairait derrière le bar. Aurore lui posa la première question qui lui vint à l'esprit.

- J'ai une amie, Sophie, qui devait passer. Vous ne l'avez pas vue ? Une jeune femme brune avec des cheveux très longs.

- Non. Je n'ai vu personne. Vous voulez boire quelque chose ?

- Oui. Je veux bien un Perrier.

Aurore restait là, l'air indifférent.

- Monsieur Brenner n'est pas là ? demanda-t-elle d'un ton détaché.

- Il est dans son bureau en compagnie de sa mère.

Un couple arriva et s'installa sur les hauts tabourets du bar et l'homme fit signe au barman

- Je vais attendre Sophie, dit Aurore.

Elle prit son verre et alla s'asseoir à une table dans un renfoncement. D'où elle se trouvait, elle voyait le hall. Une plante verte et six ou sept mètres la séparaient du bar. Après un temps indéterminé, la porte du bureau s'ouvrit et une femme brune et élégante en sortit. Elle portait un tailleur couleur ivoire et une broche dorée dans ses cheveux mi-longs. Elle s'approcha du bar et s'adressa au barman en souriant.

- Comment va votre petit garçon ?

- Il va bien, merci. Vous êtes à Nantes pour un moment ?

- Pour quelques jours. Mon frère est là en ce moment et je suis passée le voir.

Surprise, Aurore ne la quittait pas des yeux. Ce n'était pas ainsi qu'elle s'était imaginé cette femme. Elle avait des gestes délicats et une expression de douceur sur son visage fin. Aurore ressentit une douleur imprécise. Cette femme avait quelque chose d'insaisissable. Elle respira lentement. Quelque chose lui échappait.

Alex entra dans le bar et instinctivement Aurore se renfonça dans son siège, mais il ne regardait pas de son côté. Il était tourné vers sa mère et elle l'entendit dire :

- Qu'est-ce que tu fais ? Tu vas en ville maintenant ?

- Oui, je fais un saut dans le centre.

- On doit être chez Claude à 19 heures.

- Oui, je sais, mais j'irai directement. On se retrouvera là-bas.

Elle regardait Alex en souriant et Aurore baissa les yeux sur son verre. Et si Pierre s'était trompé ? Relevant la tête, elle vit qu'ils s'éloignaient. D'un bond, elle se leva et s'élança vers la sortie. Le barman la rappela.

- Qu'est-ce que je dis à votre amie si je la vois ?

Aurore hésita, l'esprit à mille lieues.

- Dites-lui de téléphoner au Harold's.

Elle sortit du bar et traversa le hall en trombe. Par la baie vitrée, elle vit Pauline Brenner monter dans sa voiture. Dehors, elle tomba sur Alex qui la retint par le bras et la regarda avec surprise.

- Aurore ! D'où sortez-vous ? Je ne vous ai pas vue.

Elle aperçut derrière lui la Jaguar qui reculait. Elle essaya de se dégager et dit précipitamment :

- Je reviens. J'ai oublié quelque chose d'important.

- Où allez-vous ? dit-il sans lâcher son poignet.

- Lâchez-moi. Il faut que j'y aille, dit-elle nerveusement.

- Que vous alliez où ?

La voiture longeait l'allée et s'éloignait vers la route. Alex la regardait avec curiosité. Il sentait en elle une fébrilité, une agitation incompréhensible.

- Je vous tiens, je ne vous lâche pas, dit-il. Venez prendre un verre avec moi et m'expliquer ce qui se passe.

La voiture avait disparu et l'impatience d'Aurore tomba. Alex l'observait. Elle était tendue. L'instant était traversé d'ondes contradictoires.

- Qu'est-ce qui se passe, Aurore ? Qu'est-ce qui ne va pas ?

Le ton était calme et en même temps inquisiteur. Elle secoua la tête.

- Rien. Ça va.

Il restait là, sceptique.

- Où étiez-vous ? Et d'abord, je croyais que vous ne pouviez pas venir. Vous avez changé d'avis ?

- Non. Enfin oui, répondit-elle mécaniquement.

- Quel jeu jouez-vous ? dit-il après un silence de réflexion.

Elle secoua la tête. Elle voulait s'en aller d'ici.

- Il faut que j'y aille. Je repasserai une autre fois.

Il la lâcha.

- Je ne comprends rien à votre histoire. Enfin, si vous passez après minuit, je serai peut-être là, dit-il avec détachement.

Elle acquiesça. Il la regarda descendre les quelques marches et monter dans sa voiture. Elle démarra et prit la direction du centre-ville.

Alex éprouvait une sensation bizarre, comme quand on prend froid.

Il rentra dans l'hôtel et alla se servir un verre au bar.

- Il y avait une jeune femme blonde, ici, tout à l'heure ?

- Oui. Elle a dit qu'elle attendait son amie Sophie.

Il dit malgré lui.

- Je croyais que Sophie était en Corse ?

Le barman le regarda, surpris.

- Je ne sais pas. En tout cas, c'est ce qu'elle a dit.

Alex resta silencieux.

11

Alex était installé au bar du Harold's et observait Aurore, assise à une table avec un groupe de gens. Pour l'instant, elle lui tournait le dos et ne l'avait pas vu. Elle n'était pas repassée à l'hôtel, le soir précédent et quelque chose l'intriguait. Des filles compliquées et donnant dans le mystère, il en avait connues mais il y avait autre chose chez Aurore.

En ce moment, elle riait et parlait avec animation, détendue et souriante. Avec lui, elle était différente, hostile et toujours en alerte.

Ils se levaient à la table d'Aurore. Elle regarda dans sa direction et l'aperçut. Après avoir dit au revoir aux autres, elle s'approcha de lui.

- Il y a longtemps que vous êtes là ? demanda-t-elle.

- Asseyez-vous, dit-il en désignant un tabouret.

Elle restait là, debout. Il y avait dans ses yeux la crainte de l'instant qui se prolonge.

- Que faites-vous ce soir ? demanda-t-il.

Aurore le regarda avec étonnement. Il ajouta :

- Je suis venu vous inviter à dîner.

- Et passer la nuit avec vous, ensuite ? demanda-t-elle avec ironie.

- Pas forcément. A moins, bien sûr que vous n'insistiez, fit-il sur le même ton.

Elle sourit comme si un jeu s'établissait entre eux. Elle portait de longues boucles d'oreilles dorées qui oscillaient à chaque mouvement de son visage.

- Alors, c'est oui ?

- C'est non, dit-elle.

Alex la regarda d'un air songeur. Elle avait le flou des rêves et des femmes qui les traversent.

- Pourquoi non ? demanda-t-il doucement en prenant son poignet.

Elle ressentit le contact physique comme une brûlure. La vie se mit à courir plus vite dans ses veines et un trouble chaud s'insinua en elle. Il y avait chez cet homme une violence contenue qui éveillait en elle une faiblesse inattendue.

Il tenait toujours son poignet comme s'il prenait son pouls et elle le libéra brusquement. Il sourit.

- Je vous sens hostile, Aurore, et je ne comprends pas pourquoi.

- Il y a des raisons pour que je vous sois hostile ? demanda-t-elle d'une voix suave.

- Non.

- Alors !

Alex l'observait avec curiosité.

- Vous avez le goût de la dialectique, on dirait. Et bien, puisque vous n'avez pas de raison de m'en vouloir, pas encore, ajouta-t-il comme une promesse, je vous emmène.

Il se leva.

- Je n'ai pas dit que j'étais d'accord.

- Vous me le direz plus tard, dit-il d'un ton léger. Je vous emmène, bien que vous ne le méritiez pas.

Elle haussa les épaules.
- Si je vous disais ce que je pense du mérite !
- Vous avez tort. Quelquefois, le mérite paie.
Elle le regarda d'un air blasé.
- Ça se saurait.
Il leva les yeux au ciel.
- Vous êtes cynique en plus ! Allez, venez.
Il l'entraîna. Marc les regarda sortir. Dehors le soleil faiblissait.

Dans la voiture, Aurore retrouva l'odeur du cuir chaud. Alex mit le contact et démarra.
- Au fait, dit-il brusquement, vous attendiez Sophie, hier soir à l'hôtel ?
Elle se tourna vers lui et contempla son profil aux lignes nettes. Il était séduisant, c'était dommage.
- Sophie ? Elle est en Corse.
- Je sais qu'elle est en Corse. Pourtant vous avez dit que vous l'attendiez.
- Je vous ai dit ça ?
Il lui lança un regard aigu et n'insista pas. Il avait rejoint les quais et longeait la Loire. Le fleuve, miroir changeant, reflétait le ciel et l'autre rive aux façades sombres.
- Tenez, dit-il, mon premier embarquement, je l'ai fait sur un bateau comme celui-ci.
Un cargo remontait la Loire, précédé de deux remorqueurs.
- Il transporte des billes de bois et fait la côte d'Afrique. A l'époque, on restait plusieurs jours dans les ports. Maintenant, de plus en plus, on transporte tout en conteneurs. Containers en anglais, ça vous en dit plus ?
Elle secoua la tête.
- Des boîtes rectangulaires en métal, qu'on empile les unes sur les autres. C'est plus rapide à charger et décharger. Une journée suffit, quelquefois plusieurs heures.
Aurore l'observait. Ce type parlait mais restait indifférent.
- Où m'emmenez-vous ? demanda-t-elle brusquement.
- A Saint-Nazaire.
- A Saint-Nazaire ? Mais c'est à soixante kilomètres de Nantes !
- Oui. Et alors ? Vous remarquerez que je ne vous y emmène pas à pied.
Elle ne répondit pas. Saint-Nazaire se trouvait à dix ou quinze kilomètres de La Baule. Un peu trop près à son goût.
- Et après ?
- Après quoi ?
- Après Saint-Nazaire.
- Mais je vous emmène où vous voulez, dit-il avec un sourire insistant.
- Et d'abord, fit Aurore, irritée, qu'est-ce qu'on va faire là-bas ?
Alex lui lança un regard oblique. Il la sentait tendue.
- C'est une surprise.
Une inquiétude absurde se glissa en elle.

- Comment ça, une surprise ? J'ai horreur des surprises.

Il la regarda du coin de l'œil. Elle le fixait avec méfiance.

- On va visiter un bateau et retrouver quelqu'un que vous connaissez.

Un affolement irraisonné envahit Aurore, l'empêchant de penser logiquement.

- Quelqu'un que je connais ? Qui ?

- Vous verrez.

Ils étaient stoppés à un feu rouge et elle dit brusquement.

- Si vous ne me dites pas où on va et qui on va rencontrer, je descends.

Il la regarda. Elle avait ouvert sa portière et il comprit qu'elle ne plaisantait pas. Elle était furieuse mais il y avait autre chose en elle. Une sorte de panique. Il dit lentement.

- Enfin, Aurore, remettez-vous. On va rejoindre Gégé et visiter un cargo.

Les craintes d'Aurore tombèrent d'un coup et firent place au soulagement. Elle referma la portière tout en réalisant ce que sa réaction avait d'excessive. Elle voulut dire quelque chose mais ne trouva rien. Alex avait redémarré au feu vert. Une sorte de malaise s'installait entre eux. Elle avait parfaitement conscience de son comportement incohérent avec lui.

- Qui craigniez-vous de rencontrer ? demanda-t-il brusquement.

Elle le regarda avec méfiance.

- Personne.

Elle était en alerte, de nouveau.

- Vous étiez terrifiée à l'idée de rencontrer quelqu'un.

- Ne dites pas n'importe quoi. Je n'ai peur de personne.

- Dans ce cas, vous faites bien semblant.

Il la vit se fermer. Il dit avec sarcasme.

- Moi qui pensais que vous n'aviez peur de rien !

Une rage violente et inattendue monta en elle. Certains mots semblaient trouver en elle comme un écho, une dissonance.

- Qu'est-ce que vous savez de la vie et des gens ? dit-elle d'une voix sourde.

- Oui, vous, je sais, vous êtes une vieille briscarde.

- Comment pouvez-vous juger les gens sans les connaître ? Vous qui n'avez jamais manqué de rien, qui ne savez même pas ce que c'est que de manquer d'argent.

- Parce que vous, vous savez ?

- Oui, je sais. Qu'est-ce que vous croyez ? Mon père n'en a pas toujours eu. Je sais aussi ce que c'est que voir son père sombrer dans l'alcoolisme et un certain nombre d'autres choses encore...

Sa voix trembla légèrement. Des images lui revenaient, amères et douloureuses.

- Dites-moi, il suffit de vous mettre en colère pour vous faire parler, on dirait, dit Alex en souriant.

Aurore le regarda avec une aversion qui le surprit. Elle s'obligea à respirer lentement. La colère était comme une fièvre qui la brûlait. Elle se tut, furieuse d'en avoir trop dit à cet homme dont elle savait qu'elle devait se méfier.

- L'argent n'est pas tout, dit Alex d'un ton tranquille.

- C'est toujours ce que disent les gens qui en ont. Moi, depuis que j'en ai un peu, je sais que ça compte. Vous, vous ne pouvez pas comprendre.

- Laissez-moi vous dire une chose, Aurore. Il y a quelques années, quand je me suis brouillé avec mon père et que je suis parti de chez moi, je me suis retrouvé sans un sou, comme tout le monde et obligé de me débrouiller tout seul. Et je m'en suis très bien sorti. Ce n'est pas un drame de manquer d'argent.

- Quand on est enfant, si.

Elle s'enferma dans un mutisme rageur et ils finirent le trajet en silence. Alex l'observait. Ils arrivèrent à Saint-Nazaire et il prit la direction du port. Il stoppa sa voiture. Un cargo était à quai et sa masse sombre se dressait devant eux.

- Je crois que je préférerais rentrer, dit Aurore sans le regarder.

Elle aurait aimé qu'il lui parle doucement, qu'il cherche quelque chose dans ses yeux, quelque chose qui existerait. Ou qui n'existerait pas.

Il se contenta de dire froidement.

- Je ne voulais pas être désagréable, Aurore. Je trouve votre réaction disproportionnée.

Plus doucement, il ajouta:

- Allons, venez. Il ne faut jamais se laisser aller, ni se pencher sur le passé. Ça ne sert à rien. Ce qui compte, c'est le présent. C'est la seule chose dont on soit sûr.

Aurore le regarda. Sa colère tomba brusquement. « Je ressens les choses trop violemment. » songea-t-elle avec lassitude comme souvent après une émotion trop intense.

- Pourquoi vous vous êtes brouillé avec votre père ? demanda-t-elle.

- C'est une longue histoire. Je vous raconterai ça une autre fois. Venez.

Elle descendit de voiture et contempla le bateau.

- Pourquoi êtes-vous venu me chercher, ce soir ?

- C'est une idée de Gégé. Vous avez déjà visité un cargo ?

Elle secoua la tête et il l'entraîna vers la coupée. Elle songea qu'il y avait quelque chose de simple à se laisser entraîner ainsi.

Sur le pont légèrement glissant, il lui prit le bras et ils pénétrèrent dans une coursive. Aurore s'arrêta et sourit. Gégé était là en compagnie d'un autre homme.

- Aurore ! Te voilà, dit-il en venant vers elle. Je te présente Gilles, une vieille connaissance. J'ai navigué avec lui dans cette compagnie pendant plusieurs années. Il est second mécanicien.

Gilles lui sourit et se tourna vers Alex.

- Salut, Brenner. Alors, tu es rentré en France ?

Aurore regarda Gégé.

- Sophie n'est pas avec toi ?

- Non. Elle rentre demain soir.

Elle eut l'air déçu et Gégé lui entoura les épaules.

- Ce n'est pas grave. Tu la verras après-demain.

Gilles les invita à prendre un verre dans sa cabine. Par le sabord, on apercevait les lueurs du port. Alex, Gégé et le second mécanicien parlaient de Marine. C'était un univers étranger à Aurore. Gilles leur servit un apéritif et elle se laissa aller.

Au bout d'un moment, Gilles les entraîna et leur fit visiter les aménagements, le carré officier, le fumoir. Gégé avait l'air ravi et donnait force renseignements et détails à Aurore. Alex restait insondable.

Après le local radio, Gilles les emmena à la passerelle où Alex lui montra les différents appareils: les radars, le compas magnétique, le navigateur par satellite. Aurore l'observait avec curiosité.

- Vous m'écoutez ? dit-il. Au lieu de me regarder ainsi.

- Bien sûr, je vous écoute, dit-elle.

Ils étaient près de la table à cartes.

- Vous venez d'où ? demanda Alex.

- D'Extrême-Orient, répondit Gilles en sortant une autre carte.

Aurore se rapprocha et jeta un coup d'œil. Des points sur une carte qui, pour Alex, devaient évoquer des images, des parfums lointains. Un monde qui lui était étranger. Quelque chose lui échappait chez cet homme, un univers qui lui était propre, un imaginaire, une mémoire différente. Elle aurait aimé... Elle ne savait pas au juste.

Alex était sorti sur l'aileron de passerelle et elle le suivit. Il restait silencieux. La nuit lui conférait un charme un peu noir. Au bout d'un moment, elle dit:

- Vous regrettez d'avoir quitté tout ça ?

- Je ne regrette jamais rien, Aurore. Je vis au présent et ne m'occupe que de ce qu'il peut m'offrir. Et puis, rien ne m'empêche de repartir si je le désire.

Aurore le considéra. Cet homme semblait installé dans sa vie, son confort matériel et moral, ses certitudes. C'était quelqu'un sans états d'âme, du moins en apparence. « Je pourrais balayer tout ça » songea-t-elle. Sans en être sûre. Il y avait en lui quelque chose d'impénétrable, une vieille méfiance.

- Venez, dit-il. Gégé va vous faire voir la machine.

Ils rentrèrent à l'intérieur et redescendirent. Arrivés au pont principal, Gilles appela l'ascenseur.

Aurore se tourna vers Alex.

- Vous ne venez pas ? demanda-t-elle.

Il secoua la tête.

- Je connais. Allez-y.

- Tu viens, Aurore, appela Gégé.

Elle entra dans l'ascenseur qui s'enfonça dans le cœur du navire. Les moteurs du bateau occupaient l'équivalent de plusieurs étages. Elle ouvrit des yeux étonnés.

- C'est quoi, le bruit ? Le bateau est stoppé, non ?

- Ce sont les groupes qui produisent l'électricité. C'est une ville flottante, un bateau.

Ils descendirent au niveau du PC machine. Apparemment, l'officier qui s'y trouvait connaissait Gégé et fut content de le voir.

Aurore s'étonna.

- Je ne savais pas que tu étais dans la Marine, avant.

- Si. J'ai navigué pendant des années. Tu sais, la Bretagne, c'est un pays de marins. Nous sommes des fils de la côte.

- Tu naviguais avec Alex ?
- Non. Lui était dans une autre compagnie.
- Qu'est-ce qu'il faisait d'autre ?
Gégé sourit.
- Tu lui demanderas de te raconter.

A l'étage du pont principal, ils retrouvèrent Alex dans un bureau, en train de parler avec le second capitaine.

- Nous dînons au carré, dit-il. Gilles nous a invités.

Le carré officier était recouvert de lambris clairs. Ils s'installèrent à une table près d'une baie vitrée donnant sur la plage arrière.

C'était une soirée ambiguë pour Aurore. Douce et vénéneuse. En d'autres circonstances, elle aurait apprécié ce moment. Elle y aurait adhéré. Elle se serait regardée dans les yeux sombres de cet homme assis en face d'elle et se serait laissée bercer par cette soirée empreinte de nostalgie.

Ils discutaient avec animation et par moments, elle les observait. S'observait aussi. Elle avait toujours eu cette faculté. Vivre et se regarder vivre.

Plus tard, ils allèrent boire un verre sur le port. Vers minuit, Gilles parla de rentrer. Alex se tourna vers Aurore.

- Gégé va vous ramener. Il rentre sur Nantes.
Elle le regarda, surprise.
- Et vous ?
- Moi, je ne rentre pas sur Nantes.
Il se pencha vers elle et ajouta en souriant.
- A moins, bien sûr, que vous n'insistiez.

Aurore préféra ne pas répondre, mais il n'attendait pas de réponse. Son détachement l'irrita plus que tout.

Dans la voiture, elle questionna Gégé.
- Alex allait où ce soir ?
Mais elle connaissait déjà la réponse.
- Dormir à Sainte-Marguerite, je suppose. Ses parents ont une maison là-bas.
- Ah ?

Elle espérait que Gégé lui donnerait plus de détails mais il songeait à la soirée qu'ils venaient de passer.

- Ça t'a plu, la visite du cargo ?
- Oui. Je ne connaissais pas.

Gégé se lança avec enthousiasme dans un récit plein d'anecdotes. La nuit était douce. Aurore se laissa bercer.

12

Sophie rentra le lendemain avec un sentiment de hâte inhabituel. Pourtant, elle aimait la Corse, c'était son berceau, le lieu au monde où elle se sentait chez elle, en affinité avec la nature sauvage et secrète. Marc n'éprouvait pas ce sentiment aussi viscéralement. Elle, elle aimait chaque détour de cette île. Mais cette fois, elle avait été impatiente de rentrer et de retrouver Aurore. Trop tard, elle avait songé qu'elle aurait dû lui demander de l'accompagner.

Au Harold's, elle tomba sur Alex qui arrivait.

- Tiens, fit Marc en le voyant. On te voit souvent depuis quelques temps.

Alex sourit avec ironie.

- Et tu y vois une relation de cause à effet ? demanda-t-il.

Marc ne répondit pas.

- Aurore est là-haut ? demanda Sophie à Marc.

- Non, elle est repartie.

Sophie eut l'air consterné.

- Oh non ! Pourquoi tu ne l'as pas retenue ?

Marc eut un geste exprimant la fatalité.

- Tu sais bien qu'on ne retient pas Aurore.

- Pourtant elle savait que je devais revenir.

La voix de Sophie tremblait légèrement et Alex lui jeta un regard aigu. Elle insista :

- Elle revient quand ?

- Elle n'a pas dit. Mais elle a gardé les clés du studio. Je pense qu'elle va revenir.

- Oui, mais quand ?

Marc eut un geste d'ignorance.

- Elle a laissé son numéro ?

- Non. Elle a dit qu'elle appellerait à la fin de la semaine.

Sophie passa derrière le bar et pianota sur l'ordinateur.

- Elle doit être sur la liste rouge, fit Marc.

Sophie vérifia et constata qu'il avait raison. Elle eut l'air découragé.

- Appelle sa grand-mère, dit Alex, elle doit savoir où la joindre.

- C'est une idée, ça, fit Sophie, pleine d'espoir. Je me souviens, son prénom, c'était Eléonore.

Elle tapa la recherche sur l'ordinateur.

- Beaumont Eléonore à Saint-Cloud. Ce doit être ça. Tu crois que je peux l'appeler ?

- Pourquoi pas ?

Sophie composa le numéro. Une voix au léger accent lui répondit.

- Madame Beaumont ? Je suis une amie d'Aurore. Vous êtes bien sa grand-mère ?

- Oui.

- Vous savez où je peux la joindre ?
- Je n'ai pas vu ma petite-fille depuis un moment.
- Vous pouvez peut-être me donner son numéro ?
- C'est que, Aurore est sur la liste rouge. Quel est votre nom ? Je peux lui dire de vous rappeler.
- Je m'appelle Sophie Diaz. Vous pensez la voir bientôt ?
- Je ne sais pas.
Alex posa sa main sur le récepteur.
- Dis-lui que tu étais à Fontainebleau dernièrement.
Sophie le regarda, l'air interrogateur mais fit ce qu'il disait.
- J'étais à Fontainebleau et...
- Ah, elle était avec vous la semaine dernière ?
Alex acquiesça d'un geste imperceptible du menton.
- Oui. Je devais la joindre mais j'ai perdu ses coordonnées.
La vieille dame hésita un court instant.
- Ecoutez, je ne suis pas sûre de la voir, je vais vous donner son numéro.
Sophie sourit à Alex et prit un stylo. Après avoir remercié la vieille dame, elle raccrocha.
- Pourquoi tu as parlé de Fontainebleau ? demanda-t-elle à Alex.
- Intuition masculine, répondit-il en prenant le papier sur lequel Sophie avait noté le numéro d'Aurore.
- Je vais l'appeler, dit Sophie, brusquement enthousiaste.
Elle fit le numéro et laissa la sonnerie résonner longuement chez Aurore.
- Où peut-elle être ? Ça ne répond pas.
Elle se tourna vers Marc.
- Tu es sûr qu'elle est repartie à Paris ?
- C'est ce qu'elle a dit.
Elle raccrocha.
- Tu l'appelleras ce soir, dit Marc. Elle ne passe pas ses journées chez elle, c'est tout.
Alex regarda Sophie attentivement.
- Tu la connais bien ? Tu as l'air de tenir à elle.
Il avait l'air d'attendre une explication. Sophie hésita.
- C'est quelqu'un d'intéressant, sensible sous ses airs farfelus. En plus, quand je l'ai connue, dit-elle, ça n'allait pas. J'étais avec un type qui me faisait danser. Plus il m'échappait et plus je m'accrochais à lui.
Alex releva les sourcils.
- Quel rapport ?
- Aurore est tombée au bon moment. Elle m'a entraînée et fait sortir de ma déprime. Elle disait que les hommes ne s'intéressent aux femmes que quand elles leur échappent. Elle disait que c'était un réflexe quasi pavlovien.
- Elle disait ça ?
- Oui. Et elle avait raison. Elle était enthousiaste, elle entraînait les gens dans son sillage. Avec elle, je me suis amusée et mise dans des situations insensées. Je menais une triple vie, pour reprendre son expression. Nous avions des crises de

fou rire et j'aurais fait n'importe quoi pour la faire rire. L'été que j'ai passé avec elle fait partie des moments les plus insouciants que j'ai connus. A la fin de l'été, ce type avec qui j'étais me faisait des scènes de jalousie terribles et je l'ai jeté. Avec une volupté que tu n'imagines pas.

- Si. J'imagine assez bien. Et elle ?

Sophie le regarda.

- Quoi, et elle ?

- Avec qui elle était ?

- Oh, elle ne restait jamais longtemps avec quelqu'un. Elle voulait s'amuser, être libre d'aller et venir.

- Et ensuite ?

- Elle est repartie à Paris. Elle avait dit qu'elle reviendrait et elle est partie comme cette fois sans laisser de numéro ni d'adresse.

Elle eut un geste vague.

- En tout cas, quand j'ai eu besoin de quelqu'un, elle s'est trouvée là.

Marc la regarda, songeur. « Cette fois, pensa-t-il, j'ai l'impression que c'est elle qui a besoin de quelqu'un. »

Un peu plus tard, après qu'Alex fût parti, Marc dit à Sophie.

- N'en raconte pas trop sur Aurore à Alex Brenner.

Sophie le regarda, surprise.

- Pourquoi ?

Marc préféra éluder.

- Tu connais Aurore et son goût du secret.

Sophie resta songeuse.

- Oui. Tu as raison.

Il pleuvait quand Aurore était arrivée à Paris et elle en avait éprouvé une telle déception qu'elle en aurait pleuré. Elle avait quitté Nantes sur un coup de tête et commençait à le regretter. Mais il devait aussi pleuvoir à Nantes. Sa rue était déserte et seul le café qui faisait l'angle était éclairé. Elle avait essayé de se remettre à écrire mais son esprit tournait comme un fauve enfermé et depuis deux jours elle était mal.

L'après-midi, elle était passée voir sa grand-mère mais au bout d'une heure, elle avait fait un effort pour ne pas partir en claquant la porte. La vieille Anglaise récriminait comme à son habitude.

- Tu pourrais venir me voir plus souvent, Aurore ! Je suis ton unique famille. Et puis, tu devrais attacher tes cheveux, les discipliner, ce serait plus élégant.

Aurore avait soupiré ostensiblement. Sa grand-mère se tenait très droite et était toujours parfaitement habillée, coiffée, parfumée. A côté d'elle, Aurore avait immanquablement l'impression d'être débraillée et ébouriffée. Mais elle n'avait pas envie de discipliner quoi que ce soit en elle.

Le soir, elle avait roulé sans but dans Paris. Elle était passée devant un cinéma affichant la reprise d'« *Un tramway nommé désir* » et s'y était engouffrée. En sortant, de nouveau, elle avait roulé longuement, l'autoradio en sourdine. Des heures d'errance pour ne pas rentrer. Elle songea à ce que sa grand-mère avait dit: elle était sa seule famille. Autant dire qu'elle était seule au monde. Cela faisait déjà longtemps qu'Aurore le ressentait ainsi. La solitude l'effrayait chaque jour un peu plus. Au point de ne plus pouvoir rentrer certains soirs. Au point de ne plus pouvoir écrire. Une sourde anxiété couvait en elle comme un orage. Un brusque accès de chagrin la submergea. Un de ces chagrins comme elle en connaissait, enfant. Incoercible. Quelque chose se déréglait dans sa vie.

- Qu'est-ce que j'ai ? songea-t-elle tandis que des larmes coulaient sur ses joues.

Le téléphone sonnait quand elle rentra un peu après minuit. Elle ferma sa porte à clé et décrocha.

- Allô !

- Aurore ? C'est Sophie. Tu ne dormais pas, j'espère ?

Une joie violente envahit Aurore, aussi violente que l'abattement qui avait précédé.

- Non. Au contraire.

- J'ai essayé de te joindre toute la journée. Je commençais à désespérer. J'étais décidée à faire le quart toute la nuit près de mon téléphone.

- Tu es rentrée ?

- Oui. Je pensais te voir. Pourquoi es-tu repartie si vite ?

Aurore réfléchissait rapidement mais déjà la douleur refluait.

- Tu ne bouges plus, maintenant ? Tu restes à Nantes ? demanda-t-elle brusquement.

- Oui, bien sûr.

- Bon, alors, je vais revenir.

- C'est vrai ? Je craignais que tu ne reviennes que dans sept ans.

- Non, j'avais l'intention de revenir. Marc m'a prêté son studio et j'ai toujours la clé.

Sophie retrouva un ton léger.

- Tu ne me demandes pas comment j'ai eu ton numéro ?

- Oui, au fait. Je ne suis pas dans l'annuaire.

- J'ai appelé ta grand-mère.

- Elle t'a donné mon numéro ? Comme ça ?

- Oui, enfin, c'est Alex Brenner qui m'a donné l'idée...

- Comment ça, Alex Brenner ?

- Je te raconterai. Tu m'appelles dès ton arrivée ? Je vais te donner mon numéro.

- Pas la peine, Marc me l'a donné.

Sophie hésitait à lui poser des questions et jugea préférable d'attendre.

- J'ai un certain nombre de choses à faire, dit Aurore. J'arriverai à la fin de la semaine.

Elle resta songeuse après avoir raccroché. Ainsi, c'était Alex qui l'avait retrouvée. Quelqu'un d'autre aurait pu la retrouver aussi depuis longtemps. Mais peut-être cette personne n'en avait-elle jamais eu l'intention.

L'idée de revoir Sophie la remplit d'excitation. Finalement, elle n'était pas seule. Elle allait retrouver sa complicité avec Sophie, leurs crises de fou rire. Pourquoi n'y avait-elle pas songé ? Elle aurait dû retourner à Nantes plus tôt. Avant que Pierre ne lui dise... Elle sentit une ombre planer sur elle. Mais elle pouvait y retourner sans tenir compte de ce qu'elle avait appris. Le pouvait-elle vraiment ? Et Alex. Comment faire avec lui ? Pouvait-elle l'éviter ? Il était une relation de Sophie et Gégé. Elle se demanda ce qui se serait passé si elle l'avait rencontré quelques années plus tôt. Dans quelle histoire aurait-elle pu se retrouver embarquée ?

13

Aurore arriva à Nantes sous une pluie crépitante mais elle était tellement heureuse de revenir que ça lui était égal. Marc releva la tête quand elle entra dans le bar.

- Sophie m'a dit que tu revenais aujourd'hui. J'y croyais à peine.

- Pourquoi ?

Marc se contenta de sourire.

Sophie descendait l'escalier de la mezzanine, donnant la main à un petit garçon blond.

- Ah, te voilà, je commençais à me demander !

Aurore baissa les yeux sur l'enfant qui la regardait sans rien dire, une lueur d'intérêt dans son regard bleu.

- C'est ton fils ?

- Oui. C'est Anthony. Il ressemble à Gégé, non ?

Elle acquiesça en souriant. Sophie lui prit le bras.

- Je te préviens, je ne te lâche plus. Nous avons une petite maison sur la côte que nous restaurons et où nous passons les week-ends. Ce soir, nous y allons ensemble. Gégé m'a dit qu'il nous rejoindrait plus tard. D'accord ?

- C'est où ?

- A côté de Guérande. Tu as l'air fatigué.

- Oui, un peu.

- L'air de la mer te fera du bien. On y va ?

Aurore réfléchit.

- D'accord, mais je prends ma voiture. Je te suivrai.

- Si tu veux.

Sophie se retourna vers Marc.

- Passe nous voir si tu peux.

Le soir avait une odeur de feuillages humides et de terre mouillée.

La maison de Gégé et Sophie se trouvait située entre Guérande et La Baule, un peu à l'intérieur des terres. C'était une longère, un ancien corps de ferme en partie restauré au milieu d'un joli parc clôturé par une haie de cyprès.

La nuit tombait quand elles arrivèrent. Aurore stoppa sa voiture derrière celle de Sophie. Durant le trajet, Anthony s'était endormi. Sophie le prit doucement pour le descendre sans qu'il se réveille et le mit dans les bras d'Aurore.

- Tiens, prends-le. Je vais ouvrir la maison.

Instinctivement, l'enfant chercha le creux de son cou et Aurore le serra contre elle.

Sophie ouvrit la lourde porte en chêne et alluma les lampes qui donnèrent à la grande salle aux meubles sombres et luisants, un aspect intime et chaleureux. De chaque côté de la cheminée en pierre monumentale, des appliques en cuivres diffusaient une lueur douce sur le coin salon.

Aurore posa délicatement Anthony sur un fauteuil.

- Ce soir, tu vas dormir sur le canapé, dit Sophie. Le chauffage n'est pas complètement installé dans la chambre d'amis.

- On va allumer un feu dans la cheminée ?

- Si tu veux.

Déjà Sophie s'activait devant la cheminée et Aurore eut un élan vers elle, qu'elle contint finalement, tandis qu'un sentiment indéfini étreignait son cœur. Elle avait oublié combien l'amitié était un sentiment chaud et simple, dépourvu de violence et d'ambiguïté. Ces derniers temps, insensiblement, elle s'était éloignée des gens qui l'entouraient. La solitude s'était installée lentement. Et puis quelque chose s'était rompu. Un équilibre. Une certitude. Elle se sentait mal et Sophie lui apparaissait brusquement comme une planche de salut.

- Tu veux que je t'aide ? demanda-t-elle.

- Non. Installe-toi. Et puis sers-nous quelque chose à boire. Tu veux un apéritif ?

- Je ne sais pas. Je suis fatiguée.

- Allez ! Pour fêter ton retour.

Aurore sourit.

- D'accord. Qu'est-ce que tu as ?

- Du whisky, du porto. Ou de quoi nous faire un punch. Il y a du rhum, du sirop de sucre et du citron.

- Un punch, je veux bien. Comme chez mémé Elise.

- Qui est mémé Elise ? Ta grand-mère ?

Aurore sourit.

- Elle est mieux que ça.

Mémé Elise était une vieille dame antillaise habitant au-dessus de chez elle. Drôle et sensible, elle avait un moment observé Aurore. Un jour, elle était venue la voir en disant: «J'ai fait des gâteaux pour mes enfants et je vous en ai apportés» Aurore avait craqué et lui avait parlé. De tout. Enfin, presque tout.

- Il y a longtemps que tu la connais ? demanda Sophie.

- Cinq ans. Depuis que j'ai emménagé à Montparnasse.

Elle hésita.

- Elle est mieux qu'une grand-mère. La mienne, tu sais... Et je n'ai pas d'autre famille.

Sophie la regarda.

- Moi, j'espérais être ta famille.

Aurore eut envie de pleurer brusquement. Elle aussi avait pensé revoir Sophie. Pourquoi avait-elle attendu si longtemps ?

- J'ai passé un an en Angleterre. J'ai rencontré quelqu'un là-bas. Et quand je suis revenue, j'ai hésité. Tu sais comment c'est. Quand on laisse passer le temps, on n'ose plus débarquer dans la vie des gens.

Sophie sourit.

- Enfin, tu es là. C'est l'essentiel.

Aurore avait fini de préparer les deux punchs et tendit un verre à Sophie.

- Je l'ai fait assez léger, dit-elle.

Elles s'installèrent sur le canapé face à la cheminée. Le feu avait pris avec élan et Aurore pouvait sentir sa force et sa chaleur sur sa peau.

- Gégé ne devrait pas tarder.

Aurore se sentait bien. L'alcool s'insinuait lentement en elle et, associé à la fatigue, l'engourdissait.

- Il y a longtemps que je ne me suis pas sentie aussi bien, dit-elle en se laissant aller contre le dossier.

- Tu veux un autre punch ? demanda Sophie.

Aurore sourit.

- Si Gégé nous voyait.

- Justement, j'entends une voiture. Ça doit être lui qui arrive.

C'était lui en effet.

- Alors, les filles, ça va ?

Gégé enleva son blouson et se servit un whisky. Aurore surprit le regard complice qu'il échangeait avec Sophie et songea qu'ils finissaient par se ressembler tous les deux.

- Alors, Aurore, fit Gégé, qu'est-ce qui t'a pris de partir avant le retour de Sophie ?

- Rien, dit-elle, un peu ennuyée, un imprévu. J'ai dû repartir à Paris.

Déjà, Gégé pensait à autre chose.

- Qu'est-ce que vous diriez de faire du bateau, demain ? Ils annoncent du beau temps à la météo.

- Oui. C'est une bonne idée, fit Sophie. On pourrait pique-niquer sur l'île Dumet.

- Et pêcher. Demain, Aurore, je t'initie au lancer.

Il se leva et s'approcha de la fenêtre. La pluie avait cessé.

- On passe à table ?

Il était tard quand ils allèrent se coucher. Aurore se glissa dans le canapé près de la cheminée. Les flammes mourantes jetaient des ombres sur le salon. Elle remonta les draps sur elle. Ils avaient l'odeur du linge séché en plein air. Elle enfouit son visage dans l'oreiller.

Le lendemain, le ciel était complètement dégagé. Le bateau de Gégé se trouvait dans le port du Pouliguen. C'était un hors-bord de cinq mètres, à coque semi-planante, fait pour aller vite avec son moteur de 80 chevaux. Sophie déposa leurs sacs dans la petite cabine contenant deux couchettes assez sommaires. L'air était tiède, le soleil commençait à chauffer. Gégé mit le moteur en route et sortit le bateau du port. Les jetées dépassées, il accéléra. La mer était lisse, le bateau filait sur l'eau. L'air provoqué par la vitesse ébouriffait les cheveux d'Aurore et sifflait à ses oreilles. Sophie souriait et Anthony avait l'air joyeux.

Au bout d'un moment, Gégé ralentit.

- On va faire une balade pour te montrer la côte, dit-il. Et après, on pêchera.

Ils remontaient maintenant vers le Croisic. Des petites criques alternaient avec des falaises dorées et des éperons rocheux. Une côte toute en contraste, comme la région.

- Qu'est-ce que c'est ? demanda Aurore en montrant un filet suspendu à une baraque accrochée aux rochers.

- C'est une pêcherie. Et le filet, c'est un carrelet. C'est pour pêcher de la côte. Des gens les louent. Mon grand-père en avait un quand j'étais enfant.

Ils arrivaient au large de Piriac.

- On approche de l'île Dumet, fit Sophie. Vous avez faim ?

- J'ai une faim de loup.

Gégé mouilla le bateau à quelques mètres de la plage et elles sautèrent dans l'eau après avoir remonté leurs jeans.

- Elle est déserte, cette île ?

- Oui. Juste un ancien fort en ruine.

Sophie avait apporté un poulet cuit à la broche et des fruits et ils déjeunèrent sur la plage. Aurore retrouvait cette sensation de plénitude, d'insouciance qu'elle avait connue des années plus tôt.

Anthony était tranquille et Aurore remarqua qu'il l'observait à la dérobée. A un moment, elle croisa son regard. L'enfant hésita puis détourna la tête. Aurore paria avec elle-même. « Il va se retourner. » Comme attiré par un aimant, il la regarda de nouveau avec un sourire indécis, étonné de découvrir la séduction.

Elle sourit et s'allongea sur le sable, les yeux perdus dans l'immensité du ciel. Comme tout paraissait simple !

Elle ferma les yeux. Quand elle les rouvrit, l'enfant était penché sur elle.

L'après-midi, ils revinrent au large du Pouliguen. Gégé sortit son matériel.

- Je vais te montrer comment lancer, dit-il.

Il prit une canne à pêche et lui montra comment relever le pick-up du moulinet pour bloquer le fil avec l'index.

- Ensuite, tu lances en lâchant le fil qui va dérouler le moulinet. Essaie.

Après plusieurs tentatives, Aurore finit par y arriver.

- Voilà. C'est comme ça, fit Gégé. Après, tu remets le pick-up en place et quand ça mord, tu moulines pour ramener.

- Qu'est-ce qu'on pêche, ici ?

- Du lieu jaune, du maquereau. Mais le meilleur, c'est le bar, un poisson argenté, très fin.

- C'est comme le loup en Méditerranée ?

- Oui. Dans les Côtes d'Armor, j'en ai pêchés qui faisaient au moins trois kilos. Avec un copain, on est allé, une fois, on en a pêché une trentaine.

Il se lança dans une grande explication sur le bar.

Aurore s'installa sur l'avant du bateau et le regarda avec ironie.

- Si je comprends bien, le bar c'est ta baleine blanche.

Sophie, qui s'était mise en maillot de bain, sourit.

- J'ai quelque chose, s'écria Gégé en moulinant à toute vitesse.

Il remonta un petit maquereau. Sophie s'esclaffa.

- Gégé, tu fais la pêche au gros ?

Aurore éclata de rire. Il prit l'air offusqué.

- Attendez toutes les deux. Vous allez voir tout à l'heure, le bar que je vais remonter.

Le soleil déclinait quand Gégé parla de rentrer. Insensiblement le jour avait changé de couleur. Le soir avait une nuance chaude et ambrée.

- C'est dommage. On n'a pas pêché de bar, fit Aurore.

- Le lieu jaune, c'est bien aussi. Celui que tu as pêché fait au moins 800 grammes.

- J'aurais bien aimé un bar.

- Ce sera pour la prochaine fois. Allez, on rentre.

L'air était plus frais et Aurore enfila un pull.

Plus tard, ils prirent l'apéritif devant la cheminée où Gégé avait allumé un feu. Aurore avait les joues brûlantes.

- Je crois que j'ai attrapé un coup de soleil, dit-elle.

- On dirait, oui. Avec la réverbération, le soleil chauffe plus. Ça t'a plu la balade en bateau ?

- Oui, fit Aurore, les yeux brillants. Vous en faites tous les week-ends ?

- Dès qu'il fait beau !

Ils passèrent à table. Gégé avait fait griller les poissons dans la cheminée.

- Tu devrais venir t'installer à Nantes, fit-il.

- C'est vrai, ça, fit Sophie. Pourquoi tu ne viendrais pas ? Qu'est-ce qui te retient à Paris ?

Aurore ne répondit pas tout de suite.

- Ce n'est pas si simple.

- Pourquoi ? Tu pourrais être mutée, trouver quelque chose dans la région.

- Oui. Bien sûr.

Mais il fallait d'abord qu'elle sache ce qu'elle allait faire, maintenant que Pierre lui avait parlé. Tout était compliqué. Elle s'assombrit. Elle était bien pourtant avec Gégé et Sophie.

Le téléphone sonna alors qu'ils étaient au dessert et Gégé alla décrocher.

- Allô ! ... Oui... Quoi ? ... Il est où, maintenant ?

Sophie releva la tête et regarda Gégé. Il avait l'air consterné.

- Bon. Ne t'inquiète pas, j'arrive.

Il raccrocha et se retourna vers Sophie et Aurore.

- C'est ma mère. Mon père vient encore de faire des siennes. Il est rentré tard, il a commencé à faire du scandale. Cette fois, les voisins ont appelé les gendarmes.

- Il est au poste ? demanda Sophie.

- Non. Il est parti avant qu'ils n'arrivent. Ma mère ne sait pas où il est.

Gégé avait l'air accablé.

- Il faut que j'y aille.

- Tu veux que je t'accompagne ? demanda Sophie.

- Non. Reste avec Aurore. Il y a longtemps que vous ne vous êtes pas vues. Je vais essayer de raisonner mon père.

Il soupira avec lassitude.

- Qu'est-ce qui lui a pris encore ?

Il eut un air incertain.

- Il est gentil quand il ne boit pas. Ça arrive de plus en plus rarement.

Aurore le regardait, hésitante.

- Tu sais, j'ai connu ça, moi aussi.

Gégé eut un sourire triste.

- Je sais, Sophie m'a dit.

Sophie les regardait. Ils avaient l'air désemparés. Curieusement, ils lui firent penser à deux enfants perdus. Elle songea qu'elle avait été choyée. Ses parents s'entendaient bien, elle n'avait manqué de rien. Se pouvait-il que les souvenirs d'une enfance douloureuse vous poursuivent toujours ?

Après que Gégé fût parti, elles s'installèrent sur le canapé devant la cheminée. Aurore songeait à ce qu'ils avaient dit. S'installer à Nantes.

Sophie se leva brusquement.

- Attends, je vais nous faire une infusion.

Aurore la suivit dans la cuisine quand le téléphone sonna. Sophie retourna dans le salon pendant qu'elle mettait de l'eau à chauffer. Sophie revint quelques instants plus tard.

- C'est vraiment un hasard étonnant que tu sois descendue à l'hôtel Hélios.

Aurore ne releva pas. L'eau était chaude et elle remplit deux tasses contenant un sachet d'infusion à la réglisse. Elles revinrent sur le canapé dans le salon. Sophie continuait.

- Alex et Gégé étaient à l'Hydro ensemble. Ils ne s'étaient pas vus ces dernières années. Pourtant, Alex doit passer quelquefois le week-end à La Baule. Sa mère habite à vingt minutes d'ici.

Aurore ne put s'empêcher.

- Tu la connais ?

- Je l'ai vue plusieurs fois. J'ai surtout entendu parler d'elle.

- Comment ça ?

- Ce n'est pas la mère d'Alex, elle a juste épousé son père quand il était gosse. Avant elle a été mariée avec un autre type qu'elle a laissé tomber aussitôt après.

- Oui. Marc m'a raconté.

Sophie la regarda, surprise.

- Pourquoi Marc t'a parlé de ça ?

Aurore hésita. Mentir à Sophie lui coûtait.

- Comme ça ! Pour rien. On parlait d'Alex.

Sophie ne remarqua pas son air ennuyé et continua.

- Elle a donc quitté son premier mari, et Nantes aussi. Et puis un jour, quelques temps après, elle est revenue le voir. On ne sait pas ce qu'elle lui a dit. En tout cas, aussitôt après, il se suicidait.

Aurore la regarda avec stupeur.

- Tu imagines le scandale ? Il paraît que ç'a été terrible. Elle est repartie et n'est revenue que quelques temps plus tard pour épouser Richard Brenner.

- Alex est au courant ?

- Je ne sais pas. Sans doute. Quand tu la vois, tu n'imagines pas. Au contraire, elle a l'air gentil.

- Comment il s'est suicidé, son mari ?

- Je ne sais pas.

Aurore la regarda étrangement.

- Peut-être que c'est elle qui l'a suicidé.

Sophie eut l'air effaré.

- Je plaisantais, concéda Aurore.

- Evite de plaisanter devant Alex.

- Pourquoi ? Il est très attaché à elle ?

- Normalement, j'imagine. Ils ont l'air du genre indépendants. Mais enfin, qu'est-ce que tu dirais si quelqu'un plaisantait ainsi sur ta mère ?

Aurore ne répondit pas tout de suite.

- Puisque ce n'est pas sa mère.

- De toute manière, elle était déjà repartie quand il s'est suicidé.

Sophie la regarda en souriant.

- Tu as une imagination !

- Comment tu sais tout ça ?

- C'est Edith, la femme de Xavier qui m'a raconté. Je ne sais pas si tu l'as croisée, il y a sept ans.

- Il y a sept ans, non. Mais je l'ai vue un soir au club de l'Hélios avec Xavier et Gégé. Pendant que tu étais en Corse. Elle les connaît bien ?

- Xavier est un cousin d'Alex. Edith m'a raconté que quand il était enfant, Pauline s'en est occupée comme s'il était son fils. Il avait son cheval, elle aussi. D'ailleurs, c'est Edith qui l'a maintenant. Enfin, le dernier qu'elle a eu. Elle ne le montait presque plus. Tiens, on pourrait aller voir Edith, un après-midi. Je lui ai dit un jour que je passerai et puis je ne l'ai pas fait. Ça te dirait ?

- Si tu veux, fit Aurore avec détachement Mais tu sais, je la connais à peine.

- Pas grave. Elle te plaira. Tu vas voir. Je vais t'organiser un programme d'enfer. Tu ne voudras plus repartir à Paris.

Elles parlèrent une partie de la nuit. Elles avaient tellement de choses à se dire qu'elles ne firent pas attention à l'heure.

Brusquement, Sophie regarda sa montre.

- Il est quatre heures et demie, si on allait dormir ? Demain, ça va être dur, Anthony va nous réveiller à huit heures.

Aurore sourit.

- Tu as raison. Il vaudrait mieux qu'on aille se coucher.

- Demain, je rentrerai en fin d'après midi. S'il fait beau, on pourra bronzer un peu et aller se promener sur la plage et dans les rochers.

Elles s'embrassèrent et Aurore s'installa dans le canapé qu'elle venait de déplier. Elle éteignit la lumière. Les flammes déclinantes diffusaient une douce lueur. Elle resta un moment éveillée. Elle allait de surprise en surprise depuis qu'elle était à Nantes.

Aurore s'étira dans son transat et Sophie ouvrit les yeux. Il faisait chaud dans le jardin abrité du vent par une haie de fusains. Juste un souffle d'air tiède ébouriffait leurs cheveux.

Comme Sophie l'avait prévu, Anthony s'était réveillé tôt le matin et elles profitaient de ce qu'il fasse la sieste l'après-midi pour somnoler au soleil sur des transats.

- Ce qu'on est bien ici, fit Aurore. C'est la vraie vie.

Il faisait chaud. Le soleil se glissait doucement sous sa peau.

- Tu rentres en même temps que moi, ce soir ?

- Je ne sais pas. A moins que j'aille me promener à La Baule ou à Guérande.

- Oui, tu as raison. Il fait beau.

Quand Anthony se réveilla de sa sieste, elles allèrent faire un tour sur la plage puis en fin d'après-midi, elles se séparèrent. Aurore prit la direction de Sainte-Marguerite. Tout ce que Sophie lui avait raconté tournait dans sa tête. Qui était cette femme au visage si doux et à la réputation si ambiguë ? Elle ne put s'empêcher de retourner à la Villa Anthéa. Le soir tombait quand elle arriva. C'était le moment sensible où le jour et la nuit sont en équilibre. Devant la terrasse, sous un lampadaire de jardin, stationnait une petite voiture rouge. Plusieurs portes-fenêtres au rez-de-chaussée étaient éclairées et elle espéra voir des ombres se découper dans la lumière.

Elle resta là, longtemps, hypnotisée par cette maison et ne se décida à partir que quand les dernières lumières s'éteignirent.

Pour rentrer, elle prit la voie express, l'esprit en proie à des émotions contradictoires. Il était près de minuit quand elle arriva à Nantes.

La terrasse du Harold's était entièrement illuminée. Marc avait sorti des tables et un monde animé et bruyant y sirotait des cocktails colorés. Elle gara sa voiture de l'autre côté de la rue et la ferma à clé. Comme elle passait entre les tables, elle s'entendit appeler. Elle se retourna et vit Xavier et Alex attablés avec un couple qu'elle ne connaissait pas. Xavier lui faisait des signes et elle obliqua vers eux.

- D'où sortez-vous ? demanda Alex.

- De nulle part.

Il considéra son air sombre et dit :

- Vous en avez tout l'air.

Elle ne répondit pas. Xavier se leva et prit une autre chaise.

- Tu bois quelque chose avec nous ?

Aurore eut l'air d'hésiter.

- Allez, pas longtemps, insista-t-il en la faisant s'asseoir.

Alex continuait à la scruter.

- Qu'est-ce que vous fabriquez dehors à une heure pareille ?

- J'étais chez Sophie.

- Ça doit faire un moment qu'elle est rentrée, elle.

Aurore commençait à montrer des signes d'impatience et Xavier intervint.
- Laisse-la tranquille. Elle fait ce qu'elle veut. Aurore, tu ne connais pas Cédric et Valérie.
Aurore remercia Xavier d'un sourire et regarda le couple assis à côté d'Alex. L'homme était du genre macho. Il lui faisait penser à une pub pour cigarettes ou after shave ou tout autre accessoire censé exacerber la virilité. Depuis le début de la conversation, il l'observait froidement et elle ressentit comme un malaise en même temps qu'une certaine hostilité. La jeune femme assise à côté de lui avait un air provocant et ne quittait pas Alex du regard. Aurore se tourna vers Xavier.
- Alors, ce week-end ? lui demandait celui-ci.
- On a fait du bateau avec Gégé. On a pêché.
- Toi aussi ?
- Oui. Gégé m'a appris à lancer.
Alex regarda Aurore s'animer en parlant avec Xavier. Valérie, qui écoutait la conversation, se pencha vers lui et effleura son bras.
- Et toi, ton bateau, tu l'as toujours ?
Il la regarda distraitement.
- Ce n'était pas mon bateau mais celui de Xavier.
- Dommage. J'en ai gardé un bon souvenir.
Alex ne releva pas.
- Passez voir Edith cette semaine, Sophie et toi, dit Xavier à Aurore. Ça lui fera plaisir.
Elle hésita.
- Justement, Sophie en parlait hier.
- Tant mieux. Ça fait un moment qu'Edith ne l'a pas vue. Allez-y mardi, elle ne travaille pas.
- Je vais en parler à Sophie. Allez, je vous laisse, dit Aurore en se levant.
Elle se tourna vers Xavier.
- On se verra cette semaine.
Elle fit un signe à Alex et aux deux autres et monta dans le studio. Elle ouvrit la fenêtre donnant sur la minuscule loggia. D'où elle était, elle apercevait la terrasse du pub. Les choses allaient trop vite, étaient trop différentes de ce qu'elle avait imaginé.

14

Le mardi suivant, Sophie passa prendre Aurore pour aller voir Edith. Elle et Xavier habitaient, sur l'arrière de La Baule en direction du Golf de Saint-Denac, une villa moderne avec de larges baies vitrées donnant sur une pelouse qui descendait en pente douce vers un minuscule cours d'eau.

Edith était sur la terrasse quand Sophie stoppa devant la maison et leur fit signe. Anthony qui s'était précipité quand Sophie avait ouvert sa portière, lui sauta dans les bras.

Aurore sourit. A trente-quatre ans, Edith avait un air d'éternelle adolescente avec ses cheveux coupés courts qui donnaient à son beau visage régulier un air un peu androgyne. Elle portait un pantalon d'équitation blanc cassé et un chemisier en lin. Elle les fit entrer dans le salon noyé de lumière.

- Où est Océane ? demanda Sophie.

- Elle est au lycée. Elle va bientôt arriver. Elle finit à trois heures.

Un grand chien noir s'approcha d'elles.

- Voici Archibald, dit Edith. Archie pour les intimes. C'est un bas-rouge. C'est très sympa.

Aurore se baissa pour le caresser.

Une odeur lourde et sucrée régnait dans la pièce.

- Qu'est-ce que tu fais ? demanda Sophie.

- Une tarte Tatin. J'adore faire des gâteaux, quand je ne travaille pas. Tu sais, quand on fait le métier que je fais, on a besoin d'équilibre, de valeurs simples.

Aurore l'observait.

- Sophie m'a dit que tu étais psy.

- Oui. Dans une clinique spécialisée. Et je vois de ces cas ! Remarque, des cas pathologiques, j'en vois aussi en liberté.

Aurore dit brusquement.

- Ça sent bon. C'est compliqué à faire, les tartes ?

- Non. Tu n'en as jamais fait ?

- Jamais.

- Ta grand-mère n'en faisait pas, demanda Sophie ?

- Non.

- Venez voir, fit Edith en les entraînant.

La cuisine était blanche et jaune avec un bar américain. Elle ouvrit la porte du four pour leur montrer la tarte qui dorait.

Sophie demandait à Edith.

- Tu fais toujours des confitures ?

- Oui. Tous les étés. On a beaucoup d'arbres fruitiers. Si ça vous dit, au mois d'août...

Elle se tourna vers Aurore.

- Ça, c'est facile à faire. On fait cuire les fruits et le sucre pendant une heure et ensuite, on les met dans des bocaux.

- Et on les stérilise ?

- Non. Pas les confitures.

Sophie la regarda avec indulgence.

- On voit que tu n'as jamais vécu à la campagne.

Aurore ne répondit pas. Curieusement, elle y avait vécu à la campagne. C'était loin dans sa mémoire. Elle était enfant. Son père l'avait confiée à sa grand-mère qui, à l'époque vivait en Normandie. Elle n'arrivait plus à se souvenir de l'endroit. Elle se rappelait juste... Oh, c'était loin ! ... Sa grand-mère ne faisait pas de confitures...

- Vous voulez un thé ?

- Oui, fit Sophie. On pourrait le prendre dehors. Il fait beau.

- Oui. C'est un mois de mai magnifique.

- Tiens, voilà Océane.

Aurore regarda avec surprise la jeune fille qui arrivait. Elle était grande, avec de longs cheveux blonds et malgré le jean et le blouson informe, une beauté fondante, presque provocante. Elle se tenait auprès de sa mère qu'elle dépassait de plusieurs centimètres. Anthony lui avait sauté dans les bras.

- Océane vient d'avoir quatorze ans. Tu te rends compte. Elle est plus grande que moi.

Elle était lisse avec une sorte de légèreté. Avait-elle été ainsi, adolescente ? Aurore ne s'en souvenait pas. Elle était plus sombre. Ce n'est que plus tard, vers dix-sept ans qu'elle avait été insouciante. En fait, c'était à Nantes, quelques années plus tôt qu'elle avait connu des moments vraiment dépourvus d'ombres.

Une grande table en bois et deux bancs étaient disposés sur la pelouse. Elles s'y installèrent. Au-delà de la clôture, s'étendaient des champs de blé traversés par un chemin longeant une haie.

Archie s'était étalé de tout son long sur l'herbe.

- Il me reste des confitures de l'année dernière. Vous voulez en goûter ? demanda Edith.

- Oui. C'est une bonne idée.

Edith revint avec un plateau contenant du thé, des toasts et deux pots de confiture.

Sophie se tartina un toast et mordit dedans.

- Mm, fit-elle. Ça a le goût de l'enfance. Du bonheur.

Aurore la regarda avec curiosité et étala lentement une cuillerée. La confiture était délicieuse, onctueuse avec de gros morceaux de poires. Elle s'adossa à son siège. L'enfance avait eu pour elle un autre goût que celui du bonheur.

- J'ai déjà parlé de toi à Edith, dit Sophie.

- Oui. C'est ce qu'elle m'a dit.

Sophie sourit puis regarda Aurore.

- Tu te souviens ce qu'on a pu faire les folles ?

- Oui. Je n'ai pas retrouvé ça par la suite. Cette folie, cette excitation...

- Qu'est-ce que vous faisiez ? demanda Océane.

Sophie eut l'air rêveur.

- C'était l'été. On sortait tous les soirs et on menait une triple vie. On se mettait dans des situations impossibles. On venait d'avoir notre permis et quand un garçon nous plaisait, on le pistait en voiture. Tu te souviens, Aurore ?

Celle-ci sourit.

- Oui. Je crois qu'on se serait inventé n'importe quel coup de foudre pour le plaisir de suivre quelqu'un en voiture.

Océane eut l'air intéressé.

- Ah ?

- Arrêtez toutes les deux, fit Edith en riant. Vous allez lui donner des idées délirantes.

Sophie racontait de nouvelles anecdotes. Il faisait beau. L'herbe ondoyait doucement sous le souffle léger de l'air. Aurore était bien.

En fin d'après-midi, Edith parla d'aller soigner son cheval. Archie se redressa d'un bond.

- Ah, c'est vrai ! fit Aurore. Sophie m'a dit que tu en avais un.

- Tu veux le voir ?

- Il est où ?

- Dans le terrain à côté.

Elles sortirent de la propriété et traversèrent la route. Le terrain était situé derrière le rideau d'arbres qui bordait la propriété voisine et était entouré d'une palissade blanche. Une BMW était stationnée devant la clôture.

- Ah, Alex est là ! fit Edith.

Il sortit du box, des bottes d'équitation aux pieds, portant une selle noire.

- Tiens, vous voilà ! dit-il.

- Tu vas faire un tour ?

- Oui. Je m'en occuperai au retour.

Le cheval qui se trouvait près de son box, se rapprocha d'elles en les voyant arriver. C'était un bel animal, brun avec une crinière noire. Il serra un peu Edith et elle le repoussa fermement.

- Il est un peu nerveux en ce moment, dit-elle. Je ne l'ai pas monté cette semaine.

- Je peux quand même le caresser ? demanda Aurore.

- Oui. Bien sûr.

Elle effleura son encolure, hésitante. Alex l'observait.

- Ne lui montrez pas que vous avez peur. Un cheval doit toujours sentir que vous êtes le maître.

Edith le regarda, menaçante.

- Attention à ce que tu vas dire. Encore une de tes plaisanteries stupides sur les femmes et les chevaux, et tu vas voir...

Il eut un sourire tranquille.

- Ça ne m'était pas venu à l'idée mais si c'est toi qui le dis...

Il esquiva le geste d'Edith et se tourna vers Sophie.

- Vous avez fait du bateau, ce week-end ?

- Oui. On pensait te voir.

Aurore s'assit sur la palissade, un peu en retrait.

- Et Pauline, ça va ? demanda Edith à Alex.

- Oui. Elle est en Italie en ce moment.

- Chez ses amis ?

- Oui. Comme d'habitude !
- Elle va bien ? Je la trouve bizarre en ce moment. Quelque chose ne va pas ?
Aurore les observait, indifférente. Alex eut un geste d'ignorance.
- Je ne sais pas. Je ne l'ai pas vue beaucoup ces derniers temps.
Edith désigna le cheval.
- Je te préviens. Il est nerveux en ce moment.
Alex haussa les épaules.
- Ne t'inquiète pas. Il a juste besoin d'exercice.
Il sella le cheval et partit après un dernier sourire.

Quand il revint, une heure plus tard, elles étaient installées devant la tarte Tatin sortant du four. Gégé arrivait juste.

- Je parie, dit-il que vous avez passé l'après-midi à vous empiffrer. Tiens, Alex, te voilà !

Celui-ci parlait à Edith et se tourna vers Océane.
- Tu te maquilles, maintenant ?
- Chut...
- Si tu crois que ta mère n'a pas remarqué. Regarde-moi un peu, dit-il en lui prenant le menton. Ça va. La dernière fois, tu ressemblais à un raton laveur.
- Commence pas, Alex ! fit Océane en fermant la porte au nez d'Archie. Des aboiements d'indignation se firent entendre. Elle rouvrit la porte rageusement.
Une atmosphère électrique régnait dans la pièce.
Alex s'assit dans un fauteuil près d'Aurore.
- Alors, vous voilà de retour.
Elle songea qu'elle n'avait pas demandé à Sophie comment il avait réussi à obtenir son numéro.
- Comment avez-vous avez réussi à faire parler ma grand-mère ?
- La psychologie féminine n'a pas de secrets pour moi.
Elle le regarda.
- N'en soyez pas si sûr.
Il sourit et alluma une cigarette.
- Je croyais que tu avais arrêté de fumer ? fit Edith.
- Oui, je croyais aussi.
Elle se tourna vers Sophie.
- Vous restez dîner ce soir ? demanda-t-elle.
- Non. On doit passer chez les parents de Gégé, dit Sophie.
- Et toi, Aurore ?
- C'est gentil mais non. Je rentre avec Sophie. Je n'ai pas ma voiture.
- Alex peut te ramener.
Il croisa son regard.
- Je me ferai un plaisir.
Elle secoua la tête.
- Non. Une autre fois. Merci.
Elle était tendue. Alex ne la quittait pas des yeux.
- Océane, tu ne veux pas aller me chercher mes cigarettes dans ma voiture.

L'adolescente prit un air boudeur. Aurore se leva.
- Je vais avec toi, dit-elle.
Edith jeta un regard à Alex après qu'elles furent sorties.
- Qu'est-ce que tu lui as fait ?
Alex eut l'air surpris.
- A qui ?
- A Aurore.
- Moi ? Rien.
- Pourquoi elle t'évite ?
Gégé releva la tête.
- C'est vrai, ça. On dirait qu'il y a quelque chose...
Alex les regarda, songeur. Il finit par dire.
- On peut lui demander si vous voulez.

Sophie voulut dire quelque chose mais le retour d'Océane et Aurore l'en empêcha. Alex s'adossa à son siège.
- Edith et Gégé me demandent ce que je vous ai fait, dit-il en souriant.
Aurore ouvrit des yeux étonnés.
- Ils trouvent que vous m'évitez.

Elle regarda Gégé et Edith puis Alex. Il avait l'air de s'amuser et attendait qu'Aurore réponde.
- On disait ça comme ça, fit Gégé, un peu ennuyé.
- Pourquoi ? demanda-t-elle, sur la défensive.
- Une impression.
- Ça prouve qu'il ne faut pas se fier aux impressions.

Un vague malaise régnait maintenant dans la pièce. Alex avait l'air de trouver la situation réjouissante.

Sophie regarda sa montre.
- Il va falloir qu'on y aille.
- Vous passez le week-end prochain sur la côte ? demanda Edith.
- S'il fait beau, oui.
- On se verra peut-être, alors.

Ils se dirigèrent vers le vestibule. Avant de sortir, Aurore se retourna. Alex la regardait étrangement.

15

Alex était installé dans un des salons de l'Hélios et regardait distraitement le générique des infos à la télé. Comme tous les dimanches soirs, il n'y avait pas grand monde dans l'hôtel. Il était rentré de Sainte-Marguerite en fin d'après-midi et aimait retrouver le calme de l'endroit après un week-end sur la côte. Il avait toujours aimé les hôtels. Ça remontait à son enfance quand Pauline l'emmenait en Italie ou en Grèce et, quand deux ans plus tôt, il avait racheté l'Hélios, rebaptisé ainsi en souvenir du premier hôtel grec où il était descendu, il avait eu l'impression de réaliser un des rêves de l'enfant qu'il avait été. Oh bien sûr, il n'avait rien à voir avec ces vieux hôtels nichés sur les corniches italiennes comme cet ancien palazzo que Pauline lui avait fait découvrir mais il était content d'en être le propriétaire. Il l'avait acheté avec une partie de l'héritage de son père et regrettait que celui-ci ne puisse voir l'usage qu'il en avait fait. Il se consolait en songeant qu'il avait sûrement imaginé qu'il en ferait un plus mauvais usage encore.

Souvent, il pensait que c'était provisoire, qu'un jour il repartirait sûrement naviguer mais il aimait le provisoire.

Il jeta un œil sur sa montre. Plus de minuit. Il zappait depuis un moment déjà et finit par couper le son. Ça ne changerait pas grand-chose. Il venait de voir successivement un débat où les gens n'avaient rien à dire mais tenaient à le dire très fort et très en détail, une émission où une jeune femme gonflée à bloc, au propre comme au figuré, répondait à l'interviewer que ce qu'elle préférait chez elle c'était sa bouche, alors qu'elle avait de jolis yeux, bien à elle, mais non, ce qu'elle préférait c'est ce qui était faux. Il songea avec accablement que depuis quelques temps on ne voyait plus que ça, des femmes en toc. Faux seins, fausses lèvres, tout était faux. Il n'y avait que la vulgarité qui était authentique. Et il ne parlait pas des demi-putes qui venaient vous faire la morale ou des anciennes stars de porno qui vous parlaient d'amour.

Il soupira. Gégé qui faisait dans l'anticléricalisme primaire lui répliquerait s'il était là, que c'était toujours mieux qu'un curé pédophile qui vient vous parler de chasteté.

Il se leva, éteignit le poste de télé et sortit dans le hall. Il était désert.

Il descendit faire un tour au club et s'installa sur un tabouret au bar. Il croisa le regard d'une jeune femme à une table. Il l'avait déjà vue ici. Elle avait l'air esseulée bien qu'elle fût avec des amis et le regardait avec insistance. Il lui sourit et se tourna vers le barman avec qui il échangea quelques mots.

La fille se leva et vint vers lui.

- Bonsoir, fit-elle. Se tournant vers le barman, elle commanda un autre verre.

- Laissez-moi vous l'offrir, fit Alex avec détachement.

Elle parut hésiter, juste ce qu'il faut.

- Si vous insistez, d'accord.

Il lui fit signe de s'asseoir. Elle s'appelait Patricia et fêtait un anniversaire avec des amis.

- Je vous ai déjà remarqué, fit-elle dans un souffle.

Il s'en doutait un peu et la regarda avec ironie. Elle était jolie, avec quelque chose d'à la fois maladroit et provocant et il effleura sa main. Il la sentit se troubler.

Ses amis se levaient à la table et il dit :

- Vous restez un peu ?

Elle se laissa glisser du tabouret, alla dire au revoir à ses amis et revint vers lui.

Ils parlèrent un moment puis il se pencha sur elle et effleura ses lèvres. Elle se laissa entraîner.

Il ouvrit la porte de la chambre 7 et s'effaça pour la laisser entrer. Il aimait ces histoires de passage, même si depuis quelques temps, elles lui laissaient une impression de vide. En général, il évitait d'emmener des femmes chez lui. L'hôtel était une solution plus simple et dans ce domaine, il avait horreur des complications.

Elle eut l'air réticente quand il sortit un préservatif, mais avec la maladie d'amour qui courait de nos jours, il n'allait sûrement pas prendre de risques.

Quand il se réveilla le lendemain, il était seul dans le lit et un moment, il songea qu'il allait faire l'économie d'une discussion mais la porte de la salle de bain s'ouvrit et Patricia en sortit, fraîche et souriante.

- Tu sais, dit-elle en l'embrassant, je viens ici depuis plusieurs semaines.

Il se redressa. Les choses ne prenaient pas la tournure désirée. Les femmes étaient finalement très prévisibles.

- Content que l'endroit te plaise, fit-il en regardant sa montre.

- Ce n'est pas l'endroit qui me plaît. C'est toi.

- Toi aussi, tu me plais mais tu vois, il faut que j'y aille. Je vais te faire monter un petit déjeuner.

Il se leva. Quand elle serait prête à partir, il ne serait plus dans les parages. Depuis peu, il apposait un écriteau sur la porte de son bureau. « Pour votre confort, veuillez respecter ma tranquillité. » Avec Monsieur Graff, le réceptionniste, il était tranquille. Par crainte de représailles, il ne laissait passer personne.

Elle le retint.

- On se retrouve quand ?

Il l'embrassa doucement.

- Sûrement un de ces soirs, si tu viens de temps en temps.

Elle le regarda.

- Ce n'est pas possible, tu ne peux pas me faire ça.

- Te faire quoi ?

Elle voulut dire quelque chose mais comprit que c'était inutile. Son visage se ferma.

- Très bien, je m'en vais.

- Reste. Je vais te faire monter un petit-déjeuner.

- Ne prends pas cette peine !

Elle s'habilla rapidement et sortit en claquant la porte. Il regarda sa montre, vaguement irrité ce matin. Mais qu'est-ce qu'elles espéraient vraiment? Elles ne le connaissaient même pas, les trois quarts du temps. Les femmes étaient vraiment une race à part. Il haussa les épaules. Il y avait longtemps qu'il considérait qu'il en existait deux catégories. Les emmerdeuses de compétition et les autres, moins bien entraînées mais à coup sûr, dotées de prédispositions encore peu exploitées. En tout cas, c'est ce qu'il aimait dire devant Lila, juste histoire de détendre l'atmosphère.

Il ouvrit les rideaux et remarqua une 205 garée près de sa voiture. Un court instant, il songea à Aurore mais elle n'était quasiment pas revenue à l'Hélios depuis qu'elle l'avait quitté pour le studio de Marc au-dessus du Harold's. Alors elle, dans le genre emmerdeuse, elle devait être championne toutes catégories. Bien sûr, elle était excitante, imprévisible même, mais tout bien réfléchi, il n'était pas sûr de préférer les femmes imprévisibles. De toute manière, elle était une amie de Sophie et risquait de lui compliquer la vie plus sûrement que toutes les autres réunies. Et puis, il y avait quelque chose qu'il n'arrivait pas à cerner chez elle. Dans l'état actuel des choses, il préférait croiser au large.

Il prit une douche et descendit dans son bureau où il se fit porter un petit déjeuner qu'il savoura avec délices. Comme la vie était simple, quoi qu'en dise Lila, quand on était libre. Car si on écoutait Lila, la vie ne valait d'être vécue que si l'on ressentait des émotions, si l'on éprouvait des sentiments. Lui, il avait appris très tôt à contrôler les siens et s'en portait très bien.

Le téléphone sonna et il décrocha. C'était sa mère. Elle lui annonça qu'Isabelle et Giacomo arrivaient le week-end suivant et qu'ils seraient heureux de le revoir. Il lui promit qu'il viendrait.

16

Aurore se promenait dans le quartier du Bouffay. Le matin était vibrant de douceur et de légèreté. Cela faisait une semaine, déjà, qu'elle était revenue et elle n'avait pas vu le temps passer. Une semaine à aller d'un endroit à l'autre, à s'étourdir avec Sophie avec qui elle parlait des heures, riait et courait la ville.

Elle n'était pas retournée à la Villa Anthéa, depuis le jour où Sophie lui avait parlé de Pauline Brenner et son premier mari. Elle était bien, elle avait retrouvé l'insouciance qu'elle avait connue quelques années plus tôt et se demandait si elle ne ferait pas mieux d'oublier tout ce que Pierre lui avait dit. Mais le pouvait-elle ?

Pour l'instant, elle se laissait vivre. Plus tard, elle aviserait..

Le samedi suivant, ils passèrent la journée en mer comme le week-end précédent. Il faisait beau. La mer était polie comme une laque. Sophie et Aurore s'étaient mises en maillot de bain à l'avant du bateau. A la marée montante, Aurore essaya de pêcher ainsi qu'Anthony à qui Sophie avait donné une petite canne. A un moment, Aurore remonta un petit lieu et Sophie lui fit signe.

- Si on le mettait sur la ligne d'Anthony ?

Les yeux d'Aurore brillèrent.

- Remonte ta ligne, Anthony, on va changer ton leurre.

L'enfant moulina son fil à toute vitesse. Profitant du fait qu'Aurore détournait son attention, Sophie accrocha le poisson à sa ligne et la rejeta à l'eau.

- Tiens, Anthony, reprends ta canne.

Quelques instants plus tard, elles l'entendirent appeler.

- Maman, maman, j'ai un poisson.

Sophie afficha un air incrédule.

- Tu es sûr ?

- Regarde !

Il remonta son poisson avec une fierté émerveillée tandis qu'Aurore et Sophie s'exclamaient.

- Qu'est-ce que vous faites à l'avant, demanda Gégé. Y'en a pas une de vous deux qui viendrait barrer ? Je vais mettre une ligne de traîne.

Sophie se leva.

- J'arrive ! Aurore, décroche son poisson !

Aurore se débattit un moment avec l'hameçon.

- Je n'y arrive pas !

Profitant qu'Anthony regardait ailleurs, elle rejeta le tout à l'eau et se laissa aller en arrière.

- Aurore, un autre poisson !

- Ça m'étonnerait.

- Si. Regarde.

Le manège dura encore un petit moment. Anthony moulinait comme un fou et Aurore l'observait en souriant. Une idée lui traversa l'esprit. Pouvait-on s'attacher à un enfant qui n'était pas le vôtre ? Jusqu'à quel point ?

- Ça ne mord pas tellement, fit Gégé. Si on changeait de coin ? On pourrait aller du côté du phare du Charpentier.

- C'est loin ?
- Non. La mer est calme, on va pouvoir aller vite.
- Attends, je remonte ma ligne.
Elle revint sur l'arrière avec Anthony et Gégé accéléra. Ils traversèrent la baie de La Baule. L'air était vif et salé.
- Une chasse de mouettes, s'écria Gégé brusquement.
Aurore le regarda, étonnée.
- Quoi ?
- Des mouettes là-bas, expliqua Sophie, elles sont en chasse. Ça signifie qu'il y a du poisson en dessous. Tu vas pouvoir lancer.
Gégé stoppa un peu avant l'endroit où les mouettes piquaient et laissa le bateau en dérive. Il lança sa ligne avec, au bout, une mitraillette de cinq hameçons et la remonta presque aussitôt avec trois poissons argentés.
- Un banc de bars ! Mets ta ligne à l'eau, Aurore.
Elle s'exécuta, sidérée. Quelques instants plus tard, elle remonta deux bars suivis de trois la fois suivante
Elle relança sa ligne. Durant un quart d'heure, ils pêchèrent plusieurs poissons chacun. Gégé jubilait, Sophie les observait en souriant. C'était nouveau pour Aurore.
Cet endroit, ces gens étaient à des années-lumière de Paris, du bruit et de la fureur de ses banlieues, de son agitation. Il lui sembla qu'un monde les séparait de son univers. Comme tout lui paraissait loin, presque irréel !
- Mais c'est Edith et Xavier, fit Sophie en montrant un voilier qui arrivait.
Aurore scruta le bateau qui approchait et se mit à rire. Archie était assis sur l'avant, immobile et fier face au vent, figure de proue cocasse et inattendue.
Elle se dressa et fit des signes. Gégé remit le bateau en route et fila vers le voilier. Il stoppa à quelques mètres et désignant le grand chien noir.
- Xavier. Tu ne lui as pas encore appris à barrer ?
- Non. Mais il imite très bien la corne de brume.
Anthony s'agita brusquement.
- Je veux aller avec Océane !
Sophie le retint.
- Non. Tu restes ici. On va bientôt rentrer.
Edith se pencha.
- Tu as pêché, Gégé ?
- Oui. On est tombé sur un banc de bars. Tu veux voir ?
- Tu nous montreras tout à l'heure. Nous, on rentre ! Alex doit passer.
Aurore éprouva un sentiment ambigu. Elle n'avait pas revu Alex Brenner depuis la journée chez Edith et en avait ressenti du soulagement. Et brusquement, en entendant parler de lui, elle éprouvait un trouble, de la curiosité. Elle haussa les épaules. Qu'est-ce qu'elle allait chercher ? Ce type ne pouvait que lui compliquer la vie.
Le soir était d'une beauté bouleversante. Elle regarda le ciel. Que pouvait lui apporter ce séjour sur fond de bonheur ?

Au retour, ils s'arrêtèrent chez Xavier et Edith et Aurore remarqua tout de suite la voiture d'Alex. Ils étaient dans le jardin et Edith passait la tondeuse.

- A cette heure ? fit Gégé.

- Il fait moins chaud. Justement, tu tombes bien.

Alex regarda Aurore arriver et elle lui sourit.

- Bonsoir, fit-il distraitement. Alors, vous avez passé la journée en mer ? demanda-t-il à Gégé.

- Oui, on a pêché.

- Vous aussi, Aurore ?

Il était distant et curieusement elle ne put le supporter.

- Oui.

Elle s'anima en lui racontant la journée et il s'adossa à son siège.

- Vous n'avez pas le mal de mer ?

- Non. Je suis une vieille louve de mer.

Il consentit à sourire.

Gégé tenait absolument à leur montrer sa pêche.

- Du bar, s'exclama Edith. J'adore ça.

- Vous en voulez ?

- Vous restez le manger avec nous ?

Gégé hésita et Aurore souhaita mentalement qu'il accepte.

- D'accord, on va le faire au barbecue. Ce qui serait bien, c'est d'aller poser des filets le samedi soir et aller les relever le dimanche matin. Quand j'étais enfant, mon grand-père m'emmenait tous les étés dans son canot.

Alex se leva.

- Il faut que j'y aille, dit-il en regardant sa montre.

- Déjà ? fit Aurore.

Il la fixa avec insistance et elle détourna les yeux. Elle le sentait indifférent. Mais avait-il été différent ?

- Tu ne restes pas avec nous ? s'étonna Xavier.

- Non. Ma mère a des invités et elle a insisté pour que je vienne.

- Ah ?

- Oui. Isabelle est arrivée de Florence, il y a quelques jours.

- Ah tiens ? fit Edith.

Elle avait un air mi-inquisiteur, mi-ironique.

- Je me suis toujours demandé si ce n'était pas elle qui t'avait fait ton éducation sentimentale quand tu avais quinze ans.

Alex la regarda, sarcastique et haussa les épaules.

- A quinze ans, c'était déjà fait.

- Comment est-elle ? Toujours aussi belle ?

- Je te rassure tout de suite. Elle est mariée.

- Oh, mais je ne me fais pas de soucis pour toi !

- Allez, j'y vais, fit Alex.

- Tu n'oublies pas mon anniversaire samedi prochain, lui rappela Edith.

Il monta en voiture et démarra, laissant Aurore vaguement déçue et perplexe.

Après qu'il fût parti, elle ne put s'empêcher de demander à Edith.

- Qui est cette femme, Isabelle, dont vous parliez ?

- Une amie de sa mère. Pas mal. A l'époque, Pauline et elle faisaient de la photo. Là, elle s'est mariée, il y a quelques années, avec un Italien. Plus jeune qu'elle, je crois.

- Ah ?

- Pauline va souvent les voir en Italie.

Océane arrivait.

- Papa demande si vous voulez manger dehors ?

Aurore la regarda. Au soleil, les cheveux d'Océane ressemblaient à de l'or en fusion.

17

Quand Alex arriva à la Villa Anthéa, presque tout le monde était arrivé et se tenait sur la terrasse. Claude, le frère de Pauline, l'accueillit par un signe et vint à sa rencontre.

- Ah, Alex ! Le week-end prochain, je mets mon bateau à l'eau. Tu viendras faire un tour ?

- Dommage que vous ne l'ayez pas sorti ce week-end ! Je serais venu avec vous, fit un homme brun au léger accent.

Alex se retourna.

- Salut, Giacomo. Ça va ?

Giacomo devait avoir cinq ou six ans de plus que lui et ils avaient tout de suite sympathisé, quelques années plus tôt.

- Oui. Dis-moi, ça fait un moment que tu n'es pas venu nous voir à Florence.

Une belle femme blonde vêtue d'un jean très moulant qui soulignait sa silhouette parfaite, sortit de la maison et s'approcha d'eux.

- Alex. Je suis contente de te voir. Tu es toujours aussi séduisant.

- Toi aussi, dit-il en se penchant pour l'embrasser.

Isabelle avait toujours cet éclat triomphant. Depuis son mariage quelques années plus tôt, elle s'était assagie. Seule une lueur provocante brillait encore dans ses yeux bruns et il en fut heureux. Trop de choses changeaient.

Ils parlèrent un moment, de choses gentiment anodines puis Isabelle se laissa accaparer par Claude.

Alex pénétra dans la maison. Pauline parlait avec une jeune voisine qui venait servir à table quand elle recevait.

- Où est Lila ? demanda Alex.

- Ah, te voilà ! dit Pauline. Lila passe le week-end chez sa sœur. Tu sais comment elle est !

Il hocha la tête. Lila considérait Isabelle avec méfiance et s'arrangeait pour ne pas être là quand elle venait.

- Elle a une mauvaise influence sur ta mère, marmonnait-elle quand il essayait de lui parler.

Alex haussait les épaules.

- Arrête, Lila. Tu n'as jamais été du genre conformiste.

- Tu imagines si ta mère épousait un homme de ton âge ?

- Ne t'inquiète pas. Elle en épousera un plus jeune que moi, répliquait-il.

Généralement, Lila partait en claquant la porte.

Il ressortit sur la terrasse, suivi de Pauline. Une voiture venait d'entrer dans la propriété et remontait l'allée.

- J'oubliais, dit Pauline, j'ai aussi invité Irène et Robert.

Il prit un air résigné. Elle le regarda avec douceur.

- Voyons, Alex, c'est ta tante.

La voiture stoppa devant la terrasse et une femme élégante mais légèrement épaissie en descendit.

Irène était la sœur de la mère d'Alex, de sa vraie mère, comme elle se plaisait à le souligner lorsqu'il était enfant. Elle ne s'était jamais occupée de lui mais du jour où Pauline avait épousé Richard Brenner, elle s'était découvert un intérêt soudain pour Alex. Elle n'avait pu supporter de le voir s'attacher à Pauline. Celle-ci la considérait avec une indifférence souriante qui la mettait mal à l'aise. Irène aurait sûrement préféré une franche hostilité mais Pauline était désarmante de douceur.

Irène avait longtemps éprouvé ce sentiment ambivalent fait d'attirance et de jalousie. Avec le temps, les choses s'étaient émoussées. Maintenant, elle passait souvent voir Pauline alors que plus rien ne l'y obligeait.

- Bonjour, Pauline, comment allez-vous ? Ah, Alex, tu es là ?

Il lui sourit hypocritement.

- Tante Irène ! Ça fait longtemps que je ne vous ai pas vue. Vous allez bien ?

- Ça va, répondit-elle sans conviction.

- Robert n'est pas avec vous ? demanda Pauline.

- Il va nous rejoindre. Vous savez, il est toujours occupé par son travail.

- Vous connaissez Isabelle et son mari, Giacomo.

- Oui. Nous nous sommes croisés une fois ou deux.

L'apéritif traîna un peu, même après que Robert fût arrivé. C'était un moment que Pauline aimait.

Elle avait fait dresser la table sur la terrasse ainsi que des lampadaires de jardin. Un souffle d'air effleurait doucement la flamme des bougies parfumées posées au milieu de la table.

Le dîner fut agréable. Pauline paraissait gaie. Tout le monde parlait avec animation. Alex écoutait distraitement.

- Tu es ailleurs ce soir, dit Isabelle qui l'observait. Je me demande à qui tu penses.

Il la regarda avec ironie.

- A moi, bien sûr.

Au moment du café, Robert et Giacomo parlaient de peinture et d'expertise. Pauline s'était assise sur les marches de la terrasse et les regardait, rêveuse. Sa robe faisait une tache blanche dans l'obscurité.

- Pourquoi souriez-vous, Pauline ? demanda Giacomo.

- Ça me rappelle toujours une histoire que j'ai entendue raconter au sujet de Picasso. Un jour, on lui a présenté deux tableaux de lui. Un original et une copie et on lui a demandé de reconnaître le sien. Il a désigné le faux et quand on le lui a fait remarquer, il paraît qu'il a dit : « Et alors, je peux faire un faux Picasso aussi bien que n'importe qui. »

Giacomo sourit. Alex vint s'asseoir à côté de Pauline et alluma une cigarette. La flamme de son briquet éclaira un instant son profil.

- Quand j'étais enfant, dit-il en regardant un massif de camélias ondoyer doucement, je pensais que tu inventais toutes ces histoires.

Pauline murmura étrangement.

- La réalité est souvent plus surprenante.

- Comment trouvez-vous La Baule, demandait Irène à Giacomo.

- Très agréable. C'est beaucoup plus ensoleillé que je ne croyais. Ça ressemble presque au midi.

- Cette chaleur, c'est quand même exceptionnel. Avant, nous venions tous les week-ends et tout l'été et tous nos amis aussi. Maintenant, les gens ne viennent plus que quelques jours, ils préfèrent partir en voyage aux Antilles ou à l'île Maurice.

- Et alors, fit Alex, même toi tu le fais !

- Oui. Moi aussi.

- La vie ce n'est pas de passer ses vacances au même endroit, ni de faire toujours les mêmes choses.

- Pourtant la vie avant avait du charme, une douceur qu'elle n'a plus.

Alex avait toujours l'impression qu'Irène le prenait à rebrousse-poil. Pourtant, elle paraissait ce soir désemparée.

- Vous êtes nostalgique ? demanda Giacomo.

- Moi pas, dit Isabelle. La vie est pleine de surprises et d'imprévus. Il ne faut pas se retourner sur le passé. Sinon vous passerez à côté des choses.

- C'est vrai, Irène, fit Robert, la vie passe vite.

- Elle passe plus vite pour moi que pour toi, dit Irène d'un ton douloureux.

- Pourquoi ça ?

- Un homme, à cinquante ans, il est encore dans toute sa force. Une femme commence à être sur le déclin.

Alex la regarda sans indulgence. Avec Irène, Lila pouvait être tranquille, elle ne risquait pas d'épouser un homme plus jeune que lui.

Il faillit dire quelque chose mais le regard de Pauline le retint.

Isabelle dit doucement.

- Ça, ça dépend de vous. Moi, je ne suis pas si différente de la jeune femme de vingt ans que j'étais. Si ce n'est que je sais mieux savourer les choses. J'ai cinquante ans mais je ne le sais pas encore.

Irène la regarda et songea que pour affronter le temps qui passait, il fallait le charme de Pauline ou l'éclat d'Isabelle. Curieusement, c'était Pauline qui l'intriguait le plus. Le temps avait passé sur elle en l'effleurant à peine. A cinquante ans, elle en paraissait moins de quarante. Elle avait l'air d'être la sœur d'Alex. Des années plus tôt Pauline avait une grâce qu'Irène sentait qu'elle n'aurait jamais. Quel que soit le prix consacré à sa beauté et son élégance ! Et maintenant, avec sa minceur et son visage lisse, elle gardait un air d'éternelle jeunesse.

Irène dit avec désarroi.

- Vous n'avez pas changé, Pauline. On croirait que le temps s'est arrêté pour vous. Comment faites-vous pour ne pas vieillir ?

Pauline la regarda étrangement.

- Oh, rien, j'ai juste passé un pacte avec le diable !

Irène frissonna. Même après tant d'années, elle ne savait toujours pas quand Pauline plaisantait.

Isabelle la regarda en souriant..

- De nos jours, il est plus simple de passer un pacte avec un chirurgien esthétique.

Alex prit l'air accablé. Si elle aussi s'y mettait...
- Une autre manière de perdre son âme, dit-il.
- Encore faut-il en avoir une, fit Isabelle en riant.
Pauline murmura
- Vous savez, Irène. Ce n'est pas la jeunesse perdue qui est le plus terrible. C'est tout ce qu'on a raté. Qu'on ne peut recommencer… Les paradis perdus...
Isabelle regarda Alex.
- Nous sommes sinistres, ce soir. Et toi ? As-tu encore des illusions à perdre ?
- J'ai toujours été sans illusion.
Isabelle sourit.
- Tu ne te protégeras pas toujours, tu sais.

18

De la terrasse, Pauline regarda Isabelle et Giacomo monter en voiture. Leur séjour était terminé. Ils repartaient.

La Lancia sortit de la propriété et Pauline descendit dans le parc. Le ciel était d'une intense pureté, sans voile. Cette fin de journée avait un éclat fragile. Elle marchait lentement à travers les arbres. Derrière le salon de jardin en pierre sous la tonnelle, quelques marches descendaient à un étang entouré de rocaille. Un banc de pierre était enfoui dans la verdure. Dans la lumière soyeuse du soir, Pauline s'étonna de l'inutile beauté des choses. Elle s'était entourée de beaux objets mais rien de ce qui l'environnait n'avait su lui faire aimer la vie, ni trouver le bonheur, ni oublier.

Elle sortit du parc par le petit portail à l'arrière qui donnait sur le sentier descendant à la mer. Tout était calme. La plage était quasiment déserte. Bientôt, le soleil allait se coucher derrière la pointe de Congrigoux. Elle leva les yeux vers la table d'orientation. Une silhouette blonde se détachait sur le ciel. Une jeune femme à contre-jour, dont elle ne parvenait pas à distinguer les traits.

Elle s'assit sur les marches de pierre qui descendaient sur la plage et regarda le ciel. L'air était scintillant de douceur, de cette douceur qui vous fait aimer la vie, ou penser qu'on pourrait l'aimer, qu'on pourrait être heureux, qu'en tout cas, on avait dû l'être, sans le savoir, dans un autre monde, une autre vie.

Elle ferma les yeux. Le bonheur existait-il ? De quels renoncements se payait-il ?

Surtout ne pas penser, ne pas se rappeler. La douleur était en elle comme un animal assoupi. Surtout ne pas la réveiller. Après toutes ces années, elle avait appris à vivre avec.

Quelquefois pourtant, la douleur se réveillait et Pauline ne pouvait résister. C'était comme un flux, une vague ravageuse et ses souvenirs affleuraient. Surtout ne pas penser, ne pas pleurer. Dormir. Dormir et ne pas se réveiller. Un sommeil sans rêve et sans réveil. Une fois, il y avait longtemps, elle y avait songé... Surtout ne pas se rappeler. Le scintillement des larmes et de la lame, brillante et glacée sur son poignet. La lame était devenue rouge et elle avait regardé la vie s'écouler de ses veines, comme quelque chose qui chavire et emporte le dernier éclat de souffrance.

Elle avait espéré échapper à la douleur. Mais on n'y échappe pas ainsi si facilement. Pouvait-on oublier les paradis perdus, les rêves naufragés, les remords surtout ? A quel moment les choses avaient-elles basculé ?

Cela faisait des années que Pauline espérait trouver un jour quelque part l'oubli. Des années qu'elle fuyait un destin qui la poursuivait. Sa vie avait été une longue fuite en avant, une course perdue et éperdue, pour échapper à quelque chose qui la rattrapait toujours. Pourrait-elle toujours lui échapper ?

Elle se leva. Elle ne supportait plus la solitude depuis longtemps. Elle décida de bouger, de fuir encore une fois.

Elle revint à la maison en prenant soin de ne pas tomber sur Lila. Lila qui prophétisait autrefois: « Dans la vie tout se paie. Et on en a rarement pour son argent. » Lila qui n'osait plus dire certaines choses maintenant.

Dans sa chambre, elle prit sa valise de cuir clair, jamais complètement défaite et la remplit. Par la fenêtre, elle apercevait les arbres se découpant sur le ciel doré comme la brume sur la mer au loin. Elle appuya son front sur la vitre. Oui, vraiment, cet endroit était sublime, d'une beauté à vous arracher le cœur, tant elle éprouvait une souffrance désespérée de n'être pas heureuse en ce lieu, de ne plus savoir, d'avoir perdu le goût de vivre.

En bas, elle tomba sur Lila.

- Où allez-vous ? demanda celle-ci, l'air soupçonneux.

- Je vais passer quelques jours à Menton.

Dernièrement, Pauline y avait acheté un appartement. Une nouvelle lubie. Elle disait que c'était presque l'Italie.

- Croyez-vous que ce soit à Menton que vous trouverez ce que vous cherchez ?

- Je ne cherche rien, Lila.

- Vous devriez.

Pendant longtemps, elle n'avait rien dit mais depuis quelques temps, elle semblait la désapprouver. Mais Lila ne savait pas tout.

Elle sortit sur la terrasse. Le soleil avait disparu. La vieille dame l'avait suivie. Au moment où Pauline montait dans sa voiture, elle s'approcha de la portière et dit tristement.

- Dieu vous protège, Pauline.

Elle dit sans la regarder.

- Oh Lila, il y a longtemps qu'il m'a laissée tomber !

19

Edith fêtait son anniversaire et Aurore passa un moment à se préparer et à choisir une tenue. Elle finit par enfiler un ensemble composé d'un spencer épaulé et d'une jupe droite ajustée, et mit quelques gouttes de parfum sur sa nuque, à la naissance de ses cheveux.

Elle arriva chez Xavier et Edith vers 20 heures, en songeant que la plupart des gens seraient arrivés. L'air était tiède, le soleil déclinant baignait le soir de douceur. Un grand feu brûlait dans le jardin et un petit groupe s'activait autour du mouton qui tournait sur la broche depuis un moment déjà, si l'on en jugeait à sa couleur dorée. Au-delà du jardin, les champs de blé jaunissaient. L'apercevant, Edith s'approcha, suivie de Xavier.

Aurore les embrassa et tendit son cadeau à Edith.

- Sophie est arrivée ? demanda-t-elle.

Edith sourit.

- Oui, elle est dans la maison, elle s'occupe d'Anthony. Viens, je vais te présenter quelqu'un.

Elle l'entraîna à travers les groupes de gens. L'air bruissait des rires et des conversations. L'odeur du feu de bois et de la viande grillée se mêlait à celle des alcools et des parfums.

- Aurore, voici Paul, un collègue de Xavier.

Elle regarda l'homme en face d'elle. Il était jeune et mince avec une grâce particulière.

- Bonsoir, dit-il en la regardant avec intérêt.

Aurore sourit.

- Xavier me fait signe, fit Edith. Je vous laisse. Si vous voyez Océane, dites-lui de venir m'aider. Elle est encore introuvable.

Paul parlait.

- Je vous ai aperçue l'autre jour sur le port du Pouliguen, dit-il en se penchant sur Aurore.

Elle essaya de se souvenir mais n'y parvint pas.

- Je participais à la régate avec Xavier.

- Ah, c'était vous ! Je n'ai pas fait attention. Il y avait tellement de monde.

- Moi, je vous ai remarquée, dit-il doucement.

Elle le regarda plus attentivement. Il avait le charme des hommes qui vous trouvent différente et elle sourit.

Au même moment, elle vit la voiture d'Alex s'arrêter devant la terrasse, suivie de celle de Cédric.

- D'où êtes-vous ? demandait Paul.

- Paris. Et vous ?

- J'habite à La Baule. Au printemps, c'est agréable. Vous faites de la voile ?

- Aurore, toujours en train de faire du charme !

Elle se retourna sur Alex qui se pencha pour embrasser sa joue. Il ne venait plus au Harold's depuis un bon moment et elle n'arrivait pas à définir ce qu'elle éprouvait.

Paul le regarda avec étonnement.
- Brenner, qu'est-ce que tu fous là ? Vous vous connaissez ?
- Aurore et moi sommes de vieilles connaissances. Et cette régate ?
Paul fit une grimace.
- On n'a pas gagné.
- C'est un euphémisme. Edith m'a dit que vous aviez fini avant-derniers.
- Arrête. Ne m'en parle pas.
Cédric arrivait. Il salua Paul et Aurore d'un air contraint.
- Alex, tu viens, je vais te présenter une amie.
Aurore les regarda s'éloigner. Elle n'aimait pas ce Cédric et avait le sentiment que c'était réciproque.
Elle se sentit fatiguée brusquement. Paul parlait et elle l'écoutait distraitement. En tournant la tête, elle aperçut Sophie qui sortait dans le jardin.
- J'aperçois une amie. Il faut que je lui parle.
- Oui. Bien sûr. On se verra tout à l'heure.
Sophie l'avait vue et venait à sa rencontre.
- Tu connais ce type avec Alex ? demanda Aurore.
- Oui, c'est un ami à lui. Ils ont navigué ensemble.
- Je ne l'aime pas.
- Pourquoi ?
- Je ne sais pas. Je ne l'aime pas.
- Oh il est un peu froid mais... Enfin, je ne le connais pas tellement.
Elle s'interrompit et regarda Aurore avec acuité.
- Ne me dis pas qu'Alex te plaît ?
- Bien sûr que non.
- Parce que, Alex, tu sais...
Sophie eut un geste indéfini et la scruta avec attention.
- Ne t'inquiète pas. Il ne me plaît pas.
Sophie la regardait toujours et Aurore se sentit soulagée en voyant Gégé lui faire signe.
- Qu'est-ce que tu veux boire ? Un punch de ma composition ?
- Oui. Je veux bien.
Elle avait envie de quelque chose de fort. Gégé lui corserait sûrement son punch. Elle éprouvait un sentiment diffus de manque, de lassitude.
- Tiens, fit Gégé en lui tendant un verre empli d'un breuvage rouge orangé comme le soleil descendant sur l'horizon. Aurore avala une gorgée. C'était fort et sucré. Tout ce qu'elle aimait. Les mélanges de saveurs, d'émotions. Les contrastes. Enfin, jusqu'à récemment, elle aimait. L'alcool s'insinuait lentement en elle. Elle s'assit sur la pierre encore chaude de soleil. Un peu plus loin, elle pouvait voir Alex qui se tenait un peu à l'écart avec cette fille que Cédric avait amenée avec lui. Elle lui parlait et il l'écoutait en souriant. Aurore s'en voulut de se sentir irritée. Depuis qu'elle était revenue, elle avait réussi à l'éviter. Pourquoi se poser des questions à son sujet ?
Elle avala le reste de son verre d'une traite. Gégé l'observait. Elle devait avoir l'air dur et fit un effort pour sourire.

- Tu as changé, dit Gégé doucement. Tu étais douce et insouciante.

- Je ne le suis plus ?

- C'est différent.

Elle eut envie de pleurer brusquement et baissa la tête. Les choses étaient différentes, la vie aussi. Le temps avait passé et emporté certaines choses, en avait ressuscité d'autres. Qu'avait-elle perdu en route ?

Gégé vint s'asseoir à côté d'elle et dit d'un ton léger.

- A moi, tu peux tout dire. Qu'est-ce qui ne va pas ?

Elle haussa les épaules.

- Rien, je suis fatiguée. Tu me sers un autre verre ?

- Aurore. Tu crois vraiment...

Il resta un moment avec elle puis retourna s'occuper du mouton. Aurore prit son verre et se dirigea vers la maison. Dans la salle de bain, elle se recoiffa et fixa longuement son image dans le miroir. Ses yeux brillaient d'un éclat sombre.

Quand elle ressortit dans le jardin, instinctivement, elle chercha Alex des yeux mais il avait disparu. Un sentiment brûlant l'envahit, puis elle aperçut la fille avec qui il était juste avant, parmi un autre groupe de gens. Vaguement soulagée, elle fit tournoyer les glaçons dans son verre qu'elle n'avait toujours pas lâché.

- Vous avez l'air sombre brusquement. Qu'est-ce qui vous arrive ?

Aurore se retourna. Alex était là, derrière elle, elle ne l'avait pas entendu arriver. Elle eut un sourire qui fit briller ses yeux et il lui tendit une assiette contenant quelques toasts.

- Tenez, Gégé m'a dit de vous apporter ça.

- Ah, merci !

Il avait quelque chose de trouble et elle sourit irrésistiblement. Brusquement, les choses lui apparaissaient sous un jour différent.

- Dites-moi. Ce n'est pas souvent que je vous vois d'humeur souriante.

- Ça me fait plaisir de vous voir.

- Oh, vous avez quelque chose à me demander ?

- Même pas.

- Ce doit être parfaitement inavouable.

Elle plongea son regard dans le sien.

- Pourquoi vous ne me tutoyez pas ?

- Vous ne trouvez pas le vouvoiement plus intime ?

Il souriait mais restait insaisissable. Il se tourna vers Cédric qui venait vers eux.

- Je te cherchais, dit-il à Alex. On se demandait ce que tu faisais demain.

- Je n'en sais rien. Je verrai demain.

Cédric ne se décidait pas à les laisser. Aurore le fixa avec ironie et il finit par s'éloigner. Elle regarda Alex.

- Il vous surveille tout le temps comme ça ?

- Non. Vous devez lui avoir fait une impression redoutable. Je dois reconnaître qu'habituellement, il a du flair.

Il la regardait, désinvolte.

- Alors, qu'est-ce que vous faites à Nantes ?

La question était imprécise.
- Et vous ? demanda-t-elle.
Il la regarda, surpris.
- Comment ça, et moi ?
- Ne me dites pas que vous avez l'intention de vous occuper de l'hôtel toute votre vie ?
- Pourquoi ? Beaucoup de gens font la même chose toute leur vie.
- Pas vous.
- Pourquoi, pas moi ?
- Dans la vie, il faut avoir un idéal, une passion. Quelque chose qui vous pousse. Vous avez l'air d'un loup au coin d'un feu.
Alex se mit à rire.
- Je me demande où vous allez chercher des trucs pareils.
Mais il avait déjà confusément songé à ça, et en le formulant, Aurore cristallisa quelque chose, une sorte de manque, d'insatisfaction.
- Parce que vous, vous avez un idéal ? demanda-t-il.
Oui, elle avait en elle un élan, une force qui la poussait. Le goût du bonheur aussi. Elle était tournée vers la vie, son mouvement. Même enfant, au plus creux du désespoir, il lui semblait que le monde était à portée de rêve et qu'un jour il lui appartiendrait.
Elle songea à ce livre qu'elle portait en elle comme un bébé. Ces derniers mois, elle avait cru qu'il était arrivé à maturation. Comme elle en était loin ! Comme il était loin de répondre à toutes les questions qu'elle s'était posées !
Alex l'observait. Elle ne portait pas de bijoux. Seuls ses yeux brillaient dans l'obscurité.
- Ça a quelque chose à voir avec votre retour à Nantes ?
- Non. C'est autre chose.
Océane arrivait sur eux.
- Aurore, Anthony veut que tu ailles l'embrasser avant de dormir. Il dit qu'il va faire de la comédie si tu ne vas pas.
Elle se leva à regret et se tourna vers Alex.
- Je reviens.
Il la regarda s'éloigner. Elle semblait porter en elle quelque chose de vibrant, un désir ou un espoir fou. Elle paraissait tournée vers quelque chose qu'il ignorait. Lui n'avait jamais connu ce formidable élan vital. Il s'était toujours protégé des élans et de tout ce qui pouvait vous déstabiliser ou vous faire souffrir. Il n'avait que trente-cinq ans. Mais brusquement, il se sentit vieux.
- Qu'est-ce ce qu'elle a pu te raconter pour que tu fasses cette tête ?
Alex leva les yeux sur Cédric qui le regardait avec désapprobation.
- Qui ?
- Cette fille.
- Aurore ?
- Je ne la sens pas. Et je m'étonne que toi, d'habitude si méfiant...
- Arrête, elle n'a rien d'une naufrageuse.

- Justement ! Méfie-toi d'elle. Cette fille, par moment, elle a de la haine pour toi.

Alex le regarda étrangement... Ainsi, ce n'était pas une impression. Cédric ressentait la même chose que lui. Qu'est-ce qui n'allait pas ?

Aurore revint et fut soulagée de voir qu'Alex n'avait pas bougé. Cédric s'éloigna en la voyant arriver.

- Je ne l'aime pas, dit-elle brusquement après qu'il fût parti.

Alex la fixa.

- Moi si. C'est quelqu'un en qui j'ai confiance et je ne suis pas certain de pouvoir en dire autant de vous. Qu'est-ce que vous en pensez ?

Elle le regarda sans répondre. Il insista :

- Alors, je peux avoir confiance en vous ?

Aurore hésita puis secoua la tête négativement.

- Non, dit-elle.

- Pourquoi non ? dit-il avec irritation.

Elle haussa les épaules.

- Quelle importance ?

Devant l'air froid d'Alex, elle demanda avec ironie.

- En dehors de la confiance, qu'est-ce que vous attendez d'une femme ?

Il eut un rire à la limite du ricanement et Aurore regretta presque d'avoir posé cette question.

- Strictement rien ! Vous voulez rire ou quoi ?

Il la regardait comme s'il n'avait rien entendu d'aussi drôle depuis longtemps puis la fixa avec plus d'attention.

- Ne me dites pas que vous, vous attendez quelque chose d'un homme.

Elle détourna la tête et dit comme pour elle-même.

- Si. Qu'il m'emmène loin !

- Comment ça, loin ?

- Loin, répéta-t-elle avec obstination.

Loin, elle l'était déjà. Il dit :

- Je ne suis pas certain que ça serve à grand-chose de partir loin. Généralement, on emmène ses problèmes avec soi. La solution, ce n'est pas la fuite.

Aurore le regarda. Elle savait qu'il avait raison. Elle fuyait depuis qu'elle était revenue à Nantes. Il y avait beaucoup de confusion dans son esprit pour qu'elle n'ait pas compris qu'elle avait d'abord à résoudre certaines choses. Il fallait qu'elle aille voir Pauline Brenner et qu'elle lui parle. Tout serait plus simple quand elle lui aurait parlé. Du moins, elle l'espérait. Tout dépendait de la manière dont cette femme réagirait.

Alex l'observait. Elle était absorbée par ses pensées.

- Vous avez sûrement raison, dit-elle comme pour elle-même.

Elle leva la tête. Paul venait vers eux ainsi que quelques autres. Le cercle se referma autour d'eux.

20

Le lendemain, le ciel était d'un bleu immuable mais vers quatorze heures, Aurore traînait toujours au pub. Marc venait de partir et il ne restait plus que le barman et quelques habitués venus prendre un café. Elle hésitait encore. Pourtant, il fallait qu'elle aille voir cette femme. Tout serait plus simple ensuite. Un court instant, elle eut le sentiment que s'il n'y avait pas eu Alex, elle y serait allée plus tôt.

Quelque chose en elle se rebella. Après tout, que risquait-elle ?

Elle fit un signe au barman et sortit. Dans la voiture, elle ouvrit sa vitre. Maintenant qu'elle avait pris une décision, elle se sentait mieux. Pourquoi avait-elle autant attendu, laissant l'anxiété s'insinuer en elle ? Elle mit l'autoradio et se laissa aller à imaginer ce qui pouvait se passer. Comment cette femme allait réagir ?

En arrivant à la Villa Anthéa, elle ralentit et hésita, se demandant si elle devait pénétrer dans le parc ou se garer à l'extérieur. Aucune voiture ne stationnait devant la maison. Finalement, elle décida d'entrer dans la propriété, passa la première et remonta la ligne courbe de l'allée. Les portes-fenêtres donnant sur la terrasse étaient fermées, la maison semblait déserte. Elle descendit de voiture et sentit le gravier crisser sous ses pieds. L'air était d'une infinie douceur.

Elle monta les quelques marches qui accédaient à la terrasse. Une cloche était suspendue au-dessus de la porte d'entrée et elle en actionna le mécanisme. Un son carillonnant retentit et alla se perdre dans l'air bruissant du chant des oiseaux. Rien ne bougea dans la maison. Il semblait qu'il n'y eût personne. Aurore se trouva décontenancée. Elle restait là, se demandant quoi faire, sentant sa détermination faiblir.

Elle regarda autour d'elle. Cet endroit était magnifique, baigné dans la lumière du jour. Ce devait être agréable de vivre ici. De ce jardin émanaient les senteurs du printemps, de la mer au loin et les souvenirs d'enfance.

Avec une nostalgie douloureuse, elle retrouva un sentiment qu'enfant, elle éprouvait souvent devant de belles demeures. Dans des endroits pareils, empreints de douceur, les gens ne pouvaient pas ne pas y être heureux. Est-ce que cette femme avait été heureuse ici ? Avec ce fils qu'elle avait adopté comme le sien. Aurore avait du mal à imaginer Alex enfant. Pourtant il avait grandi ici, près de cette femme qu'elle avait aperçue une fois et dont elle ne parvenait plus à se rappeler les traits.

- Vous cherchez quelque chose ?

Aurore sursauta et ne vit pas tout de suite qui avait parlé. Puis elle remarqua un vieil homme qui se tenait près d'une haie de fusains, un outil de jardin dans les mains.

- Je voulais voir madame Brenner.

- Elle n'est pas là.

- Vous savez où elle est ?

- Non. Mais Lila doit savoir.

- Lila ?

- Oui. Elle est partie faire une course mais elle ne devrait pas tarder.
- Qui est Lila ?
Le vieil homme la regardait avec curiosité.
- Lila, c'est Lila, dit-il avec brusquerie. Et vous, qui êtes-vous ?
- Je voulais parler à madame Brenner, répéta Aurore. Elle sera là ce soir ?
L'endroit était d'un calme presque irréel.
- Je ne sais pas. Il faut demander à Lila. Ou au fils de madame Brenner. Il habite à Nantes mais il vient toutes les semaines.

La dernière phrase ramena Aurore à la réalité. Et si Alex venait aujourd'hui ? L'idée qu'il puisse débarquer et lui tomber dessus lui fit froid dans le dos. Elle redescendit les marches.

- Ce n'est pas grave. Je reviendrai un autre jour.
Elle ouvrit la portière de sa voiture. Elle avait hâte de partir maintenant.
- Qu'est-ce que je dis à Lila ?
- Rien. Je repasserai.
- Je lui dis que vous allez revenir ?
- Non. Ce n'est pas la peine. Je téléphonerai la prochaine fois.

Elle jeta un dernier regard au jardin. Elle se sentait environnée de menaces brusquement. Elle monta en voiture et démarra comme si elle était poursuivie.

Elle roula longuement sans but, partagée entre un vague soulagement et une violente déception. Pourquoi fallait-il que cette femme soit absente, aujourd'hui précisément où elle était décidée à la voir ? Aurait-elle l'envie et le courage de revenir à nouveau ? Comme tout lui paraissait compliqué, presque insurmontable !

En fin d'après-midi, elle alla à La Baule et descendit sur la plage. Elle marcha longuement au milieu de gens indifférents accompagnés de chiens racés et d'enfants lisses et bien élevés avec, heureusement, certains, une lueur rebelle dans les yeux.

Elle sentit le soleil décliner, les couleurs du jour changer imperceptiblement, les gens rentrer les uns après les autres, la plage redevenir déserte pour n'être qu'à elle et se laissa tomber sur le sable. Assise en boule face à la mer descendante, elle essayait de mettre de l'ordre dans son esprit troublé.

Le soir tomba et des milliers d'étoiles s'allumèrent, rassurantes. Des années plus tôt, elle avait dormi une nuit sous un ciel étoilé qui semblait lui appartenir. Une nuit où elle avait fugué.

Il y avait dans sa mémoire une petite fille au front bombé et aux joues rondes, immobile, attendant quelque chose ou quelqu'un. Quelqu'un qui vienne la chercher pour l'emmener loin. Loin ! Une petite fille morte à dix ans.

21

Alex s'était installé dans le salon de télévision après dîner. Il venait d'assister à une émission sur les états d'âme d'un cinéaste qui se targuait comme de plus en plus de gens d'être un perfectionniste. Alex leva les yeux au ciel. Les perfectionnistes l'emmerdaient. La perfection n'était pas de ce monde et c'était heureux. La vie était imparfaite et c'est en cela qu'elle valait d'être vécue. Imprévisible, absurde, dérisoire, pathétique mais unique. Quel intérêt si les gens étaient des robots sur des rails ? Si tout était prévu d'avance ? Sans compter que les gens parfaits étaient sinistres et les perfectionnistes des gens qui vous pourrissaient la vie avec leur maniaquerie, leur anxiété et leurs doutes. Il voulait bien croire que la grâce et le génie ne suffisaient pas pour créer une œuvre, les gens qui se prenaient la tête et se faisaient un cinéma lui tapaient sur les nerfs.

Il songea à Pauline et son goût de la légèreté, cette forme perdue de courtoisie, comme elle disait.

Il en était là de ses réflexions quand Sophie, Océane et Edith débarquèrent. Cette dernière le regarda avec ironie.

- Il y a chez toi un certain masochisme à regarder la télé quand on voit l'état d'accablement dans lequel ça te met.

- Ma belle, en ce bas monde, il faut une abnégation voisine du masochisme pour supporter un certain nombre de choses.

- Oh, tu ne nous fais pas une crise existentielle, toi, au moins ?

Il allongea le bras pour attraper la télécommande et coupa le son.

- Ne t'inquiète pas pour moi.

Il les scruta. Elles avaient l'air excitées.

- Tu n'as pas vu Aurore ? demanda Sophie. On la cherche partout et Marc ne sait pas où elle est.

- Je ne l'ai pas vue. Pourquoi ! Elle devait venir ?

- Non. On passe à tout hasard.

Il s'adossa.

- Pourquoi vous la cherchez ?

Elles se regardèrent et pouffèrent comme des gamines.

- On voudrait qu'elle vienne avec nous. On a l'intention de faire les folles en voiture.

Alex les regarda, effaré.

- Qu'est-ce que c'est que cette histoire ?

Océane s'assit sur la table basse.

- Sophie et maman ont l'intention de pister Paul avec Aurore.

- Oui, dit Edith. Hier soir, elle a à peine fait attention à lui, alors qu'il ne l'a pas lâchée. On a l'intention de lui ouvrir les yeux.

Sophie renchérit.

- Et puis faire les folles, ça nous rappellera des vieux souvenirs. Ça fait des siècles qu'on n'a pas fait de poursuites en voiture.

Il les considéra avec commisération.

- Vous êtes sûres que ça va bien, toutes les trois ?

- Oui. Xavier et Gégé sont sortis tous les deux. On en profite.
- Ah, bravo ! Et pourquoi vous voulez caser ce pauvre Paul ?
- Ce n'est pas lui, mais Aurore. On voudrait qu'elle reste à Nantes.
- Paul ne sait pas ce qui l'attend. Mais avec Aurore, il ne ferait pas le poids.
Océane le regarda en souriant.
- Parce que toi, tu le ferais, le poids ?
Alex secoua la tête.
- Je rêve, là ! Gégé et Xavier sont au courant ?
Sophie dit, désinvolte.
- Ils se fichent pas mal de ce qu'on fait. Ils doivent être au Harold's et ils vont sûrement passer te voir. Bon, vous venez, on va retourner au pub. Elle va bien finir par rentrer.
Océane ne bougea pas..
- Moi, je pense que Paul n'intéresse pas Aurore. Je suis sûre qu'Alex serait plus son type.
Sophie la regarda, pensive.
- Tu crois ?
Edith se tourna vers elle.
- Oui. Alors là, si tu veux mon avis, Alex, c'est une source d'histoires. Un truc à la faire rentrer à Paris dare-dare si ça tournait court.
Il les écoutait, impassible. Sophie l'observa, expectative.
- Oui. Y'a des chances.
Il dit d'un ton détaché.
- Je ne vous dérange pas, au moins ?
Sophie s'adressa à lui, plaisantant à demi.
- Alex. Laisse-moi te dire que si à cause de toi, Aurore rentrait à Paris, tu m'entendrais !
Il se mit à rire.
- On nage en plein délire, là.
Sophie le scruta.
- Sérieusement, Alex. Je veux qu'elle reste à Nantes.
Il eut l'air irrité.
- Enfin, Sophie, qu'est-ce que c'est que cette histoire ? Je n'ai pas le souvenir d'avoir fait, avec Aurore, quoi que ce soit de spécial.
Sophie se radoucit, un peu ennuyée. Tout cela était absurde.
- Ce n'est pas ce que je veux dire. Enfin bon, si tu la vois, dis-lui qu'on la cherche.
Alex les regarda sortir et secoua la tête.

Gégé et Xavier passèrent au club un peu plus tard.
- Salut, Alex, ça va ? Ce soir, nous sommes entre hommes.
Alex les considéra.
- Je sais. Et vous savez où elles sont, en ce moment, toutes les trois ?
- Elles doivent être avec Aurore, elles avaient l'intention de sortir ensemble, ce soir. Je ne sais pas ce qu'elles font. Sûrement au cinéma.

- Au cinéma ? Elles sont passées tout à l'heure. Elles cherchaient Aurore pour pister Paul en voiture.

Xavier se mit à rire.

- Ce n'est pas ce qu'elles nous ont dit. Décidément, Edith a de la suite dans les idées.

Alex alluma une cigarette.

- Laissez-moi vous dire, que ce serait moi, comment que je vous mettrais tout ce monde au pas ! Il ne serait pas question de traîner le soir et de faire les folles en voiture.

Xavier dit avec ironie.

- Ça ne m'étonne pas de toi, Alex. Mais tu sais, les femmes font ce qu'elles veulent, de nos jours.

- C'est ce qu'on verrait.

Gégé le regarda avec amusement.

- Détends-toi, Alex ! Sois zen !

Edith, Sophie et Océane revinrent à l'Hélios une heure plus tard et retrouvèrent Gégé et Xavier au bar.

- On savait que vous seriez ici.

- Alors, vous n'avez pas trouvé Aurore ?

- Non. On est allé deux fois au pub. Elle n'y était pas.

Alex les avait rejoints et Gégé dit :

- Alex nous trouve trop laxistes avec vous. Il dit qu'avec lui, vous fileriez doux.

Edith haussa les épaules.

- On peut toujours rêver.

Gégé regarda Sophie.

- Alors, qu'est-ce que vous faites, finalement ?

- Rien. Sans Aurore, ce n'est pas pareil.

Elle hésita.

- Ça ne vous dit pas de venir avec nous au cinéma à la dernière séance ?

Xavier sourit.

- Tu vois, Alex, les femmes, si on leur laisse la bride sur le cou, elles finissent toujours par revenir.

Edith lui envoya un grand coup de coude.

- C'est fini, les âneries ?

Alex leur lança un regard sarcastique.

- Vous pensiez en avoir le monopole, peut-être ?

Sophie se tourna vers lui.

- Tu viens au ciné avec nous ?

- Non, merci. J'ai déjà eu droit à une séance, aujourd'hui.

22

La nuit était tombée sur la plage de La Baule et Aurore serait restée là encore longtemps si la fraîcheur de l'air ne l'avait fait frissonner. Elle se leva, remonta dans sa voiture et mit le contact. Ses phares lui parurent un peu faibles. Elle regarda une dernière fois la mer sombre sous le ciel étoilé et démarra.

Après une vingtaine de kilomètres, elle réalisa que ses phares éclairaient de moins en moins. Ce devait être la batterie. Elle songea avec inquiétude qu'elle n'irait pas très loin ainsi. Un panneau annonçait la sortie pour Donges à un kilomètre et elle décida de quitter la voie express et de chercher une cabine téléphonique. La route de campagne sur laquelle elle se retrouva était sombre et déserte et une lente anxiété monta en elle. Et si elle tombait en panne sur cette route ? La visibilité était de plus en plus mauvaise et l'obligeait à rouler doucement. A un moment, elle monta sur le bas-côté et redressa, complètement paniquée. Son cœur battait violemment et elle s'obligea à respirer lentement. De longues inspirations. « Dans la vie tout est une question de respiration. » disait sa grand-mère.

Elle traversait une étendue plate et déserte. Au loin, elle aperçut une sorte d'immense usine entièrement illuminée. Ce devait être la raffinerie.

C'est avec soulagement qu'elle arriva dans l'agglomération. Au carrefour se trouvait une cabine téléphonique. Elle stoppa la 205 et s'y engouffra. Elle composa le numéro du pub et tomba sur Marc, mais il était débordé et lui dit d'appeler Sophie ou Gégé à l'Hélios. A l'hôtel, elle demanda le bar. Des bruits divers lui parvinrent et une voix qu'elle commençait à connaître lui répondit.

- Alex ? C'est Aurore. Je suis en panne de voiture. Sophie ou Gégé peuvent venir me chercher ?

- Ils sont partis au cinéma, il y a déjà un moment. Qu'est-ce qui vous arrive ?

- Je suis en panne, mes phares n'éclairent plus, ce doit être la batterie.

- Où êtes-vous ?

- A Donges.

- Mais qu'est-ce que vous fabriquez à Donges ? De l'espionnage industriel ?

- Ecoutez, ce n'est pas vraiment le moment ! Je suis dans une cabine en pleine campagne et je n'ai presque plus d'unités sur ma carte. Je vais rappeler Marc.

- Attendez, je vais venir vous chercher. Où êtes-vous exactement ?

- Je n'en sais rien. A l'entrée de la ville en venant de la voie express. Pas loin d'une sorte de centrale.

- Remontez dans votre voiture, je serai là dans une demi-heure.

Aurore commençait à avoir froid. Ses explications avaient été vagues, Alex risquait de ne pas la trouver. Une chance qu'elle ne soit pas tombée en panne à proximité de la Villa Anthéa, elle aurait eu du mal à trouver une explication. Au loin, elle apercevait les lumières de la raffinerie qui accentuaient le côté irréel de la ville déserte. Cet endroit lui donnait la chair de poule.

Quelques instants plus tard, des phares balayèrent la route et la voiture d'Alex vint s'arrêter derrière la sienne. Elle descendit.

- Enfin, Aurore, qu'est-ce que vous fabriquez ici en pleine nuit ? demanda-t-il en ouvrant sa portière.

- Quand j'ai vu que j'avais des problèmes, j'ai quitté la voie express.

Il la scruta.

- Mais qu'est-ce que vous fabriquiez sur la voie express ? D'où venez-vous ?

- Je suis allée faire un tour sur la côte.

- A une heure pareille ?

- Je n'ai pas fais attention à l'heure.

Il la regardait, sceptique.

- Vous plaisantez ?

Elle s'impatienta.

- La prochaine fois, je penserai à vous demander une autorisation écrite.

Il continuait de la fixer.

- Vous ne devriez pas traîner la nuit comme ça. Là, vous avez de la chance, vous auriez pu tomber en panne à des kilomètres d'une cabine.

Il avait l'air irrité.

- Et d'abord, vous n'avez pas de portable ?

- Ma batterie est déchargée. J'ai oublié de la recharger.

Il dit brusquement.

- Ouvrez votre capot que je regarde.

- Vous y connaissez quelque chose ?

- Bien sûr. Qu'est-ce que vous croyez ?

Elle le regarda, sarcastique.

- J'aurais juré que vous n'étiez pas du genre à vous salir les mains.

Il ouvrit le coffre de sa voiture et sortit des gants d'une trousse à outils.

- Je me disais aussi, fit Aurore.

Il examina un moment le moteur.

- Vous avez dû laisser vos phares allumés. Je vais enlever la batterie. Gégé la rechargera.

- Et ma voiture. Je la laisse là ?

- Je ne crois pas que vous ayez vraiment le choix.

- Quand est-ce que je vais la récupérer ?

Il haussa les épaules.

- Ça, vous verrez avec Gégé.

- Comment je vais faire, moi ? J'en ai besoin demain. C'est férié et je dois rejoindre Sophie et Gégé sur la côte.

Elle avait son air obstiné.

- Votre voiture est en panne, Aurore. Je n'y peux rien. Demain, vous leur téléphonerez..

Elle regarda la raffinerie au loin. L'endroit était complètement désert et avait quelque chose de futuriste. D'inhabité aussi. Depuis qu'elle était arrivée, elle n'avait pas vu une seule personne.

- Cet endroit me fait froid dans le dos, dit-elle. On dirait une ville abandonnée.

- D'ici à Saint-Nazaire, c'est la zone industrielle et portuaire. Tout le long de la Loire, il y a les différents terminaux. Pétrolier, minéralier. Un terminal à conteneurs où nous sommes allés visiter le cargo, l'autre fois.

Aurore l'écoutait distraitement.

- Avec ma mère, quand j'étais enfant, on venait voir son frère au poste minéralier. Il faisait une ligne régulière.

Elle le regarda plus attentivement.

- Votre oncle naviguait aussi ?

- Oui.

- C'est ce qui vous a poussé à en faire autant ?

- Peut-être. A vrai dire, je n'en sais rien. Vous n'avez pas l'intention de me psychanalyser, j'espère.

Elle espérait d'autres précisions mais il avait fini de débrancher la batterie et referma le capot.

- Bon. On y va.

Ils montèrent dans sa voiture et il démarra, laissant Donges derrière eux. Bizarrement, Aurore eut l'impression qu'ils ne prenaient pas la direction de Nantes.

- Où allons-nous ? demanda-t-elle.

- A Saint-Nazaire.

- Qu'est-ce qu'on va faire à Saint-Nazaire ?

- Rien. Je veux vous montrer quelque chose.

Aurore le regarda avec méfiance. Qu'est-ce que ça voulait dire ?

La route était une ligne droite traversant des hectares sombres et tout aussi déserts que le reste. Brusquement, quelque chose bondit dans la lumière des phares.

- Qu'est-ce que c'est ? demanda-t-elle.

- Regardez. Ce sont des lapins.

Il ralentit et Aurore vit des lapins s'enfuyant sur le bas-côté. Au fur et à mesure que la voiture avançait et éclairait la route, d'autres détalaient dans les fourrés. Elle ouvrit des yeux médusés.

- C'est plein de lapins, murmura-t-elle. Qu'est-ce qu'ils font là ?

- Ce sont des lapins sauvages. Ils sortent la nuit.

- On ne peut pas s'arrêter ?

- Non. Vous ne verrez rien. On ne peut les voir qu'à la lumière des phares.

Il roulait doucement. Les lapins s'élançaient avec vivacité. Leurs yeux brillaient d'un éclat rouge quand ils regardaient vers la voiture. Aurore avait ouvert sa vitre et suivait leur course bondissante. La nuit avait quelque chose d'onirique.

Sur la gauche, des routes perpendiculaires menaient aux différents postes portuaires.

Aurore regarda Alex et réalisa ce que la situation avait d'incongrue. Qu'est-ce qu'elle fabriquait à une heure pareille, avec cet homme qu'elle aurait dû éviter, dans une zone industrielle à courir après des lapins ?

Lui-même paraissait irrité, brusquement.

- Allez, on rentre.

Au bout d'un moment, les lapins se firent plus rares.
- Il y en a moins ici.
- On approche de Saint-Nazaire. On va reprendre la route de Nantes.
Au loin, on apercevait le pont qui traversait l'estuaire, éclairé sur ses trois kilomètres.
- On ne repart pas par où on est venu ?
- On ne va quand même pas y passer la nuit.
- Drôle de contrée, dit-elle. Vous veniez souvent voir votre oncle ?
- Chaque fois qu'il faisait escale.
Elle était partagée entre l'envie de poser des questions et celle de se laisser aller, de ne penser à rien.
- Vous connaissez Gégé depuis longtemps ?
- On était à l'Hydro ensemble. On s'était un peu perdus de vue et puis on s'est revus, là, dernièrement.
Il avait repris la voie express et allumé l'autoradio. Aurore ne disait rien et se laissait bercer par la musique.
- Racontez-moi quand vous naviguiez, dit-elle brusquement.
C'était un monde différent et elle avait envie qu'il l'y entraîne. Rien qu'un moment.
Il la regarda. Comment lui raconter les longues nuits de veille, le bruissement de l'eau sur la coque, la chaleur des nuits, les ciels changeants. Et puis les escales avec les bruits, les couleurs, les odeurs, les gens différents. La profusion, l'éclat, les rires joyeux, la mer porteuse de promesses, de désirs et de rêves. Un monde disparu.
Il parlait doucement, d'un ton détaché. Quand ils arrivèrent à Nantes, Aurore eut l'air déçu. Il la déposa devant sa porte et dit brusquement.
- Promettez-moi de ne plus traîner la nuit comme ça.
Elle se tourna vers lui.
- Donnez-moi une seule raison pour que je vous promette quelque chose.
Il dit simplement.
- Vous ne tenez jamais compte de l'avis des gens ?
Elle dit en riant.
- Si, bien sûr. Quand ils sont de mon avis !
Il se retint de sourire et réfléchit.
- Ecoutez, Aurore. Demain, je dois aller à Saint-Nazaire. Si vous voulez, je vous dépose chez Gégé et Sophie.
- Je ne sais pas si j'irai.
- Pourquoi ?
- Je ne sais pas.
Il secoua la tête.
- Vous êtes trop compliquée pour moi. Si vous voulez que je vous emmène, passez à l'Hélios en début d'après-midi. J'attendrai jusqu'à 14 heures.
Elle hésita.
- Merci d'être venu me chercher.
Comme il ne faisait rien pour la retenir, elle descendit sans se retourner.

Dans son studio, Aurore ouvrit la porte-fenêtre et sortit sur la petite terrasse. La nuit était tiède, familière. Elle s'appuya au rebord et songea à Alex Brenner, essayant d'analyser les sentiments ambivalents qu'elle éprouvait à son égard.

Il ne fallait pas qu'elle le revoie. Pas tant qu'elle n'aurait parlé à cette femme. Pas tant qu'elle n'aurait résolu ce pourquoi elle était revenue. Le lendemain, elle n'irait pas à l'Hélios.

23

Le lendemain, après avoir longtemps hésité, Aurore prit un taxi qui la déposa à l'Hélios à 14 heures 20. La BMW stationnait sur le parking, mais Alex n'était ni à la réception, ni dans un des salons.

- Monsieur Brenner est dans son bureau ? demanda-t-elle.

Le réceptionniste répondit d'un ton compassé.

- Oui. Voulez-vous que je l'appelle ?

- Pas la peine, j'y vais.

Il sursauta, offusqué.

- Attendez, il est peut-être occupé !

- Pas grave, fit-elle, sans lui laisser le temps de réagir.

Devant la porte du bureau, elle hésita, puis frappa et entra sans attendre la réponse. Alex était assis et feuilletait des papiers. Les sourcils froncés, il releva la tête et reconnaissant Aurore, il lui lança un regard qui en disait long.

- Je ne vous dérange pas, au moins ?

Comme il ne répondait pas, elle dit d'un ton léger.

- Je peux repasser si vous voulez.

Il s'adossa à son fauteuil.

- Aurore. N'en faites pas trop quand même.

Le ton était calme et insinuant. Il continuait de la fixer comme s'il la sondait et elle soutint son regard.

- Je savais que vous viendriez, dit-il lentement.

Evidemment. Il ne risquait rien à prétendre ça alors qu'elle était là. Il finit par sourire.

- Je tablais sur une demi-heure de retard. Finalement, vous êtes en avance.

Il était irritant, de nouveau. Elle regarda autour d'elle. Le bureau était assez grand et fonctionnel, impersonnel même, comme si cet homme était simplement de passage. Une paire de jumelles posée sur une étagère derrière lui, attira son attention. Elle s'approcha et l'effleura.

- Vous pouvez me les prêter, demanda-t-elle brusquement.

Il la regarda, surpris.

- Je vais souvent me promener sur la côte, ajouta-t-elle. L'autre jour, je regrettais de ne pas en avoir.

Il eut un geste vague.

- Si vous voulez.

Elle sourit.

- Le ciel vous le rendra, dit-elle d'un ton léger.

- Oui, alors là... Je préférerais que ce soit vous, fit-il.

Il la regardait d'une manière indéfinissable. Brusquement, il prit son poignet et l'attira à lui. Elle se laissa faire et il l'assit sur ses genoux. Le contact physique accéléra le rythme de son cœur. Il y avait une lueur nouvelle dans les yeux d'Alex en même temps que quelque chose de trouble. Sa main effleurait son dos à travers l'étoffe du chemisier. Sans la quitter des yeux, il la caressait doucement.

De son autre main, il ouvrit son chemisier et l'embrassa dans le cou. Une émotion chaude l'envahit et elle se laissa aller contre lui.

Quelqu'un passa dans le hall, tout près du bureau. Aurore sursauta et lança un regard vers la porte. Alex la regarda avec ironie.

- Ne craignez rien. Vous mise à part, tout le monde frappe ici.

Le téléphone sonna. Alex allongea le bras et décrocha.

- Oui... Passez-la-moi... Lila ? Qu'est-ce qui se passe ? ... Comment ça, elle a disparu ? Elle doit être à Paris ou chez des amis...

Aurore s'écarta et revint s'asseoir en face de lui. Elle l'observait, une lueur indifférente dans les yeux.

- Elle n'a pas téléphoné ? ... Non. A moi non plus... Je n'en sais rien... Bon, je vais venir, je serai là dans une heure au plus tard.

Il raccrocha.

- Ma mère est dans la nature. Il faut que j'aille voir ce qui se passe.

- Comment ça, dans la nature ?

- Elle est partie, il y a plusieurs jours, on ne sait pas où.

Aurore resta songeuse. C'était pour ça qu'elle n'avait pas pu la voir et lui parler la veille.

- Ça lui arrive souvent ?

- Quelquefois. Habituellement, elle dit où elle va.

Il se leva.

- Allons-y.

- Où ? demanda Aurore, brusquement inquiète.

- On fait un saut à Sainte-Marguerite, c'est près de La Baule. Je dois signer quelques papiers et ensuite je vous dépose chez Gégé.

Elle s'affola.

- A Sainte-Marguerite, chez votre mère ?

- Oui. Je n'en ai pas pour longtemps.

- Moi, je n'y vais pas, dit-elle.

- Ça ne sera pas long. Juste un devis à signer. J'expédie ça en vitesse.

- Allez-y sans moi.

- Et comment irez-vous chez Gégé et Sophie ?

Elle le regarda. Elle avait son air obstiné.

- Je ne sais pas.

Il s'impatienta.

- Enfin, Aurore, ne discutez pas tout le temps comme ça. Je n'ai jamais vu quelqu'un comme vous. On y va et ensuite, je vous emmène chez Gégé.

Elle semblait hésiter, partagée entre l'envie d'aller et une crainte diffuse.

- Qui est Lila ?

- Vous verrez, répondit-il en lui prenant le bras. Allez, arrêtez de compliquer les choses et venez.

Dans la voiture, Aurore sentit l'anxiété monter lentement et essaya de se raisonner. Alex venait de dire que sa mère n'était pas là. Oui, mais elle pouvait revenir, rentrer au moment où ils seraient dans la maison. Et si elle tombait sur le jardinier ? La panique l'envahit et elle regretta de s'être laissée entraîner.

- Au fait, fit-il, vous avez oublié mes jumelles.

Elle eut un geste d'indifférence.

- Ce sera pour une autre fois.

Ils arrivèrent par Saint-Marc et longèrent la route côtière. Apparemment, Alex voulait lui montrer les environs.

- Laissez-moi vous montrer un endroit que j'aime, dit-il.

- Si c'est Sainte-Marguerite et Bonne-Source, je connais.

Il la regarda, un peu étonné. Elle hocha la tête.

- Je vous ai dit que je venais souvent me promener sur la côte. J'aime bien.

Il s'arrêta quand même à la pointe de Congrigoux. Le soleil culminait. Elle ouvrit la portière et descendit de voiture. Ils remontèrent le chemin côtier jusqu'à la table d'orientation puis il l'entraîna sous les pins, sur la hauteur surplombant la plage. Elle s'assit sur un des bancs en bois et dit doucement.

- Je suis déjà venue. C'est un endroit magnifique.

Il vint s'asseoir près d'elle et resta un moment à contempler la mer découvrant la plage de son mouvement régulier.

- Content que ça vous plaise, fit-il seulement.

Aurore observa son profil et murmura.

- Alex...

Il la regarda. Elle hésitait.

- Si vous voulez aller chez votre mère, je vais vous attendre ici.

Il la considéra, perplexe. Il s'était attendu à autre chose et cherchait à interpréter son hésitation. Elle regardait la mer.

Il finit par sourire et se leva.

- Vous, compliquée comme vous êtes, vous allez plaire à Lila.

Comme elle ne bougeait pas, il lui prit le poignet. Elle se leva et se dégagea doucement, à l'idée qu'il puisse sentir les pulsations de son cœur battant plus vite.

Ils redescendirent à la voiture et Alex reprit la route côtière puis obliqua. Aurore reconnut la petite route qui menait à la Villa Anthéa. Alex passa le portail, remonta l'allée et stoppa devant la maison. Il descendit et comme elle hésitait, vint lui ouvrir la portière. Elle sortit de la voiture et jeta un regard autour d'elle. Apparemment, le jardinier n'était pas dans les parages. Elle se tourna vers Alex qui l'attendait.

Ils entrèrent dans la maison. Aurore ne put contenir un mouvement de surprise. Un large hall s'ouvrait sur un salon au charme subtil. Les murs étaient tendus de tissu couleur corail et des tapis chinois couvraient le parquet en bois blond. Chaque meuble, chaque objet devait coûter une fortune et pourtant l'ensemble était chaud et harmonieux. Elle songea à cette femme brune, aperçue dans le hall de l'Hélios et dont elle ne parvenait plus à se rappeler les traits. Cet endroit lui ressemblait, constata-t-elle malgré elle. Elle se retourna vers Alex qui devait la regarder avec amusement, mais vit avec surprise qu'il embrassait une vieille dame qu'elle n'avait pas entendue arriver.

- Lila, voici Aurore. Elle se demandait qui tu étais.

La vieille dame la regarda avec curiosité. L'examen dut être satisfaisant car elle dit avec un sourire réjoui.

- Vous êtes la première femme qu'Alex fait venir ici.

Il haussa les épaules avec détachement.

- Qu'est-ce que tu en sais, Lila ?

Il entraîna Aurore dans le salon et Lila les suivit.

- Vous voulez un thé ? demanda-t-elle.

- Non merci, répondit Aurore, désolée devant l'air déçu de la vieille dame.

Sur le point de sortir, Lila se retourna vers Aurore, hésita puis demanda:

- Vous aimez les chats ?

Alex, qui avait ouvert un secrétaire et examinait des papiers, releva la tête.

- Ah oui, au fait, je ne vous ai pas posé la question !

Lila lança un regard entendu à Aurore.

- Les hommes ne posent jamais les questions essentielles.

Le regard d'Aurore alla d'Alex à Lila, perplexe.

- Alors ? insista-t-il en souriant, vous aimez les chats ?

- Oui, pourquoi ?

La vieille dame sourit à Alex.

- C'est bien, dit-elle en sortant.

Aurore le regarda avec méfiance.

- Pourquoi elle m'a demandé si j'aimais les chats ?

Il croisa son regard.

- Vous venez de réussir l'examen de passage avec mention. D'après Lila, les femmes qui aiment les chats sont douces et tendres mais surtout d'une sensualité brûlante.

- Vous plaisantez ?

- Pas du tout. Elle pose la question à toutes les femmes qui viennent ici.

- Elle a dit que j'étais la première à venir ici.

Il dit avec désinvolture.

- C'est parce que vous lui avez plu.

Elle eut l'air rebelle.

- Les chats, les lapins. Et quoi encore ?

- Le grand méchant loup, qui sait ?

Lila revenait avec des papiers qu'elle tendit à Alex.

Aurore regarda Alex se mouvant avec aisance dans la pièce. La vie paraissait avoir été facile pour lui. Il devait avoir tout eu, tout obtenu sans effort. Etait-ce la raison de son détachement ? Il lui faisait penser à cette nouvelle génération d'enfants à qui on offre tout sur un plateau, cette génération d'enfants rois, à qui on ne laisse pas le temps de rêver, d'avoir envie des choses, de les désirer violemment alors que le désir est le moteur de la vie, ce qui donne le prix aux choses, leur saveur.

Elle croisa le regard de Lila qui l'observait et sourit.

- Asseyez-vous, dit-elle.

- On n'a pas le temps, on va chez Gégé ensuite, fit Alex.

Aurore restait debout. Il se tourna vers Lila.

- Où sont les autres papiers ?
- Dans le petit bureau. Il y a trois devis. Elle n'en a signé aucun.

Alex entraîna Aurore dans une pièce aux murs couverts de lambris et de boiseries anciennes et ouvrit les tiroirs du bureau. Un cadre contenant une photo était posé près de la lampe. Elle représentait une jeune femme et un adolescent, tous les deux bruns et habillés de blanc, qui souriaient.

- Qui est-ce ? demanda Aurore en s'appuyant contre le bureau.
- Ma mère et moi en Grèce. Je devais avoir quatorze ans.

Elle dit lentement.

- Ce n'est pas votre mère.

Il releva la tête.

- Qu'est-ce qui vous fait dire ça ? demanda Alex.
- Je suis un peu sorcière, fit-elle en souriant.

Il la regarda avec acuité.

- J'ai toujours pensé que les femmes étaient trop curieuses. Et vous, une apprentie-sorcière.

Elle soutint son regard mais ajouta prudemment.

- Elle est trop jeune pour être votre mère.
- Elle a épousé mon père quand j'étais gosse et je l'ai toujours considérée comme ma mère, dit Alex en refermant un tiroir.
- Vous aviez quel âge ? insista Aurore.
- Dix, onze ans. Pourquoi ?
- Comme ça ! Pour rien.

Elle semblait songeuse et il lui prit le poignet.

- Voulez-vous que je vous montre ma chambre d'enfant, pendant que nous y sommes ? demanda-t-il d'un ton léger.

Elle secoua la tête. Elle avait hâte de partir d'ici. Cet homme et cet endroit l'oppressaient. Il la lâcha à regret.

Il examina les devis, finit par en signer un qu'il posa en évidence sur le bureau et se leva.

Dans le hall, ils tombèrent sur Lila.

- J'ai signé un devis, fit Alex. Tu n'auras qu'à le poster. Si Pauline téléphone, dis-lui de m'appeler. Vous venez, Aurore, dit-il en se tournant vers elle.
- J'ai bien une idée, murmura Lila, comme pour elle-même.

Brusquement, elle s'interrompit et regarda Aurore.

- C'est comment, votre prénom ?

Elle sentit un vent de panique souffler sur elle.

- Aurore, pourquoi ?

Lila hésitait.

- Vous êtes... de la région ?

Alex dit avec ironie.

- Aurore vient de Paris, Lila. Ça ne se voit pas ?

Lila la regarda intensément comme si elle essayait de lire en elle et Aurore songea que la vieille dame devait savoir quelque chose. Quoi exactement ? Une violente émotion lui serra la gorge. Elle ne put soutenir son regard.

- Bon, Lila, on s'en va, dit Alex.

Il attendait près de la porte. Aurore regarda une dernière fois Lila. Celle-ci avait l'air désemparée et fit un geste vers elle mais elle ne put que dire.

- Au revoir, Madame.

Elle sortit, le front brûlant, complètement bouleversée et se demanda si la vieille dame avait remarqué sa panique.

Lila les regarda monter en voiture, immobile derrière les rideaux.

24

Dans la voiture, Aurore resta un long moment silencieuse.

- Alors, comment trouvez-vous Lila ? demanda Alex d'un ton léger.

Elle fit un effort sur elle-même.

- C'est qui, Lila, par rapport à vous ?

- Ma gouvernante.

Elle le regarda avec incrédulité. Elle avait vraiment du mal à l'imaginer enfant.

- Vous ressemblez à tout, sauf à quelqu'un qui a eu une gouvernante.

- En fait, concéda Alex, Lila était la gouvernante de ma mère. Quand elle a épousé mon père, ma mère a insisté pour qu'elle vienne habiter avec nous. Avant, elle était institutrice.

- Vous habitiez cette maison ?

- Non. Nantes. Sainte-Marguerite, c'était notre maison de vacances.

Une maison de vacances... Aurore songea qu'il devait y avoir dix chambres au bas mot dans cette villa. Leur résidence principale devait avoir l'exiguïté du Louvre.

Elle retrouvait son calme lentement mais avait du mal à analyser son sentiment.

Ils arrivèrent chez Gégé et Sophie quelques minutes plus tard.

- *« Happy birthday to me ! Happy_birthday to me ! »*

Gégé sortait de la maison en chantant à tue-tête, suivi de Sophie qui semblait irritée.

- Arrête, Gégé, tu m'énerves !

- Qu'est-ce qui se passe ? demanda Aurore.

- J'ai oublié de lui souhaiter son anniversaire, ce matin. Depuis, il n'arrête pas de se chanter *« Happy birthday »*

- Moi, je n'oublie jamais, répliqua Gégé.

Aurore le regarda en riant.

- Gégé, ce n'est pas grave.

Il se tourna vers elle, faussement inquisiteur.

- Et d'abord, où étais-tu, toi, hier soir ? Alex m'a dit que tu étais tombée en panne. Qu'est-ce que tu fabriquais sur la route à une heure pareille ?

Alex l'appuya.

- Heureux, Gégé, de te voir enfin penser comme moi.

- Il m'a dit que tu l'avais appelé vers minuit.

Aurore ergota.

- Et alors, ce n'est pas tard. Et d'abord, il était onze heures passées.

- Passées de cinquante minutes, précisa Alex.

Gégé se tourna vers lui.

- Finalement, je me demande si ce n'est pas toi qui as raison.

- Raison pour quoi ? demanda Aurore.

Sophie haussa les épaules.

- Hier soir, on te cherchait avec Edith et Océane pour faire les folles et Alex a dit à Gégé et Xavier qu'avec lui, il ne serait pas question de traîner le soir et qu'il nous mettrait toutes au pas.

Aurore le regarda avec ironie.
- Vous faites dans l'humour involontaire ?
Il sourit.
- Certainement que ça ne se passerait pas comme ça, dit-il.
Il ouvrit son coffre.
- J'ai sa batterie, dit-il à Gégé.
- Où étais-tu ? demandait Sophie à Aurore, on t'a cherchée partout.
- Nulle part, je suis juste allée me balader sur la côte.
Elle préféra changer de sujet.
- Tiens, Gégé, tu ne veux pas qu'on t'arrose tes fleurs ?
Il prit l'air effaré.
- Ouh, certainement pas.
Il se tourna vers Alex.
- Elles me les arrosent avec le jet à fond, comme un Kärcher.
Il secoua la tête, prit la batterie et rentra dans son garage en chantant de nouveau.
- *« Happy birthday to me ! Happy birthday to me ! »*
- Allez, j'y vais, fit Alex. J'ai un rendez-vous à Saint-Nazaire.
Aurore le regarda.
- Vous ne restez pas ? demanda-t-elle.
Le souvenir encore chaud de ses lèvres sur son cou la troublait encore.
- Viens dîner avec nous, fit Sophie. Ce soir, Aurore nous fait une spécialité.
Alex lui lança un regard sceptique.
- Vous savez faire la cuisine ? Je n'aurais pas cru.
Elle soutint son regard.
- Ça prouve que vous avez des idées préconçues à mon égard.
Il sourit. Il encaissait bien.
- Ça sera pour une autre fois, dit-il en ouvrant sa portière.
Il monta dans sa voiture et démarra.

25

Alex roula un moment et regarda sa montre. Il était trop tard pour son rendez-vous. Son crochet par la Villa Anthéa l'avait retardé. Où pouvait être passée Pauline ? C'était inhabituel chez elle de disparaître ainsi. Il avait le sentiment que Lila ne lui avait pas tout dit devant Aurore. Il décida brusquement de retourner la questionner. Après Guérande, il prit la direction de La Baule, laissant derrière lui l'univers secret et oublié de la Brière, ses canaux, sa lumière fragile.

C'est Pauline qui lui avait fait découvrir la région, enfant. Il lui était arrivé, quelquefois, en plein océan Indien ou dans le Pacifique, d'en éprouver la nostalgie. Devant l'uniformité du ciel, il songeait à cette région pleine de contrastes où pourtant il se sentait à l'étroit.

Lila fut surprise de voir Alex revenir si vite.

- Je croyais que tu allais à Saint-Nazaire. Tu as oublié quelque chose ?

- Non. Dis-moi, qu'est-ce que c'est que cette histoire ? Où est Pauline ?

- Je te l'ai dit. Elle est partie, il y a quelques jours sans dire où elle allait et elle n'a pas téléphoné comme elle fait habituellement.

- Elle doit être chez des amis. Sûrement chez Isabelle.

Lila prit l'air buté.

- Tu ne lui téléphonerais pas pour savoir ?

- Oh, Lila, ne fais pas cette tête, je ne vais pas l'appeler pour ça ! Tu n'as qu'à le faire, toi, si tu en as envie.

- Téléphone-lui, toi.

- Certainement pas ! Et puis quoi encore ?

La vieille dame avait l'air soucieux et il ressentit un malaise. Si elle insistait, c'est qu'elle était inquiète.

Il secoua la tête et décrocha le téléphone. Quelques instants plus tard, la voix légèrement grave d'Isabelle lui répondit.

- Allô, Isabelle, ça va ?

- Alex ? Ça, c'est une surprise. Tu appelles pour annoncer ta venue ?

- Pas exactement, non. Je t'appelais pour savoir si Pauline était chez toi ?

- Non, pourquoi ? Elle devait venir ?

Alex regrettait déjà d'avoir appelé.

- A vrai dire, je ne sais pas. Elle est partie, il y a quelques jours et on n'a pas de nouvelles.

- Elle a sûrement un homme dans sa vie. Laisse-la vivre sa vie.

- Ce n'est pas la question. On a besoin d'elle pour une histoire de papier.

- Elle m'a dit qu'elle t'avait laissé une procuration. Ça, c'est sûrement Lila qui veut savoir où elle est.

Il jeta un coup d'œil à Lila qui l'observait, soupçonneuse. Heureusement, elle n'entendait pas.

- Mais non, ce n'est pas ça.

- Je suis sûre que si. Avec Lila et toi, Pauline a forte affaire.

- Tu veux rire ! Je ne suis jamais là et je ne sais pas ce qu'elle fait les trois quarts du temps.

Il commençait à être irrité et avait hâte de conclure.

- Laisse-la vivre sa vie, continuait Isabelle. Et viens plutôt nous voir. La côte génoise est magnifique en cette saison. Et les femmes aussi.

Alex se retint de lui dire qu'en ce moment, les femmes... Il fit cependant un effort pour parler de choses et d'autres sous le regard dédaigneux de Lila puis il raccrocha après lui avoir dit d'appeler si Pauline se manifestait.

Lila n'avait pas bougé.

- Alors ? fit-elle.

Il s'énerva.

- Ecoute, Lila, laisse-la vivre sa vie. Tu me fais faire de ces trucs... Isabelle ne sait pas où elle est. Elle a pris des vacances, c'est tout.

Elle restait là, l'air obstiné.

- Quand même, c'est bizarre, d'habitude, elle dit où elle va.

Alex préféra ne pas répondre.

- Imagine qu'il lui serait arrivé quelque chose.

Il prit l'air accablé.

- Arrête, Lila, on nous aurait prévenus.

Elle resta silencieuse un moment.

- Au fait, finit-elle par dire, et cette jeune femme que tu as amenée tout à l'heure, qui est-ce ?

- Une amie de Sophie et Gégé.

- Ah ? Elle vient vraiment de Paris ?

Il sentit l'irritation monter en lui. Il valait mieux qu'il s'en aille. L'espèce féminine en général et certaines femmes en particulier avaient le chic pour lui porter sur les nerfs depuis quelques temps.

- Ecoute, Lila, en ce qui la concerne, je n'ai pas encore vérifié ta théorie sur les chats, si c'est ce qui t'intéresse.

Il se retint de claquer la porte en sortant.

Lila avait l'air sombre.

- Ce n'est pas ce qui m'intéresse, dit-elle tout bas.

26

Aurore était allongée sur un transat près d'un bosquet d'orangers du Mexique, les yeux fermés. Elle avait proposé à Gégé de tondre la pelouse et l'herbe chauffée au soleil libérait des senteurs brûlantes. Une ombre s'interposa entre elle et le soleil.

- Mais vous êtes dorée comme un croissant !

Elle ouvrit les yeux. Alex était penché sur elle et la détaillait. Elle avait enlevé le haut de son maillot de bain et eut l'impression d'être entièrement nue, livrée à son regard.

- Je vous croyais à Saint-Nazaire, fit-elle.

- J'en suis revenu. Comme de beaucoup d'autres choses, d'ailleurs.

Elle le regarda avec attention mais il souriait.

- Ne cherchez pas. Je suis quelqu'un sans états d'âme.

Il s'assit près d'elle sur son transat et prit son flacon de crème solaire qu'il déboucha.

- Qu'est-ce que vous faites ?

- Je vous remets de la crème.

Surprise par son audace, elle resta muette. Il fit couler de la crème dans sa main et commença à l'étaler en partant du creux de ses épaules. Son cœur fit un bond. Ses mains s'attardèrent sur ses seins et il se pencha pour les effleurer de ses lèvres.

Son cœur s'emballa. Elle se sentit fondre et entoura le cou d'Alex de ses bras. Il releva les yeux et croisa son regard. Son visage était tout près du sien. Au bruit de pas qui arrivaient, il s'écarta.

Anthony les regardait, perplexe et Alex sourit.

- Ça va, bonhomme ?

L'enfant lui tendit le jouet qu'il tenait.

Aurore avait toujours le cœur battant la chamade et était incapable de prononcer un mot. Le parfum fiévreux des orangers du Mexique lui tournait la tête.

Alex parlait avec Anthony comme si de rien n'était, une main toujours posée sur elle. L'enfant paraissait très fier de voir l'adulte s'intéresser à lui et Aurore ne put s'empêcher de le regarder avec tendresse.

- *« Happy birthday to me ! Happy birthday to me ! »*

Gégé rappliquait, les bras chargés de tuyaux prêts à tomber. Alex se leva et rétablit l'équilibre de son chargement.

- Qu'est-ce que tu fabriques avec ça ?

- Je vais couler du plomb. On m'a donné des tuyaux.

- Et tu vas t'amuser à faire fondre tout ça ?

- Oui. J'ai des moules à plomb de différentes tailles.

Alex le regardait avec une indulgence ironique.

- Mais tu dois en avoir une collection !

- Oui, mais j'en perds sur les fonds rocheux.

Aurore s'était approchée.

- C'est pour la pêche ? demanda-t-elle d'une voix qui lui parut étrangère.
- Oui. Pour pêcher à la traîne.
Alex la regarda en secouant la tête tandis que Sophie les rejoignait.
- Tiens, tu es revenu ? fit-elle.
- Oui. J'ai raté mon rendez-vous à cause de vous.
- Qu'est-ce que c'était comme rendez-vous ? demanda Aurore.
Il eut un geste d'indifférence.
- Rien d'important.
Ils passèrent un moment à plaisanter en regardant Gégé faire fondre ses plombs dans une vieille casserole puis les couler dans des moules en forme de cônes. Par moment, Aurore sentait le regard d'Alex sur elle. Son désir était comme un sortilège. Elle avait une impression d'ambiguïté qui la déroutait.
En fin d'après-midi, Gégé proposa une sortie en bateau pour aller poser un filet et des casiers.
- Oui, fit Sophie. On verra le coucher de soleil en mer.
Ils montèrent dans le break de Gégé pour aller au Pouliguen. Alex prit la main d'Aurore pour l'aider à monter sur le bateau et la garda un instant dans la sienne. Une émotion chaude l'envahit. Déjà, Gégé mettait en route. Elle s'assit sur l'arrière avec Sophie et Anthony.
- Tu vas conduire, Alex, fit Gégé. Comme ça, je vais préparer mon matériel de pêche.
Alex prit le volant et sortit le bateau du port. Arrivés au large de la Côte sauvage du Pouliguen, il aida Gégé à mouiller une première bouée et à dérouler le filet.
- On viendra les relever demain matin, dit Gégé.
- Qu'est-ce qu'on pêche avec un filet ? demanda Aurore.
- Un peu tout. Des soles, des rougets, quelquefois des crabes.
Elle vint s'asseoir près d'Alex.
- L'autre soir, on a vu le rayon vert. Vous l'avez déjà vu ?
Il sourit.
- Oui. En mer, c'est assez fréquent.
Il la regardait avec une intensité dans le regard qui augmenta son trouble.
Gégé mouilla les deux casiers un peu plus loin et Aurore avisa un bateau qui passait un peu plus loin.
- Tiens, Gégé, toi qui parlais de changer de bateau, regarde celui-là.
Il la regarda avec ironie.
- Oui. Et bien pour l'instant, je vais me contenter de l'annexe.
Il se tourna vers Alex.
- Les femmes ont des goûts simples !
Sophie dit en riant.
- Certainement, on a des goûts simples. On n'aime que ce qui est beau !
Gégé remit le bateau en route puis traversa la baie de La Baule, tandis que le soleil plongeait dans la mer. Après qu'il eut disparu, ils revinrent au port en longeant la côte.

Au retour, Alex suivit Aurore dans la cuisine.

- Au fait, votre fameuse spécialité, ce n'est pas une recette anglaise au moins ?

- Ne vous inquiétez pas, l'éducation de ma grand-mère, je l'ai plutôt prise à contre-pied.

Il l'examina.

- Il n'y a pas que votre grand-mère que vous prenez à contre-pied.

- Pourquoi vous dites ça ?

Il restait là, appuyé au chambranle de la porte.

- J'ai rarement vu quelqu'un avoir autant l'esprit de contradiction que vous.

Elle dit en riant.

- J'espère bien. Avec tout le mal que je me donne.

Il sourit. Elle se tourna vers lui.

- Vous ne voulez pas découper le poulet ?

- Si vous voulez.

- Je fais un poulet au miel.

Il fit une grimace.

- Un truc salé, sucré. J'aurais dû me douter.

- C'est très bon, vous verrez.

Il saisit un des couteaux suspendus au-dessus du plan de travail.

- Enfin. J'espère que vous mesurez à quel point je suis prêt à tout pour passer la soirée avec vous, plaisanta-t-il.

Ils dînèrent dans la salle à manger en bois sombre, évoquant pour Alex des souvenirs vieux de sept ans.

Fin août, juste avant qu'Aurore ne reparte, Sophie et elle étaient descendues en Espagne en voiture avec une autre fille. Arrivées à San Sebastian, elles avaient décidé de traverser l'Espagne d'ouest en est et de rejoindre la côte méditerranéenne. C'était en fin d'après-midi. Le ciel, la terre, la route poussiéreuse, tout était jaune. Elles avaient traversé des villages déserts et roulé une partie de la nuit. A un moment, elles s'étaient perdues, étaient revenues en arrière. La nuit avait quelque chose de fantomatique.

Aurore sourit.

- C'était étrange, on avait une impression de rêve et on s'attendait à se réveiller à tout moment.

Sophie poursuivit.

- On est arrivé côté Méditerranée vers cinq heures du matin. On s'est promené sur la plage et comme il était trop tard pour trouver un camping, on a dormi dans la voiture devant le poste de carabiniers. Il y avait une église avec une grosse cloche qui nous réveillait tous les quarts d'heure. Et le lendemain, ce sont les carabiniers qui nous ont réveillées et dit de partir.

Aurore se souvenait. C'était la première fois qu'elle partait à l'étranger avec quelqu'un d'autre que son père. Ce sentiment de liberté, d'être loin...

Après dîner, ils s'installèrent dans le salon. Le feu brûlait dans la cheminée, projetant des ombres sur les visages.

Alex était assis dans un fauteuil et ne semblait pas pressé de partir. Aurore était bien. Elle continuait de parler et au bout d'un moment, elle constata qu'ils étaient seuls tous les deux. Sophie était partie voir Anthony dans sa chambre et Gégé s'était éclipsé.

Un court instant, elle eut un sentiment de malaise diffus mais Alex buvait lentement son verre. Un léger trouble s'insinua en elle et elle se tut. Il releva les yeux sur elle et la fixa avec insistance. Au bout d'un moment, il se leva et alla remettre une bûche dans le feu qu'il remua. Il revint vers le canapé et s'assit près d'elle. Une lueur plus sombre brûlait dans ses yeux.

- Nous voici enfin seuls, murmura-t-il.

Son cœur se mit à battre plus vite. Un court instant, elle l'imagina la serrant contre lui. Son torse dur et sûrement bronzé contre sa peau nue. Elle ressentit comme un manque au creux d'elle-même et un désir insensé l'envahit.

Sophie redescendait l'escalier et Alex sourit à Aurore, l'air fataliste.

- Où est Gégé ? demandait Sophie. Il vous a plantés là ?

Elle regarda Alex, soupçonneuse. Il prit un air faussement innocent et dit en riant.

- Je n'ai rien fait.

Aurore les regarda, étonnée.

- Pourquoi vous dites ça ?

- Demandez à Sophie.

Sophie eut l'air ennuyé. Alex se leva en riant.

- Allez, je vous laisse. Je vais rentrer.

Il embrassa Sophie et Aurore. Au moment de sortir, il regarda cette dernière.

- A bientôt, fit-il.

Après qu'il fût parti, elle resta silencieuse. Que désirait-elle au juste ? Après cette journée traversée d'influx contradictoires, elle ne savait plus où elle en était. Sophie l'observait.

- Il te plaît, Alex ?

Aurore hésita.

- Je ne sais pas.

- Si tu ne sais pas, c'est qu'il te plaît.

- En d'autres circonstances, oui.

- Comment ça ?

Elle hésita. Il valait peut-être mieux qu'elle raconte tout à Sophie. Il fallait qu'elle réfléchisse. Tout était trop confus dans son esprit.

Sophie la regardait, essayant d'interpréter ses réticences.

- Si entre Alex et toi, ça tournait court, tu rentrerais à Paris, n'est-ce pas ?

- Je ne sais pas. Peut-être...

- C'est ce que je lui ai dit. Et de croiser au large.

Elles sourirent en même temps.

- C'est ce qu'il voulait te faire dire, tout à l'heure ?

- Oui.

Sophie souriait toujours mais était dans l'expectative. Qu'est-ce que tout ça allait donner ?

27

La semaine s'écoula sans qu'Alex refasse son apparition au pub et Aurore se refusa à aller à l'Hélios bien qu'elle en mourût d'envie. A plusieurs reprises, elle alla à Sainte-Marguerite et passa devant la Villa Anthéa mais ni la Jaguar ni la BMW n'y stationnaient.

Elle attendit le week-end suivant, espérant qu'il passerait chez Gégé. Toute la journée du dimanche, elle s'attendit à le voir débarquer à tout moment. Sophie ne dit rien mais l'observa à la dérobée. En fin d'après-midi, Edith et Xavier passèrent avec Océane et Elodie, leur nièce. Ils arrivaient du Golfe du Morbihan, où les parents de Xavier avaient une maison.

- Ça fait des siècles que je ne suis pas allée dans le Golfe, fit Sophie. Pourtant, c'est joli. Tu connais, Aurore ?

- Non.

- C'est une sorte de petite mer intérieure, parsemée d'îles et d'îlots et la végétation est magnifique. Il faudra qu'on y aille un dimanche.

Edith les regarda.

- Pourquoi pas dimanche prochain ? On y retourne, on doit ramener Elodie à ma belle-sœur.

- C'est une idée, fit Gégé. Je viendrai avec mon bateau sur la remorque. On pourra pêcher là-bas. La dernière fois, j'ai pêché du bar.

- Gégé, tu es un monomaniaque, fit Edith en riant.

Xavier se retourna.

- Venez carrément passer le week-end. On dormira chez mes parents. Ils ne sont pas là, en ce moment.

- Oui. C'est une idée, fit Gégé, enthousiaste.

Aurore était silencieuse. Elle songeait à Alex. Où pouvait-il être ? La dernière fois, il lui avait laissé entendre qu'il allait la revoir rapidement. Pourquoi ne venait-il pas ? Pourquoi fallait-il que ce soit cet homme, précisément, qui fasse battre son cœur plus vite ?

Le soir, elle se retrouva déçue et furieuse. Contre lui, contre elle, contre le monde entier.

La vague de chaleur qui s'était abattue sur la région, persistait. Elle rentra à Nantes et malgré elle, se retrouva à l'Hélios. La BMW stationnait près de l'entrée et elle en éprouva une joie ambiguë. L'air était chaud et moite, orageux. Son cœur battait quand elle entra dans le hall et la fraîcheur de l'hôtel lui parut apaisante. Alex se trouvait à l'entrée de la salle de billard et la regarda arriver.

- J'étais prête à donner mon âme pour de l'air conditionné, dit-elle d'un ton léger.

Il sourit et dit :

- L'hôtel est climatisé mais je ne suis pas sûr que ce soit votre âme qui m'intéresse.

Elle le regarda mais il avait parlé avec détachement. Le téléphone sonna dans son bureau et il alla décrocher. Elle le suivit. Il discuta quelques instants puis raccrocha et releva la tête.

- Vous cherchiez Sophie, peut-être ?

- Non. Je passais.

Il était adossé à son bureau et l'observait. Aurore se détourna et s'approcha de la fenêtre. Le ciel était sombre.

- Je pensais qu'il ferait moins chaud à Nantes, dit-elle doucement.

Elle avait posé son front sur la vitre et regardait dehors comme s'il y avait autre chose que la ville fondue dans la nuit. Il se rapprocha imperceptiblement.

- Ne me dites pas que vous aviez envie de me voir.

Elle se retourna avec irritation et vit qu'il était tout près d'elle, tellement près qu'elle pouvait sentir la chaleur de son torse. Elle ressentit un creux en elle. Son cœur se mit à battre plus vite et elle fut incapable de prononcer une parole.

- Je vous attendais, dit-il.

Elle croisa son regard. Une lueur plus sombre brûlait dans ses yeux. Son trouble s'épaississait comme la nuit dehors.

- Alex, murmura-t-elle d'une voix rendue rauque par l'émotion.

Il la prit dans ses bras et l'embrassa doucement puis plus intensément. Son cœur s'emballa. Un violent désir l'envahit et elle se sentit fondre. Cet homme devait pouvoir lui faire atteindre des sommets rien qu'en l'effleurant.

Il resserra son étreinte. Il l'embrassait avec une fièvre contenue. Elle en avait le souffle coupé. Ses idées s'entrecroisaient dans son esprit en tumulte. Ça faisait trop longtemps qu'elle avait envie de lui. Quelque chose résistait en elle mais son désir était plus fort. Après tout, qu'est-ce qui l'empêchait de passer la nuit avec lui ? Une nuit de plaisir pur, incandescente. Elle pouvait ensuite ne plus le revoir mais il lui fallait assouvir cette envie insensée qu'elle avait de lui. Tout ce qu'elle voulait, c'était sentir ses mains sur elle, respirer son odeur mâle et chaude et légèrement ambrée, se confondre avec lui.... Et disparaître ensuite.

Alex plongea son regard dans le sien. Il dut y lire quelque chose car il l'écarta doucement. Les yeux d'Aurore avaient la couleur des océans parcourus, d'un bleu changeant pouvant se charger de violence. Tous les risques qu'on frôle. Se souvenant des paroles de Sophie, il l'avait laissée venir à lui, avait éveillé son désir et son intérêt en lui échappant toujours un peu, sans pour autant que ce soit suffisant. Avait-il envie de la perdre pour n'avoir pas attendu ? Pour n'avoir pas dit ce qu'il fallait ? Pour n'avoir pas compris ? Son instinct le fit la lâcher.

Elle le regarda sans comprendre.

- Pourquoi ? réussit-elle à articuler.

Elle était là, brûlante et inassouvie. Il revint s'asseoir à son bureau et dit :

- Sophie tient à ce que vous restiez à Nantes.

- Et alors ?

Il s'énerva.

- Alors, si nous passons la nuit ensemble, demain, pour une raison que vous seule saurez, et encore, vous serez partie. Je n'ai pas envie que Sophie me tienne responsable de votre départ.

Ce n'était pas possible. Il ne pouvait pas lui faire ça. Elle sentit la colère et la frustration l'envahir. Il la repoussait. Son cœur battait encore. Elle respira profondément et fit un effort pour paraître détachée.

- Je peux très bien partir de toute manière. Parce que vous n'aurez pas tout fait pour me retenir, plaisanta-t-elle.

- Désolé, dit-il sur le même ton, je n'ai pas reçu de consignes en ce sens.

Puis sérieusement, il dit :

- J'attends autre chose de vous.

Mais elle n'écoutait plus. Tournée vers la fenêtre, elle fixait la nuit avec intensité. Il l'avait laissée venir à lui, s'abandonner contre lui et la repoussait. Elle sentit l'humiliation la brûler et une rage froide l'envahit. Elle lui ferait payer tout ça.

- Aurore...

Elle ne voulait plus rien entendre. Elle prit ses clés qu'elle avait posées sur le bureau et il esquissa un geste vers elle. Elle le regarda avec haine.

- Ne me touchez pas.

Avant qu'il ait pu la retenir, elle sortit en claquant la porte.

Il resta immobile tandis qu'un malaise s'insinuait en lui. Cette impression de fiasco...

28

Alex était d'humeur morose. Il s'était comporté comme un imbécile, la veille avec Aurore, et depuis, il ne cessait d'y penser. C'était comme un rhume, une maladie qu'il aurait contractée à son insu. Qu'est-ce qui lui avait pris ? Il aurait mieux fait de parler avec elle, d'être plus clair. Elle devait lui en vouloir à mort. Il fallait qu'il la voie, qu'il lui parle. Il avait déjà téléphoné au pub dans la matinée et en début d'après-midi, mais les deux fois, Marc lui avait répondu qu'elle n'était pas là.

En fin d'après-midi, il décida de passer au Harold's. Aurore y était sûrement et ne devait pas avoir envie de lui répondre. Marc téléphonait au moment où il entra dans le pub.

- Allô !... Oui... Aurore... ? Je vais voir. C'est de la part de qui ? ... Mémé Elise ? Je vais voir si elle est là.

- C'est pour Aurore ? demanda Alex. Bouge pas, je vais lui dire. Qui est-ce ?

- Ce doit être sa grand-mère. Mais attends, il vaut peut-être mieux que j'y aille.

- Laisse. J'y vais. C'est bien au dernier étage ?

Il ne laissa pas le temps de répondre à Marc qui le regarda ressortir, l'air réticent.

Aurore s'était installée dans un transat sur la petite terrasse du studio. Après avoir écrit rageusement pendant une partie de l'après-midi, elle relisait ses premiers chapitres qu'à Paris, elle avait tirés sur imprimante et regroupés dans un classeur. Le reste de ses notes, un fouillis de papiers divers représentant l'expression de plusieurs années, était resté dans sa valise. Il faisait chaud. Elle renonça à aller les chercher, posa le classeur sous son transat et retira le haut de son maillot de bain. Elle ferma les yeux. Des phrases se déroulaient dans sa tête. Plus tard, elle les noterait. Ne pas attendre trop longtemps. Il est des instants fugaces qu'on ne retrouve jamais...

La sonnerie de l'entrée la fit sursauter. Elle remit le haut de son maillot et alla ouvrir. Elle fronça les sourcils en voyant Alex.

- Mais c'est Fort Knox, ici, plaisanta-t-il en désignant les deux serrures qu'elle venait de déverrouiller.

- Qu'est-ce que vous voulez ? demanda-t-elle froidement.

- Je voudrais vous parler. Mais allez d'abord répondre, on vous demande au téléphonc.

- Au téléphone ?

- Oui, au bar. J'ai cru comprendre que c'était votre grand-mère.

- Ma grand-mère ? Elle ne sait pas que je suis ici, objecta Aurore.

Elle le regardait avec méfiance. Il eut un geste d'ignorance.

- Je ne sais pas. Marc a parlé de Mémé Elise.

Mémé Elise ? Aurore se sentit brusquement inquiète. Ce devait être important. Avant de revenir à Nantes, elle lui avait laissé le numéro du Harold's, au cas où...

Elle sortit sur la terrasse prendre ses vêtements et Alex la suivit. Elle s'habilla rapidement. Il la sentait nerveuse. Elle se tourna vers lui.

- Vous venez ?

- Allez-y. Je vous attends là, dit Alex en sortant une cigarette de son étui.

- Il n'en est pas question. Pour commencer, je n'ai pas envie de parler avec vous.

- Ne discutez pas tout le temps, Aurore. Votre grand-mère téléphone probablement de Paris. Allez répondre, si vous ne voulez pas lui coûter une fortune.

Elle le regarda avec animosité mais elle ne tenait pas à faire attendre Mémé Elise. Elle sortit et descendit l'escalier avec le sentiment d'oublier quelque chose.

Alex s'appuya au rebord de la terrasse et regarda distraitement la rue en bas. Au loin, il apercevait l'église Sainte-Croix. Il songea au trouble éprouvé en voyant Aurore s'habiller et chercha son briquet. Où était ce foutu briquet ? Aurore avait sûrement du feu quelque part. Il regarda autour de lui. Un classeur traînait par terre sous le transat. Il se baissa pour le ramasser.

Aurore avait pris le téléphone posé sur le bar.

- Allô, Aurore ? C'est Mémé Elise, ma chérie. Ecoute, ta grand-mère est passée hier pour la deuxième fois et m'a demandé si je savais où tu étais. Ça avait l'air important. Je lui ai dit que je ne savais pas, mais si tu pouvais l'appeler...

Aurore soupira.

- Qu'est-ce qu'elle voulait encore ?

- Ce serait gentil... Peut-être que c'est important.

- C'est bon, je vais le faire, répondit-elle sans conviction.

Elle avait hâte de raccrocher. L'impression d'avoir oublié quelque chose. Elles parlèrent quelques instants puis Aurore raccrocha après avoir promis d'appeler sa grand-mère. Elle se tourna vers Marc.

- Je peux passer un coup de fil rapide ?

- Bien sûr. Où est Alex ?

- Là-haut, dit-elle en composant le numéro de sa grand-mère.

La sonnerie résonna longuement et Aurore raccrocha.

- Elle n'est pas là, dit-elle, soulagée.

Dans l'escalier, Aurore sut ce qu'elle avait oublié. Elle monta les marches huit à huit et arriva en haut, complètement essoufflée. Elle se précipita sur la terrasse et s'arrêta net. Alex était assis sur le transat et lisait son classeur. Elle se sentit effondrée et un sentiment de haine intense l'envahit. Il releva la tête et la regarda comme s'il la découvrait. Elle brûlait d'une aversion violente mais il ne parut pas le remarquer.

- Ça vous ressemble, murmura-t-il avec un sérieux inconnu. C'est vous qui écrivez ?

Elle ne répondit pas, figée dans un mutisme hostile.

Il la regardait intensément. Elle ressemblait à un animal sauvage à qui on vient de violer son territoire. A la fois menaçante et sur la défensive. Surtout ne pas la faire fuir. Ni la rendre furieuse. Lui parler doucement. L'attirer à lui.

- Venez vous asseoir, dit-il doucement en désignant le petit fauteuil de rotin près de lui.

Il la regarda s'approcher, hésitante. Avec un certain soulagement, il la vit s'asseoir.

Ce livre, ou tout au moins ces pages, cette ébauche de livre lui ressemblait. Un charme indéfinissable.

- Il y a longtemps que vous écrivez ? demanda-t-il.

Elle parut chercher quelque chose dans ses yeux, puis, comme si elle l'avait trouvé, elle s'adossa et murmura.

- J'ai toujours écrit... Pour moi... On écrit toujours pour soi...

Comment lui expliquer, lui faire comprendre ? Ecrire, c'était respirer, exprimer ce qui était en elle, inexprimable autrement. L'impression de porter un monde en elle, un univers auquel elle pouvait donner vie. Un livre qu'on porte en soi comme un bébé, qui vous étouffe quelquefois, qui fait partie de vous et qui finit par vous échapper.

Elle parlait doucement, les yeux pleins de rêve. Du sortilège des mots. Comprendre les nuances les plus secrètes, saisir les reflets changeants, les lueurs, les parfums. Un livre sur l'enchantement et le désenchantement avec, à chaque page, la vie qui bat.

Et puis, le bonheur d'écrire et la douleur quelquefois. Les phrases qui se déroulent toutes seules, celles captives de votre esprit, et tout ce qu'on ne peut exprimer.

Elle parlait avec un élan contenu et, un court instant, il songea à Pauline, des années plus tôt, lui parlant comme on berce.

- Cette femme, dit-il en montrant les feuillets du classeur, après quoi court-elle ?

Ses yeux plongèrent dans les siens. Elle dit doucement, l'air songeur.

- Je ne sais pas…

- Comment ça ? Vous ne savez pas ?

- Pourquoi le saurais-je ?

Le soir était descendu lentement sans qu'ils le remarquent. Il aurait aimé ne pas bouger, ne pas souffler sur l'émotion qu'elle provoquait. Pouvoir remonter sa vie. Posséder cette femme porteuse de rêves et d'émotions. Elle était tout près de lui et il pouvait respirer son odeur délicate mais il la désirait plus violemment que tout à l'heure, quand il était arrivé, qu'elle était en maillot de bain. Il la désirait d'une manière insensée, il aurait aimé qu'elle lui appartienne, qu'elle le regarde avec cet enthousiasme qui la faisait vibrer, qu'elle le lui communique et qu'elle accepte de le suivre.

- Je pourrais vous emmener loin, dit-il en lui prenant la main et en la portant à ses lèvres.

Elle le regarda étrangement.

- Non, dit-elle en secouant la tête, vous ne pouvez pas.

Une lueur secrète dans les yeux, elle dit doucement.

- En d'autres circonstances, j'aurais pu vous aimer.

Elle était loin, tellement loin qu'il en avait le vertige.

- Pourquoi, en d'autres circonstances ? dit-il trop brusquement.

Il se rendit compte qu'il serrait son poignet trop fort. Une lueur nouvelle s'alluma dans les yeux d'Aurore. L'instant avait volé en éclats qui pouvaient le blesser. Il se reprit et retrouva instantanément son air sarcastique.

- Remarquez, dit-il, je ne vous en demande pas tant.

Aurore ne répondit pas. Elle paraissait fatiguée brusquement.

- Cette fille dans votre livre, reprit Alex, pourquoi elle en veut à ce type ? Il a quelque chose à voir avec ce qu'elle cherche ?

Elle le regarda. Il ne semblait pas avoir lu les derniers feuillets qu'elle avait écrits dans l'après-midi.

- Et alors, dit-elle, l'air dur, vous n'êtes pas arrivé à votre âge sans savoir que dans la vie, on paie toujours pour quelque chose ou quelqu'un d'autre.

Il la regarda dans la lumière veloutée du soir. Ses yeux étaient comme des pièges. « Aurore, vous ne saurez jamais combien je vous aime. »

On frappa à la porte et Aurore émergea. Elle se leva pour aller ouvrir. C'était Marc.

- C'est Sophie au téléphone. Elle dit qu'elle a oublié son sac chez toi, ce matin.

Aurore regarda autour d'elle et aperçut le sac tombé près de la petite table.

- Ah oui, il est là. Je ne l'avais pas vu.

- Est-ce que tu peux lui ramener ? Anthony est endormi et Gégé pas encore rentré.

- Oui, bien sûr. Dis-lui que j'arrive.

Elle revint sur la terrasse. Alex n'avait pas bougé et la regardait, l'air sombre. Le charme était rompu. Elle dit en ramassant son classeur.

- Il faut que j'aille chez Sophie.

- Maintenant ? Il est plus de 21 heures. Venez plutôt dîner avec moi. On parlera un peu, tous les deux.

Elle ne répondit pas et rentra à l'intérieur. Il se leva et la suivit.

- Aurore. Je voulais vous dire. Je suis désolé pour hier soir.

- Moi aussi. Ce n'est pas grave.

Elle ferma la porte-fenêtre et enfila un pull. Il la retint au moment où elle ouvrait la porte d'entrée.

- Attendez, dit-il.

Doucement, mais fermement, elle le poussa sur le palier.

- Une autre fois, Alex. Sophie m'attend.

Elle ferma la porte à clé et descendit l'escalier, suivie d'Alex. En bas, près de sa voiture, il lui prit le bras.

- Ecoutez, Aurore, vous n'en avez pas pour longtemps chez Sophie, c'est à côté. Venez à l'Hélios ensuite. Je voudrais vous parler. D'accord ?

Elle fit signe que non. Il la prit dans ses bras et l'embrassa longuement. Une violente émotion l'envahit et elle se laissa aller contre lui.

Il dit doucement.

- Je vous attends d'ici une heure. A tout de suite.

Elle monta dans sa voiture sans répondre et démarra. Son cœur battait encore quand elle arriva chez Sophie.

Alex traînait dans le hall de l'Hélios. Il regarda sa montre. Plus de minuit. Aurore n'était toujours pas là. Il savait qu'elle ne viendrait plus, maintenant. Evidemment, elle lui faisait payer pour la veille. Il fallait qu'ils aient une conversation tous les deux. Il hésita. Ce n'était pas une heure pour l'appeler chez Sophie. D'autant qu'elle devait être rentrée.

Un moment, il eut envie d'appeler le pub puis se ravisa. Il préférait y aller. Parler au téléphone avec Aurore devait relever du tour de force.

Il arriva au Harold's un peu après.

- Tiens, Alex, fit simplement Marc.

Alex s'installa sur un des tabourets au bar.

- Aurore n'est pas là ?

- Non, je ne l'ai pas vue depuis qu'elle est partie chez Sophie.

- Tu ne sais pas si elle est rentrée ?

- Non. Mais elle ne passe pas toujours par le pub. Tu as vu si sa voiture est là ? Elle la gare devant la porte sur le côté.

- Sa voiture n'est pas là.

Marc le regarda avec acuité. Alex soutint son regard.

- Moi aussi, c'est ce que tu penses, non ?

Marc haussa les épaules.

- Passé minuit, je ne pense plus rien.

Alex resta silencieux.

- Tu la vois demain ? demanda-t-il au bout d'un moment.

- Oui. Sans doute.

- Dis-lui de passer ou de téléphoner.

- Pas de problème, je lui dirai.

Alex sortit dans la nuit avec le sentiment d'avoir perdu la main.

29

Le lendemain, Alex attendit tout l'après-midi, envoyant promener toute personne passant le seuil de son bureau puis n'y tint plus. Il saisit son téléphone et appela le pub où Marc lui confirma avoir parlé à Aurore.

- Désolé, Alex. Je lui ai dit.
- Oui, je me doute. Ce n'est pas grave, fit Alex d'une voix très calme.

Quand Aurore revint au Harold's, Marc l'attendait.

- Alex a téléphoné. Tu ne l'as pas appelé ?
- Non, je n'ai pas eu le temps.
- Je ne sais pas à quoi tu joues, Aurore, mais je serais toi, je le ferais.
- Ce n'est pas ce que tu crois, Marc.
- Je ne crois rien. Mais laisse-moi te dire une chose. Si tu ne rappelles pas Alex, il va revenir.

Elle haussa les épaules. Marc la regarda.

- Tu t'en tireras mieux au téléphone que face à face avec lui.
- Ne t'inquiète pas. Je le ferai plus tard.

Marc sourit.

- Tu fais comme tu veux, c'est ton truc.

Dans la soirée, Aurore se décida à téléphoner après avoir longtemps hésité. Marc avait raison. Alex risquait d'être furieux s'il avait le sentiment qu'elle le manœuvrait. A l'Hélios, on lui répondit qu'il était sorti, qu'on ne savait pas quand il serait là. Elle raccrocha avec un sentiment de malaise. Il allait sûrement venir. Elle se demanda si elle n'aurait pas dû écouter Marc.

Elle haussa les épaules. Après ce qu'il lui avait fait l'autre soir, elle n'allait pas avoir d'états d'âme.

Elle sortit un moment sur le seuil du Harold's. L'impression de malaise persistait. La nuit se tendait comme un piège.

Alex débarqua au pub un peu plus tard, alors qu'Aurore parlait au bar avec Paul et elle se sentit aussitôt sur la défensive. Il paraissait très nerveux.

- Tiens, Brenner ! fit Paul. Qu'est-ce que tu fais là ?

Alex ne prit même pas la peine de le saluer et s'adressa à Aurore.

- Je peux vous voir un moment ?

Elle dit prudemment.

- Je vous ai appelé à l'Hélios, il y a une heure. Vous étiez où ?

Il la fixa sans répondre. Elle soutint son regard. Il finit par dire.

- Je voudrais vous parler.

Elle secoua la tête et baissa le ton.

- Pour quoi faire ? J'ai parfaitement compris, l'autre soir.

Paul les regardait, étonné.

Alex attrapa Aurore par le bras.

- Ne faites pas exprès de ne pas comprendre, Aurore. Laissez-moi vous parler quelques instants.

- Vous voyez bien qu'ici je ne peux pas, dit-elle en essayant de se dégager.

Paul intervint.

- Ecoute, Alex, elle vient de te dire qu'elle ne voulait pas te parler.

Ce dernier le regarda avec colère.

- Toi, tu ne te mêles pas de ça.

Il lâcha le bras d'Aurore et se retourna, prêt à se jeter sur Paul. Le cœur d'Aurore fit un bond et elle s'interposa.

- Arrêtez !

Ils n'allaient pas se battre quand même ! Elle prit le bras d'Alex et l'entraîna à l'écart. Elle plongea son regard dans le sien.

- Enfin, Alex, vous n'allez pas vous transformer en forcené !

C'était elle maintenant qui tenait ses poignets. Elle sentait sa violence contenue prête à éclater. Il était furieux et capable de n'importe quoi. A commencer par s'en prendre à Paul pour se calmer les nerfs. Le pauvre Paul ne ferait pas le poids.

Il restait là, le regard inquiétant. Etait-elle allée trop loin ? Elle dit doucement.

- Je suis désolée, Alex. Il y a des choses que je ne peux pas vous dire, vous expliquer. C'est trop compliqué.

- Essayez toujours.

Elle soupira.

- Vous voyez bien que je ne peux pas quitter le pub pour l'instant.

Elle réfléchit rapidement. Dans l'immédiat, mieux valait l'éloigner.

- Ecoutez, rentrez à l'Hélios, je viendrai tout à l'heure. D'accord ? Dès que Marc sera de retour !

Il la regardait fixement.

- Je vous promets, dit-elle. Je passe dès que je peux.

Alex la regarda dans les yeux comme s'il la jaugeait. Il était tendu comme un arc. Il fit un effort sur lui-même.

- Je vous conseille de venir.

- Arrêtez de parler comme ça. Je fais ce que je veux. Et je ne supporte pas les hommes qui menacent.

Il restait là, l'air sombre. Elle se radoucit.

- Je vous le promets, répéta-t-elle, je viens dès que je peux. Marc doit être là vers 23 heures. Je serai à l'hôtel aussitôt après.

- D'accord, finit-il par dire. A tout à l'heure.

Elle le regarda sortir tandis que Paul se rapprochait d'elle.

- Mais enfin, qu'est-ce qui lui a pris ? Je ne l'ai jamais vu dans cet état.

Aurore ne répondit pas. Elle aussi était étonnée de voir Alex perdre son sang-froid. Brusquement, la situation prenait une tournure imprévue, incontrôlable.

A 23 heures trente, Marc n'était toujours pas là et Aurore commença à se poser des questions. Où pouvait-il être passé ? Alex allait penser qu'elle ne viendrait pas et était capable de revenir. Encore une fois, elle regarda l'heure.

Marc arriva un peu après minuit. Aurore poussa un soupir de soulagement et prit ses clés de voiture.

- J'y vais, Marc. Je dois voir quelqu'un et je suis en retard.

- Oui. J'ai eu un petit problème et...
- Pas grave. J'y vais.

Elle sortit du pub. Dans sa voiture, elle regarda sa montre. Minuit dix. Elle allait avoir plus d'une heure de retard. Alex devait être furieux. Elle hésita un moment.. Un court instant, elle eut envie de ne pas y aller puis se révolta. Après tout, elle faisait ce qu'elle voulait. Et elle était curieuse d'entendre ce qu'il avait à lui dire. Malgré tout, son cœur battait plus vite en arrivant à l'Hélios.

Dans le hall, elle tomba sur Valérie.

- Où est Alex ? Je devais le voir ce soir et je suis en retard.
- Il est avec Xavier et Cédric. Ils se sont enfermés dans son bureau.

Aurore la planta là et traversa le hall. Tant mieux si Xavier était là, songea-t-elle en frappant à la porte du bureau. Valérie l'avait suivie. Quand Aurore ouvrit la porte, elle entra sur ses talons.

Alex jouait aux cartes avec Xavier, Cédric et un type qu'elle ne connaissait pas, autour d'une table près de la fenêtre. Il lui lança un regard sombre en la voyant et regarda sa montre ostensiblement.

- Je suis désolée, dit Aurore. Marc vient juste de rentrer. Je n'ai pas pu venir plus tôt.

Il ne répondit pas.

- A quoi vous jouez ? demanda Valérie.
- Au poker, répondit Xavier en souriant. Ça leur rappelle de vieux souvenirs.

Aurore restait là, indécise. Alex posa ses cartes sur la table.

- Oh, non, fit Xavier. On n'arrête pas maintenant. Pour une fois que je gagne.

Valérie observait la scène avec intérêt.

- Je peux vous regarder jouer ? demanda-t-elle.

Cédric eut un air méprisant.

- Moi, je ne joue pas avec des femmes dans mon dos.
- Allez. Juste une demi-heure, insista Xavier.

Alex alluma une cigarette, manifestement indifférent. Aurore se tourna vers lui.

- Ecoutez, je vais vous laisser, dit-elle. Je vous verrai demain.
- Restez là, fit Alex. Je vais dire au bar de vous apporter quelque chose.

Aurore le regarda. Le ton était sans réplique et elle se rebella. Pour le plaisir.

- Si vous croyez que je vais rester attendre...

Déjà, il téléphonait au bar.

- Qu'est-ce que vous voulez boire ? demanda-t-il.
- Rien.

Ils s'affrontèrent du regard. Il finit par se tourner vers Valérie.

- Et toi ?
- Je veux bien un gin-fizz.
- Deux gin-fizz, commanda-t-il.
- Je n'aime pas ça, fit Aurore. C'est trop sucré.

Il raccrocha sans répondre.

Elle hésita. Finalement, elle décida de rester et s'assit derrière un bureau après avoir, elle aussi, regardé sa montre avec insistance.

Quelques instants plus tard, le barman entrait avec deux verres sur un plateau. Elle prit celui qu'il posait devant elle et s'adossa nonchalamment.

L'ambiance était sinistre. Xavier mis à part, tous étaient de mauvaise humeur. Valérie leur tournait autour et Cédric était à deux doigts d'exploser. Par moment, Aurore sentait le regard sombre de Alex posé sur elle. La nuit avait quelque chose de vénéneux. Valérie était tout près d'eux et, à un moment, en se penchant, elle renversa un verre. Cédric jeta ses cartes sur la table.

- J'arrête. On jouera une autre fois. Je ne joue pas dans ces conditions.

Il était furieux. Alex ne réagit pas et regarda Aurore un moment, avant de dire d'un air pensif.

- Et vous, Aurore, vous ne voulez pas jouer ?

Elle le regarda, surprise..

- Non. L'argent ne m'intéresse pas suffisamment pour que j'éprouve de l'émotion à le jouer.

- On n'est pas obligé de jouer de l'argent.

- Le poker n'a de sens que si l'on intéresse la partie.

- On peut l'intéresser.

Xavier leva les yeux sur Alex. D'étranges pensées semblaient agiter ce dernier.

- Je ne vois pas très bien comment.

- En jouant autre chose.

Les autres le regardaient, surpris par la tournure de la discussion. Aurore haussa les épaules.

- Quoi ?

Il dit posément.

- On pourrait jouer une nuit tous les deux.

Elle le regarda avec effarement. Ces Nantais étaient tous un peu givrés !

- Ça ne va pas chez vous ?

Malgré elle, un sentiment de malaise s'insinuait en elle. La nuit était mouvante comme des sables.

- Ça va très bien. Alors c'est oui ?

- C'est non.

Aurore le regarda. Cet homme était un inconnu. Que savait-elle de ses désirs, de ses exigences ?

- Je vous croyais plus joueuse, Aurore, plus courageuse.

Sa voix était douce et persuasive, et il y avait du défi dans ses yeux. Il souriait tandis que les regards des autres allaient de lui à Aurore. Le gin-fizz lui tournait un peu la tête.

Cédric avait toujours son air blasé mais ses yeux exprimaient la curiosité.

- Pourquoi tu t'obstines avec Aurore ? dit-il. Si elle ne veut pas !

Elle releva les sourcils, surprise de ce soutien inattendu.

- Joue avec Valérie, dit-il.

Elle regarda Cédric avec aversion. Il souriait. La situation avait l'air de l'amuser maintenant.

- Oui, réagit Valérie. Moi, je veux bien jouer.

Alex remarqua le regard d'Aurore.

- C'est une idée, dit-il. Mais c'est Aurore qui m'intéresse.

Elle voulut parler. Mais les mots avaient perdu leur sens et le jeu sa gratuité.

- Alors ?

Aurore s'arracha à la fascination qu'exerçait sur elle l'absurdité de la situation et se leva.

- Ecoutez, Alex, je vais vous laisser. Vous vouliez me parler. Je suis venue. Mais franchement, je me demande pourquoi.

Il se redressa.

- Attendez !

Elle se dirigea vers la porte sans répondre. Avant de sortir, elle se retourna.

- Votre ami a raison. Jouez avec Valérie.

Dehors, elle respira l'air frais de la nuit comme s'il pouvait apaiser la sensation d'étouffement qu'elle éprouvait. Alex la rejoignit près de sa voiture.

Il eut un sourire de dérision et dit :

- J'ai le sentiment que nous sommes en train d'aggraver notre cas.

Elle s'adossa à sa voiture et dit avec lassitude.

- Je vais rentrer à Paris. C'est trop compliqué. Je ne peux même pas vous expliquer.

Elle semblait parler pour elle-même.

- M'expliquer quoi ?

Elle le regarda sans répondre et il prit sa main.

- Venez. On va parler tous les deux.

Elle résista mais sans retirer sa main.

- Où ça ?

- Allons chez moi. Nous serons plus tranquilles.

Elle se laissa entraîner à sa voiture. Que désirait-elle exactement ? Elle ne savait plus, si tant est qu'elle l'ait jamais su.

Il démarra et prit la direction de l'Erdre. Son appartement se trouvait dans une résidence située sur la rive gauche. Dans le hall d'entrée, une petite fontaine enfouie dans la verdure produisait un ruissellement cristallin. Il l'entraîna dans l'ascenseur. Sur le palier, il ouvrit la porte et s'effaça pour la laisser entrer.

L'appartement était moderne, décoré dans des tons chauds. Dans le salon, deux canapés de cuir noir formaient un angle avec une bibliothèque en laque noire. Il alluma une lampe posée sur une console.

- Vous voulez boire quelque chose ?

- Non.

Elle restait debout au milieu du salon et il s'approcha d'elle.

- Ecoutez, je suis désolé. J'en avais assez de vous courir après. Ça fait deux jours que j'essaie de vous voir. Je voulais juste me retrouver avec vous. Parler tranquillement pour une fois.

Le téléphone sonna. Il eut l'air excédé, souleva le récepteur et le reposa, interrompant la sonnerie.

Elle le regarda avec irritation.

- C'est sûrement cette fille, dit-elle méprisante.

- On s'en fout, d'elle et des autres.
Il revint vers elle et l'attira à lui.
- Ecoutez, Aurore. Je vous désire comme un malade depuis le premier jour où je vous ai vue et je suis sûr que ça pourrait marcher, nous deux. Vous ne voulez pas qu'on essaie ? Restez avec moi quelques temps, vous verrez.
Elle trouva encore le goût de persifler.
- Ne soyez pas maso. Vous n'avez perdu qu'une nuit.
- Aurore. Je parle sérieusement.
Elle restait là. Il insista :
- Qu'est-ce que vous voulez que je vous dise ? Que je vous aime ?
De la tête, elle fit signe que non.
- Pourquoi ? demanda-t-il.
Il ne savait plus quoi faire avec elle. Il s'impatienta brusquement.
- Aurore. Ne dites pas non uniquement pour le plaisir. Si vous voulez, je vous raccompagne.
Elle croisa son regard.
- Non.
Elle était tout près de lui. Il la prit dans ses bras et l'embrassa. Elle se laissa aller contre lui.
Il la regarda, cherchant quelque chose dans ses yeux. Son cœur battait violemment contre le sien. Il resserra son étreinte et elle se raccrocha à lui. Ça faisait trop longtemps. Un violent désir les jeta l'un contre l'autre. Pouvoir se confondre, ne plus faire qu'un. Ne penser à rien d'autre. Le désir était comme une fièvre. Il l'embrassait et ses mains devenaient plus précises, plus chaudes. Il fit glisser ses vêtements et la souleva. Elle ferma les yeux.
La nuit se consuma lentement, comme une torche. Une nuit brûlante aux plaisirs fondants ou fulgurants. Entre eux, désormais, il y aurait ces moments fugitifs, de fusion, d'abandon, ces heures secrètes et perdues qui s'enfuyaient, une nuit pouvant les lier ou les séparer.

Plus tard dans la nuit, il la regarda. Ils étaient allongés, ayant perdu la notion du temps et de la réalité. Il l'attira contre lui et elle posa sa tête sur son torse.
- Tu vas rester avec moi, murmura-t-il.
Elle bougea doucement. Il insista :
- Dis-moi que tu vas rester.
Elle répondit d'une voix endormie.
- Je vais rester.
Il resta un long moment éveillé puis sombra.

Alex émergea lentement. L'oreiller était imprégné du parfum d'Aurore, de sa chaleur. Il baignait dans une douce torpeur. Son bras la chercha dans le désordre des draps. Brusquement, il ouvrit les yeux. Il était seul dans le lit. Il se redressa et repoussa les draps. Elle n'était pas dans la salle de bain. Avant même d'avoir regardé dans le salon, il comprit qu'elle était partie. Un pli se creusa autour de sa bouche et il se laissa tomber dans un fauteuil. C'était fini. Il n'avait pas su lui parler, lui faire comprendre. Sans compter ce pari stupide. Et cette nuit délirante.

Il n'avait pas prévu que la douleur serait aussi forte, si proche de l'abattement. Il ne pouvait pas continuer de la poursuivre. Il n'avait pas réussi à la retenir, à la convaincre. Il eut un sourire amer. Comme si on pouvait convaincre quelqu'un d'éprouver quelque chose pour vous !

Aurore se retrouva en début d'après-midi sur la route de Paris, la mémoire brûlante et l'âme douloureuse. Le matin, elle était partie sur un coup de tête. En voyant son visage creusé par la fatigue et une nuit sans sommeil, elle s'était sentie incapable d'affronter Alex. Sans un bruit, elle avait quitté l'appartement, pris un taxi pour reprendre sa voiture sur le parking de l'Hélios et était passée au studio prendre ses affaires. Et déjà, elle regrettait. Qu'allait-elle faire ? Paris lui semblerait plus vide que jamais. Une sorte de panique l'envahit. Pourquoi était-elle partie ? Elle aurait dû rester, parler à Alex. Tout lui dire. Il avait dit qu'il tenait à elle. Il aurait sûrement compris. Le souvenir encore chaud de la nuit la bouleversa. Une nuit difficile à oublier.

Elle stoppa sa voiture et s'écroula en larmes. Elle était incapable de continuer. Il fallait qu'elle retourne. Peu importe ce qui pouvait arriver. Elle avait besoin de cet homme. Cela faisait trop longtemps qu'elle pensait à lui. Elle lui parlerait. Cette nuit, elle avait vu qu'il pouvait être infiniment attentif.

Il fallait qu'elle retourne. Elle redémarra et fit demi-tour un peu plus loin. Quelques kilomètres plus loin, elle trouva une cabine téléphonique. Elle y entra et composa le numéro d'Alex. La sonnerie résonna longuement. Où pouvait-il être ? Elle raccrocha et appela l'hôtel, mais on lui répondit qu'il n'était pas passé de la journée. Au pub, le barman lui dit que personne ne l'avait demandée.

Elle remonta en voiture et reprit la direction de Nantes. Elle allait retourner à l'appartement. Alex y était peut-être et peut-être, il n'avait pas voulu répondre.

Elle roulait vite. Pourvu qu'il ne soit pas trop tard ! Vers 16 heures, elle ralentit en arrivant à Nantes et prit la direction de l'appartement d'Alex. Elle saurait lui parler, lui dire qu'elle regrettait. Sa voiture n'était pas en bas de chez lui. Elle monta quand même et sonna longuement. Il n'était pas là. Elle redescendit. A l'Hélios, sa voiture n'était pas non plus sur le parking. Elle alla à la réception et demanda où elle pouvait le joindre. Le réceptionniste eut un geste d'ignorance.

- Je ne sais pas. Il n'est pas venu aujourd'hui.

- Il n'a pas dit où il serait ?

- Non. Je suis désolé.

Elle commençait à paniquer. Où était-il passé ?

- Peut-être pouvez-vous laisser un message, dit le réceptionniste.

Il était aimable pour une fois et Aurore le regarda avec étonnement. Elle hésita.

- Dites-lui que je suis passée, que je le cherchais.

Elle n'avait pas envie d'aller au pub. Alex n'y était sûrement pas et Marc lui poserait des questions.

Elle décida d'aller à Sainte-Marguerite. Durant le trajet, elle se demanda ce qu'elle ferait s'il était à la Villa Anthéa. Elle aviserait. Elle saurait au moins qu'il était là. Trois quarts d'heure plus tard, elle y était mais aucune voiture ne stationnait sur le terre-plein devant la maison. C'était la fin de l'après-midi. Le découragement l'envahit. Il était bien quelque part. Ce sentiment d'urgence. Il fallait qu'elle le trouve.

C'était sa faute. D'une cabine, elle rappela l'Hélios. Non, il n'était pas passé... Oui. On lui dirait...

Aurore était effondrée. Que pouvait-elle faire ? Elle rentra à Nantes au bord des larmes. Devant le pub, elle tomba sur Sophie et Gégé qui arrivaient eux aussi.

- Ah te voilà ! dit Sophie. On venait voir si tu venais avec nous.

Aurore s'adossa à son siège. Toutes ces allées et venues l'avaient épuisée.

- Vous n'avez pas vu Alex ?

- Non. On arrive. On va chez Edith et Xavier passer le week-end dans le Golfe. Tu viens avec nous ?

C'était vrai. Elle avait oublié. Une lueur d'espoir se fit jour. Alex y était peut-être.

- Edith compte sur toi. Tu lui as dit que tu venais, fit Sophie.

- Ah oui, c'est vrai !

Mon Dieu. Faites qu'il y soit !

- Tu viens avec nous ? Pourquoi tu cherches Alex ?

Aurore regarda Sophie. Elle n'était pas au courant. Elle lui raconterait plus tard. Elle n'avait pas envie d'en parler pour l'instant. D'autant que Gégé attendait.

- Pour rien.

- Il doit être chez Xavier, dit Sophie.

Oui. Il y avait des chances qu'il soit là-bas. Elle pourrait lui parler. Et s'il n'y était pas ? Elle ne pouvait pas passer la soirée à le chercher. Il devait y être. Et s'il n'y était pas, elle serait toujours mieux là-bas. Elle n'avait pas envie de se retrouver seule.

- D'accord, je viens.

- Laisse ta voiture et viens avec nous.

Aurore n'en pouvait plus. Elle accepta.

Dans la voiture, Gégé et Sophie lui racontèrent que la remorque du bateau avait un problème de roue et qu'ils n'avaient pas pu l'emmener dans le Golfe comme ils l'espéraient. Aurore put rester silencieuse. Elle était épuisée nerveusement. Si Alex était là, comment réagirait-il ? Il pouvait très bien réagir comme un étranger. Ou avec agressivité. Elle l'imaginait mal exprimant sa joie de la revoir. Serait-il seulement content de la voir ? Quel gâchis ! Et comment lui parler avec tout le monde autour ? Et s'il n'était pas là ? L'anxiété montait en elle au fur et à mesure qu'ils approchaient.

La nuit était tombée quand ils arrivèrent. Gégé ralentit devant un portail grand ouvert et pénétra dans une propriété. Il s'arrêta devant une maison aux fenêtres à l'entourage de granit.

Aurore remarqua la BMW garée un peu plus loin avec un mélange de soulagement et d'anxiété.

Un feu de bois brûlait dans le jardin. Une table était dressée sous un lampadaire de jardin et un petit groupe s'activait autour. Elle chercha Alex du regard.

- Ah, vous voilà !

Xavier s'approchait alors qu'ils descendaient de voiture. Il sourit en voyant Aurore.

- Ah, Aurore ! Alex est là, dit-il un peu incertain.

Elle eut un sourire hésitant et se rapprocha du feu. Alex était assis et ne l'avait pas vue arriver. Edith sourit en la voyant et il se retourna. Un court instant, il parut surpris puis son visage redevint insondable. Déjà, Edith embrassait Aurore.

- J'espérais que tu viendrais.

Aurore sourit. Alex la fixait toujours. Son regard était impénétrable et elle se sentit paralysée. Elle fit un signe à Océane et s'approcha de lui. Incapable de prononcer un mot, elle posa sa main sur la sienne et se pencha sur lui pour effleurer sa joue de ses lèvres.

Xavier et Edith les observaient, l'air détaché.

- Asseyez-vous, dit Alex, impassible, en désignant la chaise près de lui.

Il lui disait vous, de nouveau. Cet homme était un étranger, quelqu'un qu'elle n'aurait pas dû rencontrer. La douleur dans sa gorge ne voulait pas disparaître. Elle avait l'impression que tout le monde les regardait.

- Tu viens voir ma chambre, demandait Elodie tout en essayant de monter sur ses genoux.

- Tout à l'heure. Laisse Aurore tranquille, dit Edith en prenant la petite fille dans ses bras. Viens, je vais te mettre un pull, il fait plus frais.

Elle se retrouva avec Alex.

- Qu'est ce que vous voulez boire ? demanda-t-il.

- Je ne sais pas. Qu'est-ce que c'est ? demanda-t-elle en montrant son verre.

Sa voix tremblait légèrement.

- Un gin-tonic, dit-il en lui tendant son verre.

Elle but une gorgée et songea qu'elle n'avait rien avalé de la journée.

- Tu dors où ? demanda Anthony.

- Je ne sais pas.

Alex la regardait, toujours impassible. Aurore commençait à se sentir malade. L'air lui parut glacé et elle frissonna.

- Vous avez froid ? demanda Alex.

- Un peu.

Il ôta le pull qu'il avait sur ses épaules et le lui tendit. En le passant, elle respira son odeur qui la bouleversa. Elle aurait aimé qu'il la serre contre lui, mais il avait adopté une attitude indifférente qui ne la renseignait pas sur ses intentions.

Un peu plus tard, Gégé apporta un punch à Aurore.

- Anthony insiste pour que tu ailles l'embrasser avant de dormir, dit-il.

Elle se leva et se tourna vers Alex.

- Je reviens, dit-elle dans un souffle.

Dans la cuisine, Edith fit signe à Sophie.

- Aurore dort où ? Avec Alex ?

- Qu'est-ce que tu racontes ? Pourquoi avec Alex ?

- Tu n'es pas au courant ?

- De quoi ?
- Xavier m'a dit qu'ils sont partis ensemble hier soir.
Sophie la regarda, étonnée.
- Je ne sais pas exactement ce qui s'est passé. Alex est arrivé cet après-midi, tout seul. Il n'a pratiquement pas desserré les dents.
Edith lui raconta. Elle l'avait vu arriver en début d'après-midi, la mine sombre et s'était étonnée.
- Aurore n'est pas avec toi ?
Il était resté laconique.
- Non.
- Elle est où ?
- Je n'en ai aucune idée.
Elle était restée silencieuse. Il s'apprêtait à ressortir et elle s'était dirigée vers le téléphone.
- Marc. Aurore est là ? ... Non... Elle a pris ses affaires ?
Alex, qui était resté l'observer, appuyé au chambranle de la porte, s'était détourné et était sorti dans le jardin. Océane qui avait assisté à la scène, l'avait suivi. Il s'était assis sur un banc.
- Je suis sûre qu'elle t'aime, avait murmuré l'adolescente.
- Ah, tu trouves ? On a une curieuse conception des choses, à ton âge.
Il s'était levé et était allé faire un tour. Océane n'avait pas osé insister.
Edith regarda Sophie.
- Et là, elle arrive avec toi. Elle ne t'a rien dit ?
- Non.
Sophie était surprise.
- Mais qu'est-ce qu'il a fabriqué ? Je lui avais dit que je voulais qu'Aurore reste à Nantes.
- Laisse, tu ne vois pas qu'il est fou d'elle.
- Tu crois ?
- Oui. Mais c'est elle... Je ne comprends pas ce qui cloche.
Sophie semblait réfléchir. Evidemment, si ça marchait avec Alex, Aurore resterait à Nantes.
- Attends, elle redescend.
Des pas résonnaient dans l'escalier. Sophie fit signe à Aurore qui entra dans la cuisine.
- Edith vient de me dire. Alex et toi, vous êtes ensemble ?
- Je ne sais pas.
- Comment ça, tu ne sais pas ?
Aurore ne répondit pas.
- C'est Xavier qui nous a raconté, dit Edith.
Sophie posa sa main sur la sienne.
- Qu'est-ce qui s'est passé exactement ? Tu ne m'as pas dit ?
Aurore se sentit fatiguée. La douleur montait comme un flux. Brusquement la pression de l'angoisse fut trop forte et elle se mit à pleurer.

- Aurore, dit Sophie en l'entourant de son bras. Ce n'est pas grave. Ça va s'arranger.

Des voix éclatèrent dans l'entrée et Aurore essuya ses larmes d'un geste.

- Qu'est-ce que vous fabriquez toutes les trois ici, fit Gégé qui arrivait, suivi d'Alex. Celui-ci observa Aurore et dit :

- Qu'est-ce qui se passe ?

- Rien, fit Sophie, désinvolte.

- Bon, alors, venez. On vous attend.

Gégé, Sophie et Edith sortirent devant. Alex attendait qu'Aurore vienne, impassible. Incapable de parler, elle passa devant lui.

A table, tous s'assirent, leur laissant deux sièges côte à côte. Alex se comportait de manière neutre qui pouvait aussi bien laisser penser qu'ils étaient ensemble que le contraire.

- Tu veux un autre punch, ma belle, demanda Gégé à Aurore d'un ton enjoué.

- Oui. Je veux bien.

Alex les regarda.

- Vous ne trouvez pas que c'est assez de punch, tous les deux ?

- Non. Moi, j'en veux bien un aussi, dit Sophie.

- Avant, nos ex ne buvaient pas autant de punch, fit Alex.

Aurore ne put s'empêcher.

- A l'heure qu'il est, elles doivent être grands-mères, vos ex.

Sophie et Edith éclatèrent de rire et Alex la regarda. Elle avait une lueur rebelle dans les yeux.

- C'est toi, Gégé, qui la trouve douce et gentille ?

Aurore détourna les yeux. L'envie de pleurer de nouveau. Elle fit un effort pour ne pas éclater en sanglots.

La soirée passa, irrégulière. Une tension imperceptible régnait. Gégé s'efforçait de mettre de l'animation. Alex parlait peu. Par instants, il observait Aurore. Elle se sentait mal. Comment lui parler avec tout ce monde autour ? Depuis qu'elle était à Nantes, rien ne s'était passé comme elle le pensait. Elle s'était laissée entraîner dans une situation qui la dépassait et elle ne savait plus où elle en était. Elle savait juste qu'elle voulait cet homme.

Ils avaient fini de dîner. La soirée s'éternisait et au bout d'un moment, Alex se leva.

- Où allez-vous ? demanda Aurore, brusquement inquiète.

- Chercher des cigarettes dans ma voiture.

- Je vais avec vous.

Elle se leva et le suivit. Il marchait sans rien dire et elle prit son bras.

- Alex, je voulais vous dire que je regrette...

- Moi aussi. Ne vous en faites pas. Tout est de ma faute.

- Non. Ce n'est pas ce que je veux dire.

Ils étaient arrivés près de sa voiture. Il ouvrit sa portière et lui fit signe de monter, côté passager. Elle s'assit dans le siège et se tourna vers lui.

- Je voulais dire que je regrettais pour ce matin. Je suis partie sur un coup de tête. Je ne sais pas...

Il l'écoutait sans rien dire. Tranquillement, il alluma une cigarette.

- Et maintenant, qu'est-ce que vous voulez, au juste ?

- Je voulais vous voir. Vous parler.

- Je vous écoute.

Elle le regarda avec méfiance. Il était capable de la faire parler et ensuite, de lui dire qu'il était désolé ou Dieu sait quoi d'autre. Elle eut un mouvement d'orgueil et posa la main sur la portière.

- Si vous voulez toujours que je reste avec vous, je resterai.

D'une main ferme, il la retint.

- Et demain ? Vous êtes sûre que vous n'aurez pas encore changé d'avis ?

- Non. Je n'aurai pas changé d'avis. Je suis bien avec vous, dit-elle, très bas.

- Ok, Aurore. Alors écoutez-moi bien. Je veux, moi, que demain vous rentriez avec moi et que vous veniez vous installer chez moi. Je veux vous trouver quand je rentrerai. Fini de traîner le soir à des heures impossibles. Je n'ai pas envie de vous courir après et de vous chercher partout. Ni de continuer à jouer à cache-cache plus longtemps.

Il était froid et précis comme des conditions et parlait avec détachement. Avec animosité, elle songea qu'elle pourrait le faire danser quand elle en aurait envie.

Il dit avec dérision.

- Je vois à votre tête que je ne perds rien pour attendre. Enfin, on verra plus tard. En attendant, ce sera comme je vous le dis. Pas question de n'en faire qu'à votre tête. Si on vous laisse la bride sur le cou, c'est la galère.

Aurore releva le menton.

- Vous ne croyez pas que vous en rajoutez ? Si vous voulez que je reste, d'accord, mais si vous croyez que je vais tout accepter.

Il sourit. Irritée, elle posa la main sur la portière.

- Attends, dit-il doucement et elle ressentit un coup au cœur.

Il l'attira contre lui et l'embrassa. Doucement, puis plus intensément. Le cœur d'Aurore se mit à battre plus vite. Elle se sentit fondre de nouveau et s'abandonna contre lui. Sa main remontait le long de sa jambe. Brusquement, il l'écarta.

- Viens.

Aurore jeta un coup d'œil dans le jardin. Tout le monde était rentré. Alex descendit de voiture et elle en fit autant. Il lui prit la main et se dirigea vers la maison. Dans l'entrée, il écouta. Des voix venaient du salon. Il lui fit signe de ne pas faire de bruit et l'entraîna à l'étage. Une chambre était entrouverte, un sac de voyage noir posé sur une chaise, près de la fenêtre. Il la fit entrer et referma la porte. Ils se regardèrent un instant puis elle se jeta dans ses bras et il la serra contre lui.

Il brûlait du même désir qu'elle. Le cœur battant, Aurore se laissa emporter.

Ne pas penser. Ne pas se demander où tout ça pouvait la mener.

31

Le soleil filtrait à travers les volets et baignait la chambre d'une lueur claire-obscure. Aurore bougea dans le lit et Alex ouvrit les yeux. Il avait peu dormi, le bras posé sur elle, sommeillant par intermittence, s'éveillant au moindre de ses mouvements. Avant qu'elle ne glisse dans un sommeil agité, il lui avait fait dire qu'elle ne partirait pas. Comme l'autre nuit.

Sauf que ce matin, elle était là. Il se sentait comme émergeant d'un rêve menaçant. Ses doutes de la nuit lui paraissaient absurdes. Elle n'était pas partie et allait rester maintenant. L'ambiguïté de leur relation allait se dissiper. Aujourd'hui, ils parleraient. Ils avaient des choses à se dire. En tout cas, lui en avait à éclaircir.

Il la regarda. Elle dormait à plat ventre et il caressa son dos. Elle avait une peau soyeuse. Au contact de sa main, elle ouvrit les yeux. En le voyant, elle eut un sourire lumineux et il la serra contre lui.

Ce matin, il jouissait de ce sentiment violent qu'il éprouvait depuis qu'il l'avait rencontrée. Ça avait commencé insidieusement, comme un rhume. C'était chaud et obsédant à la fois. Il l'aimait d'un amour lancinant mais pour la première fois depuis longtemps, il sentait en lui une force, un élan qu'il avait toujours contenu ces dernières années.

Elle avait refermé les yeux. et il vit qu'elle s'était rendormie. Il la regarda dormir un moment puis s'écarta doucement et se leva.

Aurore se réveilla, une impression de menace planant sur elle. Dans quelle situation s'était-elle embarquée ? Il fallait qu'elle parle à Alex mais comment lui dire ? Elle aurait aimé qu'il l'emmène loin. Loin de tout. De Nantes, de tout ce qui la poursuivait. Il en avait la force, la détermination. Mais il était la dernière personne à pouvoir le faire et elle le savait depuis le début.

La porte de la salle de bains s'ouvrit et elle referma les yeux. Alex posa le verre qu'il tenait sur la petite table et se pencha sur elle. Elle rouvrit les yeux et sourit. Il demanda :

- Ça va ?

Elle s'assit dans le lit et remonta le drap sur elle. Elle était émue, une émotion indéfinissable. C'était insolite de se retrouver face à face avec cet homme alors qu'ils étaient deux étrangers s'observant, se jaugeant, en même temps aimantés l'un par l'autre. Elle dit d'une voix qui ne lui parut pas la sienne.

- Ça va.

Il sentit son trouble et la prit dans ses bras. Il aurait préféré se retrouver seul avec elle, parler longuement mais chez Xavier, ça s'annonçait difficile. Déjà, l'escalier résonnait des cavalcades des enfants.

Il l'écarta à regret.

- Il fait un temps magnifique. Tu viens déjeuner en bas ?

Elle hésita. L'idée de descendre et d'affronter les regards souriants ou interrogateurs ajouta à son malaise. Elle se leva.

- Je prends une douche et j'arrive. Tu m'attends ?

Il acquiesça. Brusquement, elle était redevenue vive et décidée, étrangère à l'instant précédent. Il s'allongea. Quand elle sortit de la douche, il la regarda s'habiller. Avant de descendre, il la plaqua contre le mur et l'embrassa.

Une odeur de café et de pain grillé flottait dans la cuisine. Gégé les accueillit avec des exclamations.

- Vous avez vu, il fait beau. On va pouvoir faire du bateau.

Aurore le regarda, l'air interrogateur.

- Ton bateau n'est pas là, Gégé ?

- On peut prendre le voilier de mon père, fit Xavier. Il est dans le port du Logeo.

- Tu veux du thé, Aurore ? demanda Océane.

- Oui. Je veux bien, merci.

Ils étaient souriants et naturels et elle se détendit.

Sophie vint s'asseoir près d'elle tandis qu'Edith demandait à Alex.

- Vous restez, ce soir ?

- Je ne sais pas, dit-il, je comptais rentrer cet après-midi.

Aurore le regarda.

- On pourrait rester. Il fait beau. On ne va pas s'enfermer à Nantes.

Il hésita un instant.

- Bon. D'accord pour ce soir.

Aurore sourit. Le soleil inondait la cuisine de lumière. Elle éprouva un sentiment de bien-être presque sans mélange.

Alex termina son café et se leva.

- Qu'est-ce que vous faites ce matin ? demanda Xavier.

- Je vais faire un tour montrer les environs à Aurore. Si Sophie m'y autorise, bien sûr, ajouta-t-il en plaisantant.

Sophie le regarda avec ironie.

- J'aime quand tu me parles comme ça, Alex.

Gégé se tourna vers lui.

- Tu peux me prendre le journal ?

- Si tu veux. Aurore, tu viens ?

Elle se leva. Dehors, elle se tourna vers lui.

- Je peux conduire ? demanda-t-elle.

Alex la regarda. Dans la lumière vive du matin, elle avait l'air très jeune. Il lui tendit les clés. Ils montèrent en voiture et elle démarra brusquement. Il prit l'air effaré.

- Doucement, Aurore. J'ai navigué quinze ans sans mal de mer, et là, je commence à me sentir mal.

Ils firent une longue balade et descendirent vers l'intérieur du golfe. A Arradon, elle stoppa la voiture et Alex l'entraîna sur le chemin côtier qui contournait la pointe.

Elle respira l'odeur suave et sucrée des genêts et s'étonna de la végétation touffue et de cette mer intérieure parsemée d'îlots.

- C'est étonnant. Ça ne ressemble pas à la Bretagne, dit-elle doucement.

- Oui. C'est moins sauvage. Plus luxuriant.

Une vague émotion lui serrait la gorge. Des liens ténus s'établissaient lentement entre eux. Elle le connaissait à peine, bien qu'elle soit à Nantes depuis plusieurs semaines.

L'odeur d'algues séchées, d'iode et de sel fit remonter des souvenirs dans sa mémoire. Alex l'observait.

- Où passais-tu tes vacances, quand tu étais enfant ? demanda-t-il.

- Quand je les passais quelque part, c'était en Normandie, avec ma grand-mère.

- Celle qui est férue de principes et d'éducation, demanda-t-il avec ironie.

Elle le regarda étrangement et dit brusquement.

- Alex, il faut que je te dise quelque chose.

- Oh là là, qu'est-ce que c'est encore ! fit-il, l'air faussement catastrophé.

Aurore sentit faiblir sa détermination.

- Non. Rien, finit-elle par dire.

Quand ils revinrent vers midi, Xavier avait fait un feu et s'apprêtait à faire griller des entrecôtes. Il faisait chaud, même à l'ombre. Ils baignaient dans une douce torpeur. Un grillon stridulait inlassablement.

L'après-midi, ils firent une balade en mer. Océane ne voulut pas venir. Le voilier du père de Xavier était un beau dix mètres, long et fin, à l'intérieur en bois verni. Ils naviguèrent entre les îles vertes et boisées, désertes pour la plupart. Un léger souffle d'air, apporté par l'allure du bateau les ébouriffait.

Aurore était songeuse. Il faisait beau, infiniment beau. D'où lui venait cette sensation d'étouffement ? La mer était lisse et chatoyante, parcourue de reflets, de fulgurances, comme les yeux d'Alex qui l'observait et la frôlait par instants, attisant un désir contenu.

- Finalement, on aurait dû rentrer aujourd'hui, murmura-t-il à un moment à son oreille.

Le jour changeait lentement de nuance, passant du bleu lumineux à l'ocre le plus chaud.

Quand ils rentrèrent en fin d'après-midi, Océane les attendait.

- Alex, Lila a téléphoné, il faut que tu la rappelles.

Il fronça les sourcils.

- Qu'est-ce qui se passe ? Il est arrivé quelque chose ?

- Je ne sais pas. Elle a dit de ne pas t'inquiéter.

Aurore retomba brutalement sur terre. Elle avait presque oublié...

- Je vais téléphoner, dit Alex.

Il tenait toujours le bras d'Aurore. Elle se dégagea doucement.

- Je monte me changer, dit-elle.

Il revint dans le salon au moment où elle redescendait.

- Il va falloir que j'y aille. Lila vient d'avoir un accrochage avec sa voiture et ma mère n'est pas là.

- Rien de grave ? demanda Edith.

- Non. C'est juste sa voiture. Mais je vais passer ce soir.

Il avisa Aurore.

- Il faut qu'on parte. Tu peux être prête d'ici un quart d'heure ?
- Pour aller où ?
- A Sainte-Marguerite. Tu te souviens de Lila ?
- Oui.
- On va passer la voir. Pas longtemps. Après, on rentrera à Nantes.
- Vas-y, toi. Moi, je vais t'attendre ici.
- Mais après, je rentre à Nantes. Je ne reviens pas ici.
- Ce n'est pas grave. Je rentrerai demain avec Sophie et Gégé.

Tous commençaient à les regarder et elle sentit qu'il commençait à s'énerver. Il s'approcha d'elle et lui prit le bras.

- Allons discuter de ça dehors.

Elle se laissa entraîner. Le soir était d'une douceur irréelle. Les choses tournaient dans sa tête. Alex lui parlait.

- Aurore, il faut que j'y aille. Essaie de comprendre. Lila est toute seule. Je ne peux pas ne pas y aller.
- Mais je comprends. Je ne t'empêche pas d'y aller. Au contraire. Vas-y.
- Viens avec moi ! Lila, tu la connais, tu l'as vue. Elle sera contente de te voir. D'ailleurs, elle m'a posé un tas de questions sur toi.

Elle le regarda fixement.

- Quelle genre de questions ?
- Qui tu étais ? D'où tu venais ? Comment tu t'appelais ? Le genre habituel. Enfin, inhabituel. Lila pose rarement des questions. Tu as dû lui plaire.
- Et tu as répondu à ses questions ?
- Bien sûr que non ! Je n'ai pas pour habitude de faire un compte-rendu détaillé à Lila. Ni à qui que ce soit, d'ailleurs.
- Je n'ai pas envie d'y aller.
- Pourquoi ? On reste une heure et après on rentre.

Elle secoua la tête, murée dans son obstination. Il sentit qu'elle s'éloignait de lui, qu'elle redevenait lointaine. Il la prit contre lui et elle se laissa aller sans un mot. Au bout d'un moment, il l'écarta et l'obligea à le regarder.

- Bon, d'accord. J'y vais et je reviens demain matin.
- Oui, je pense que je serai encore là demain.

Il lui lança un regard menaçant.

- Je te préviens, Aurore. Si tu n'es pas là demain, ce sera fini !

Elle haussa les épaules.

Il fit un effort sur lui-même. Bon sang, il n'avait jamais frappé une femme. Ce n'était pas son truc. Mais alors, quand il entendait ça !

Furieux, il se détourna et rentra dans la maison. Cette fille allait le rendre fou ! Au bout d'un moment, elle le suivit.

Dans la chambre, elle referma la porte et s'y adossa. Elle le regarda faire son sac. Il releva la tête sur elle.

- Alors, c'est décidé, tu ne viens pas ?

Aurore ne répondit pas. Elle en avait envie mais ne pouvait pas. Elle aurait aimé pouvoir y aller. Elle aurait écouté la vieille dame, l'aurait séduite.

Alex s'était approché et la regardait. Brusquement, il la prit dans ses bras. Toute une journée de désir les jeta l'un contre l'autre.

Aurore le regarda se rhabiller. L'idée de rester seule et d'affronter des regards perplexes la mettait mal à l'aise. Mais elle se sentait encore moins capable d'affronter Lila et son air perspicace. Que savait-elle exactement ? Non, elle ne pouvait pas.

Alex lui prit le bras et l'obligea à se lever.

- Bon, j'y vais, dit-il en effleurant ses lèvres.

Elle retint son bras.

- Ecoute, on pourrait peut-être descendre dans un hôtel à La Baule, je t'y attendrais.

- Ce ne serait pas plus simple de venir avec moi ? D'autant que tu es déjà venue.

- C'est mieux que tu ailles sans moi. Vous avez sûrement des choses à voir ensemble.

Il l'observa un instant et parut réfléchir.

- Comme tu voudras ! Je vais téléphoner pour réserver un hôtel. Sois prête quand je reviendrai.

Elle fit son sac rapidement. Au moment de partir, elle dit à Sophie.

- On se voit demain ? Je passerai dans l'après-midi.

L'hôtel Eden était situé sur le remblai et la chambre qu'Alex avait réservée donnait sur la plage. Aurore s'installa sur le balcon. Des chevaux couraient sur la plage miroitante dans le soleil couchant. L'air était empreint d'une infinie douceur mais elle se sentait mal. L'angoisse l'oppressait. Si seulement les choses étaient différentes...

Alex écoutait Lila récriminer.

- Une voiture qui marchait bien ! Il va falloir que tu m'en trouves une autre. Ton ami Gégé pourrait peut-être avoir ça.

Ils étaient dans la cuisine. Deux ans plus tôt, il avait parlé de la moderniser et avait demandé à Lila ce qu'elle en pensait. Elle avait eu de ces exigences-caprices dont elle avait le secret pour mesurer son pouvoir ou peut-être simplement pour voir si on l'aimait. Elle voulait que la cuisine soit située dans la pièce en rotonde sur le pignon est et il avait fallu tout chambouler. Alex l'avait laissée s'occuper de tout, craignant un peu le pire mais finalement le résultat était agréable. Une cuisine lumineuse et ultramoderne, bourrée de gadgets et de trucs insensés que seule Lila savait faire marcher.

- Ne t'inquiète pas, on t'en trouvera une. Par contre, j'aimerais que demain tu passes des radios.

- Oui, mais cette fois, je voudrais quelque chose de plus nerveux. Une décapotable, tiens ! Ça ira mieux avec mon look.

- Et puis quoi encore ? Pour commencer, je trouve que tu vas suffisamment vite comme ça. Et d'abord, comment ça s'est passé ? Qui est en tort ?

- Peu importe. J'ai rempli le constat, tout. Je veux juste que tu me trouves une voiture rapidement.

Il l'observa. Elle était mince avec, malgré son air obstiné, quelque chose de fragile. Bien qu'elle refusât de dire son âge exact, il savait qu'elle avait plus de soixante-dix ans. Il ne voulut pas se laisser attendrir.

- Je te trouverai une voiture quand tu auras vu un médecin. Il vaut toujours mieux faire des examens. Lila, sois raisonnable.

- Mais ce n'est pas la peine. Je n'ai rien.

- Si toi aussi, tu te mets à tout discuter.

- Comment ça, moi aussi. Qui discute tout ?

- Les femmes en général. Et certaines en particulier.

La vieille dame eut l'air intéressé.

- Certaines ou une en particulier ?

Alex ne répondit pas. Il songea à Aurore. Il aurait aimé qu'elle soit là. Elle aurait souri, incliné la tête. Elle aurait ri des histoires de Lila. Pourquoi n'avait-elle pas voulu venir ?

Lila l'observait d'un œil aigu.

- Et la jeune femme de l'autre jour, tu la vois toujours ?

- Je la vois, oui.

- Ce week-end, elle était avec vous, chez Xavier ?

Alex préféra changer de sujet.

- Et d'abord, où est Pauline ? Tu sais où elle est, j'en suis sûr.

- Non. Je t'assure. Elle ne m'a rien dit.

- Elle n'a pas téléphoné ?

- Non.

Il resta encore un moment puis se leva.

- Bon. J'y vais. Je repasserai dans la semaine.

- N'oublie pas de dire à Gégé que je veux une décapotable.

Il leva les yeux au ciel.

- On verra.

- Sinon, je lui téléphone moi-même. Je ne vais pas attendre d'avoir cent ans pour m'en acheter une !

Alex sourit et l'embrassa.

- Allez. Si Pauline rentre, dis-lui de m'appeler.

Lila hocha la tête. Pauline reviendrait. Le monde n'était pas assez grand pour y égarer son mal de vivre.

33

Alex se gara devant l'hôtel sur le remblai et leva la tête. Aurore était sur le balcon et lui fit un signe en l'apercevant. Malgré lui, il fut soulagé. Un court instant, il avait craint qu'elle ne soit plus là.

Elle ouvrit la porte de la chambre avant qu'il n'ait eu le temps de frapper. Il enfouit sa tête dans son cou et respira son parfum.

Elle l'entraîna sur le balcon. Ils restèrent un moment silencieux, appuyés au rebord. Le soleil venait de se coucher. Seul subsistait un halo de clarté sur l'horizon.

- Tout à l'heure, il y avait des chevaux sur la plage.

- Oui, j'ai connu ça quand j'étais gosse. Tu as déjà fait un peu d'équitation ?

- Pas vraiment. J'en ai fait deux ou trois fois.

- Ça te plairait ? Je pourrais t'apprendre avec le cheval d'Edith. Il appartenait à ma mère, avant.

Aurore détourna la tête.

- Et Lila, ça va ?

- Oui. Par contre, elle a cassé sa voiture. Je ne sais pas ce qu'elle a fabriqué exactement. Enfin...

Il s'assit sur un des sièges et l'attira sur ses genoux. Elle se laissa bercer.

- Elle m'a demandé si tu avais passé le week-end chez Xavier.

- Et tu lui as dit ? Pour nous deux ?

- Non. Mais elle a sûrement deviné. Ce que je me demande, moi, c'est où est passée ma mère.

Elle resta silencieuse. Il poursuivit comme pour lui-même.

- Habituellement, elle dit où elle va. Depuis quelques temps, elle est bizarre.

- Pourquoi ?

Alex la regarda avec ironie.

- Je ne sais pas. C'est quelqu'un dans ton genre, difficile à cerner et complètement imprévisible.

Aurore se crispa, mais il était incapable de dire ce que ses yeux exprimaient.

- Tu as froid ?

- J'aimerais partir loin, répondit-elle.

- Demain, on rentre à Nantes. Je passerai à l'hôtel. J'ai un certain nombre de choses à régler et je verrai si je peux partir quelques jours. Où aimerais-tu aller ?

Elle releva la tête.

- Je ne parle pas de vacances. Je voudrais partir loin.

Alex la regarda attentivement.

- Ça, il y a quelques années, je t'aurais emmenée avec moi, mais là, tu arrives trop tard.

Elle regardait la mer au loin sans répondre. Dans la vie, les choses arrivent toujours trop tôt ou trop tard, c'est bien connu...

- Allons, Aurore. Ici, tu as Sophie, Gégé, tout le monde. Qu'est-ce que tu veux trouver ailleurs ?

Elle ne répondit pas. Il la serra contre lui.

- Tu verras. On sera très bien à Nantes.

Elle se leva et s'appuya au rebord du balcon. Au bout d'un moment, il vint tout contre elle, l'enserra d'un bras et embrassa sa nuque. De son autre main, il la caressait lentement. Face à l'immensité de l'océan plongé dans la nuit, il l'étreignit.

Le lendemain, ils firent une longue balade sur la plage de La Baule. Dans la lumière vive du matin, la baie était étincelante de calme et de douceur.

Ils déjeunèrent au restaurant de l'hôtel et rentrèrent à Nantes en début d'après-midi. Alex ouvrit la porte de l'appartement et laissa entrer Aurore.

- Je ne te fais pas visiter, tu connais les lieux, fit-il.

Elle restait au milieu de la pièce, indécise. Il ouvrit le tiroir d'un secrétaire et en sortit un jeu de clés.

- Tiens, dit-il. C'est un double d'ici.

Elle le regarda. Il était rapide et efficace. Et en même temps, détaché.

- La plupart du temps, je prends mes repas au grill de l'hôtel. Si tu n'y vois pas d'inconvénients, c'est ce qu'on fera. A moins que tu n'aies envie de faire la cuisine, certains jours. Mais ne te fatigue pas. Je ne fantasme pas sur une parfaite femme d'intérieur.

- Ça tombe bien. Je ne fantasme pas sur un homme aimant les femmes d'intérieur.

Elle le fixa plus attentivement.

- Et sur quoi tu fantasmes ?

- Je ne sais pas.

Il la regarda avec ironie.

- Une fille compliquée, dont je ne sais rien et qui me rend dingue.

Elle restait là, sans répondre.

- Bon. Il est 14 heures. Il faut que j'aille à l'Hélios. Ça fait deux jours que je n'y ai pas mis les pieds. Tu viens avec moi ?

Elle secoua la tête.

- Non. Je vais ranger mes affaires et après j'irai voir Sophie.

Elle avait besoin de se retrouver. Les choses étaient allées trop vite. Il fallait qu'elle réfléchisse. Il la regardait.

- Tu écris en ce moment ?

C'était la première fois qu'il en reparlait depuis le jour où il était tombé sur son classeur.

- Non. Pourtant, ça marchait bien, il y a quelques semaines.

Elle hésita.

- J'ai été stoppée dans mon élan. Et puis, à Paris, je tapais sur mon ordinateur.

Elle ajouta :

- Un nouveau. Avant j'avais un vieux coucou qui appartenait à mon père. Il avait presque dix ans. Autant dire l'ère jurassique de l'informatique.

Il sourit.

- Tu veux qu'on aille le chercher ? Tu en profiterais pour prendre des affaires.

- Pas pour l'instant. Plus tard, peut-être...

- C'est comme tu veux. Installe-toi. Je vais essayer de rentrer en fin d'après-midi. Ce soir, on peut sortir dîner en ville, si tu veux.

Il l'embrassa. Sur le seuil, il se retourna.

- Aurore. Ne me quitte pas sans prévenir.

Elle dit doucement.

- Je ne te quitterai pas.

A l'Hélios, monsieur Graff sauta sur Alex à son arrivée.

- Ah, monsieur Brenner, il y a un certain nombre de choses qu'il faut que vous voyiez.

- Tout se passe bien ?

- Oui. Ça va. Pour le séminaire, les gens ont rappelé, ils voulaient voir avec vous pour louer la grande salle plusieurs jours de suite. Je leur ai dit que vous alliez les rappeler.

- A part ça, rien de spécial ?

- Si. Il y a deux jours, mademoiselle Sanders est passée et a téléphoné à deux reprises pour vous voir. Ça avait l'air important.

- Aurore ?

- Oui. Elle a insisté pour savoir où vous joindre, mais moi-même, je ne savais pas.

- Parce que si vous aviez su, vous lui auriez dit ?

- Oui. Enfin, peut-être. Je ne sais pas.

Il ne savait sur quel pied danser.

- Peut-être pourriez-vous la rappeler...

Alex sourit.

- C'est déjà fait. Merci.

Le réceptionniste reprit son air indifférent et se plongea dans ses papiers.

- Pour le séminaire, dit Alex, je vous laisse vous en occuper. Vous organisez ça à votre idée. Vous ferez ça très bien.

Monsieur Graff eut l'air de jubiler. Visiblement il avait son idée sur la question. Alex continua.

- Il est possible qu'à l'avenir, je vous laisse vous occuper de l'hôtel quelques jours. Vous pensez pouvoir vous débrouiller ?

- Mais certainement, monsieur.

Aurore traînait dans l'appartement. Elle avait essayé de joindre Sophie, mais ça ne répondait pas. Elle avait fait le tour des lieux, sans oser regarder partout. Seuls les albums-photo posés en bas de la bibliothèque, l'intriguaient.

Au bout d'un moment, elle en prit un et s'installa sur le canapé. Des photos en tombèrent quand elle l'ouvrit. Toutes n'étaient pas encore triées. Il y avait là, en vrac, des photos de bateaux, de paysages de la région et d'ailleurs, quelques soirées entre amis où elle reconnut Edith et Xavier. Elle prit un autre album et l'ouvrit au début. C'était sensiblement la même chose. Elle finit par prendre le dernier sous la pile.

Des photos plus anciennes y étaient soigneusement rangées, certaines en noir et blanc. Quelques photos d'Alex enfant et un grand nombre de lui adolescent, en maillot de bain, à cheval, souriant ou impénétrable, les dates annotées d'une écriture légèrement inclinée. Sûrement l'écriture de sa mère, songea Aurore. En tout cas, l'œuvre d'une mère aimant son fils.

Elle tourna encore quelques pages et tomba en arrêt sur une photo agrandie d'Alex et sa mère. Elle avait dû être prise le même jour que celle qu'elle avait vue dans le petit bureau lambrissé de la Villa Anthéa. Tous deux étaient habillés de blanc et se regardaient en souriant. Elle dut reconnaître qu'ils avaient vraiment l'air d'une mère et de son fils.

Elle détailla un long moment le visage de cette femme, aperçue une seule fois, et en fixa tous les détails, comme pour ne pas l'oublier. La photo devait avoir près de vingt ans, cette femme en avait, à l'époque, environ trente. Elle était dans tout l'éclat de sa beauté et il émanait d'elle une sorte de tendresse. C'était ce qui avait surpris Aurore quand elle l'avait aperçue à l'Hélios. Elle essaya de se rappeler son visage actuel mais son image restait insaisissable.

Elle tourna les pages, espérant trouver d'autres photos lorsque le téléphone sonna, la faisant sursauter. Elle hésita. Et si c'était cette femme ? Elle se sentit mal. La sonnerie continuait. Ça pouvait aussi être Alex. Elle posa l'album et décrocha. Une voix de femme fit battre un instant son cœur, puis elle reconnut l'accent de Lila, presque avec soulagement. Elle aussi paraissait surprise d'entendre une voix féminine.

- Bonjour, je suis Lila. Alex n'est pas là ?

- Non. Il est à l'hôtel.

Lila hésita, craignant de dire une bêtise.

- Vous êtes Aurore ? demanda-t-elle.

- Oui.

Lila respira. Alex aurait eu du mal à avaler une gaffe.

- Je me souviens de vous. J'appelais pour savoir si Alex m'avait trouvé une voiture.

- Oui, il nous a dit pour vous. Vous n'êtes pas blessée ?

- Non. C'est juste que je n'aie plus de voiture.

- Alex doit s'en occuper avec Gégé.

- Ah ! Très bien. Vous lui direz que j'ai appelé.

- Je lui dirai ce soir. Il doit rentrer tôt, dit Aurore, tout en regrettant de donner autant de détails.

- Bien, je vous laisse. A bientôt, j'espère.

- Oui. Peut-être. Au revoir.

Aurore raccrocha. Sa main tremblait. L'angoisse l'oppressait de nouveau. Où tout cela allait la mener ?

Elle remit les albums en place, attrapa son sac et sortit.

Alex rentra plus tôt que prévu mais l'appartement était vide et il fronça les sourcils. Il pensait qu'Aurore serait là. Il se servit un verre et s'assit près du téléphone. Au bout d'un moment, il n'y tint plus et fit le numéro de Sophie.

- Sophie ? C'est Alex. Aurore est là ?

- Non. Je suis rentrée dans l'après-midi et j'ai appelé chez toi mais ça ne répondait pas. Je pensais qu'elle viendrait.

Elle s'interrompit.

- Alex. Tu ne sais pas où elle est ?

L'inquiétude perçait dans la voix de Sophie et il s'énerva.

- Non. Mais elle ne va pas tarder.

- Oui, bien sûr, dit-elle d'un ton conciliant.

Il avait hâte de raccrocher maintenant.

- Salut, Sophie.

- Dis à Aurore de m'appeler quand elle rentrera.

- C'est ça, au revoir.

Il raccrocha rageusement. Il était 18 heures 20. Elle devait être allée en ville. Il décida d'appeler Lila.

- Ah, Alex ! Aurore t'a dit ?

- M'a dit quoi ?

- J'ai appelé cet après-midi. Elle ne t'a pas dit ?

- Je viens d'arriver et elle n'est pas encore rentrée. Qu'est-ce que tu lui as dit exactement ?

- Rien de spécial. Pourquoi ?

- Pour rien.

- J'ai téléphoné pour savoir si tu avais parlé à Gégé.

- Justement, je t'appelais pour ça. Il aura quelque chose dans la semaine.

- Tu lui as dit que...

- Oui. Je lui ai dit que...

- Dis donc. Je te trouve bien nerveux, aujourd'hui, toi.

- Moi ? Pas du tout. Je suis très calme.

Elle hésita.

- Dis-moi. Aurore, elle habite chez toi, maintenant ?

Il préféra éluder.

- Qu'est-ce que tu lui as dit d'autre ?

- Mais rien. Qu'est-ce que tu veux que je lui dise ?

- Je disais ça comme ça. Ecoute, dès que Gégé a une voiture, je te téléphone.

- Tu passes dans la semaine ?

- Sans doute.

- Avec Aurore ?

- Je n'en sais rien. Et Pauline ? Toujours pas de nouvelles ?

- Non.

- Quand je vais la voir, elle va m'entendre !

- Ne t'énerve pas comme ça. Pauline fait ce qu'elle veut.

- Je me fiche de ce qu'elle fait. Ce que je veux, c'est savoir où elle est. Qu'elle nous dise où elle va, qu'on sache où la joindre si nécessaire. Ce n'est pas compliqué, quand même !

- Ecoute, tu lui diras, toi, quand tu la verras.

- Certainement que je vais lui dire. Allez, je te laisse. Au revoir.

Il se leva et alla ouvrir la baie vitrée. Il était stressé. Sa montre indiquait 19 heures. Où Aurore pouvait-elle être ? Elle aussi, elle allait l'entendre ! Bon sang, les femmes étaient une race à part. On était fou de se donner autant de mal pour s'encombrer d'elles. Il alluma la télé. Ne pas se poser de questions. Ne pas laisser le doute s'installer. Jusqu'ici, il n'avait jamais été du genre à douter.

Un peu plus tard, il entendit la clé tourner dans la serrure et Aurore entra. Elle sourit en le voyant.

- Tu es déjà rentré ?

- Où étais-tu ? demanda-t-il.

- En ville. En revenant, je me suis arrêtée à l'Hélios. Je voulais te parler.

- Je croyais que tu allais chez Sophie.

- Je l'ai appelée en début d'après-midi, elle n'était pas là.

- Aurore, je veux savoir où tu es. Pouvoir te trouver en cas de besoin. Bon sang, je me demandais où tu étais.

- Enfin, Alex, je n'étais pas perdue. Et puis, il n'est pas tard. Tu me fais une scène comme s'il était minuit.

Il explosa.

- Parce que tu as l'intention de rentrer à minuit, certains jours, peut-être ?

- Je n'ai pas dit ça. Enfin, Alex, qu'est-ce qui te prend ? Ce n'est pas grave.

Il fit un effort pour retrouver son calme. Il était conscient que sa réaction était disproportionnée, uniquement due à l'inquiétude.

- Pardonne-moi, je suis énervé en ce moment.

Elle s'approcha de lui et passa ses bras autour de son cou.

- Je pensais te trouver à l'hôtel, dit-elle doucement.

Il l'allongea sur le canapé.

- Je veux savoir où tu es, quand tu sors.

Il resserra son étreinte sur elle et enfouit sa tête dans son cou. L'idée qu'elle puisse lui échapper le rendait fou. Il lui immobilisa les poignets.

- Doucement, murmura-t-elle.

Mais ses yeux exprimaient la curiosité.

34

Alex buvait son café sur le balcon noyé de verdure et observait Aurore. Le soleil culminait et elle avait mis ses lunettes de soleil. Elle avait dormi tard ce matin et à midi, ils avaient pris un petit-déjeuner solide avec toasts, œufs brouillés et jus d'orange. Elle finissait de boire son thé et il demanda :

- Tu fais quoi, cet après-midi ?

- Je ne sais pas.

- C'est bien, fit-il, laconique. Et puis, ça a l'avantage d'être précis.

Elle sourit.

- Sophie doit passer. Je vais aller au pub voir Marc et prendre quelques affaires.

Il la regarda.

- Tu pourrais en profiter pour lui rendre les clés du studio.

Elle hésita. Il avait du mal à distinguer son regard derrière ses lunettes.

- Oui. Oui, bien sûr.

Elle éprouvait une émotion indéfinissable. Elle était désorientée de se retrouver face à cet homme qui semblait attendre tout d'elle. Alors qu'elle lui cachait quelque chose. Quelque chose de terrible. Il ajouta :

- Passe à l'Hélios en fin d'après-midi. On dînera au Grill vers vingt heures. Et si tu veux, je te ferai visiter l'hôtel.

- Ah oui, tiens ! J'aime bien voir l'envers d'un décor.

On sonnait à la porte d'entrée.

- Ce doit être Sophie, fit Aurore en se levant.

C'était elle, en effet.

Et si, un jour, c'était quelqu'un d'autre ? songea Aurore. Un frisson d'effroi la parcourut puis elle réagit. Elle ne pouvait pas être sur les dents en permanence. Après tout, elle aurait pu n'être au courant de rien. C'était le cas, sept ans plus tôt. En cas de situation imprévue, elle aviserait.

Elle entraîna Sophie sur le balcon.

- Assieds-toi. Tu veux un café ?

- Je veux bien. Il fait beau, aujourd'hui. Alors, Aurore, où étais-tu hier ?

- Nulle part. Je suis passée à l'hôtel, mais Alex venait de partir.

- Tu sais qu'on se demandait où tu étais.

- Oui, enfin... N'exagérons rien, fit Alex.

Sophie sourit à Aurore.

- Tu viens avec moi en ville ?

- Oui. J'aimerais passer au pub.

Sophie se tourna vers Alex.

- Passe voir Gégé. Je crois qu'il a une voiture pour Lila.

- Quelque chose de solide, j'espère. Parce que Lila...

- Si tu lui as précisé un char blindé, il devrait avoir ça.

Ils plaisantèrent un moment puis Aurore se leva. Elle alla mettre les tasses dans le lave-vaisselle et revint.

- On y va, dit-elle en s'adressant à Alex. Je te retrouve à l'Hélios en fin d'après-midi.

Il les regarda sans enthousiasme.

- Essaie d'y être pour dix-neuf heures au plus tard.

Elle l'embrassa.

- Je serai de retour avant.

Après qu'elles furent parties, Alex passa à l'hôtel puis alla voir Gégé au garage. Il le trouva dans son bureau.

- Ah, Alex ! Ça va ? Et Aurore ?

- Sophie est passée la chercher tout à l'heure. Ne me demande pas où elles sont. Je n'en sais rien. Enfin, bon...

Il avait l'air sombre. Gégé le regarda avec amusement.

- Elles doivent être en ville. Au fait, j'ai une voiture pour Lila.

- Sophie m'a dit. Justement, je venais voir.

- En ce moment, j'ai une bonne occasion. Une Golf. Par contre ce n'est pas une décapotable..

- Ça ira très bien. Lila roule suffisamment vite comme ça.

- Viens, je vais te la montrer.

Ils sortirent sur le parking et Gégé lui montra une Golf blanche.

- Elle n'a pas beaucoup de kilomètres et la personne qui l'avait en prenait soin.

- Oui. Alors là, laisse-moi te dire qu'avec Lila, ça va changer. Dans un mois, tu ne la reconnaîtras pas. La voiture de Mad Max, ce sera ! Tu n'imagines pas ! Je peux l'appeler de ton bureau ?

- Oui, bien sûr. Et ta mère ? Toujours pas de nouvelles ?

- Non. Alors ça, c'est encore un truc...

Gégé n'insista pas devant l'air excédé d'Alex. De retour dans le bureau, il décrocha le téléphone.

- Allô, Lila ! C'est Alex. Gégé t'a trouvé une voiture... Quoi ? ... Non, ce n'est pas une décapotable. Mais c'est une très bonne occasion... Enfin, Lila, sois raisonnable... Non, il n'en a pas d'autre... Comment ça, tu en trouveras une toute seule ? ...

Il regarda Gégé, un peu incrédule.

- Elle a raccroché.

Gégé se mit à rire et Alex prit un air accablé.

- Mais qu'est-ce qu'elles ont toutes ?

- Arrête, Alex, ce n'est pas grave. Laisse-là s'acheter une décapotable si elle en a envie. Je vais lui en trouver une.

- Gégé, est-ce que tu crois qu'une femme de plus de soixante-dix ans a besoin d'une décapotable ? Tu peux me dire ?

- Mais personne n'en a besoin. Mais bon, si elle en a envie.

Alex restait là, l'air blasé.

- Tu veux que je te dise, Gégé ? Je ne suis pas sûr que les hommes et les femmes soient faits pour vivre ensemble.

- Détends-toi, Alex, sois zen, les choses ne sont pas si graves.

Le téléphone interrompit Gégé et il décrocha.
- Allô !... Ah, Lila, ça va ? ... Une décapotable. Oui, je peux vous avoir ça.
Alex leva les yeux au ciel.
- Je vais essayer de vous trouver ça rapidement... Oui, bien sûr, vous n'allez pas attendre d'avoir cent ans pour vous acheter une décapotable...
Gégé regarda Alex en souriant.
- Bien sûr, je sais comment il est... Qui ? Aurore ? Oui, c'est une amie de Sophie... Oui. Elles se connaissent depuis longtemps.
Alex fronça les sourcils. Apparemment, Lila ne savait pas qu'il était dans le bureau de Gégé. Elle avait dû penser qu'il appelait de l'Hélios. Il tendit la main vers le téléphone.
- Passe-la-moi.
Gégé lui laissa l'appareil à regret.
- Lila, plutôt que de cuisiner Gégé, si tu me demandais à moi ce que tu veux savoir.
Elle répondit sans se démonter.
- Ah, tu es là ? Toi, je ne te demande plus rien !
Alex sourit et se radoucit.
- Allez, Lila. Gégé va te la trouver ta voiture. Tu es sûre que tu ne veux pas une Lamborghini ? C'est ce qui se fait de plus rapide ? 325 kms/heure.
Elle dit d'un ton brusquement joyeux.
- Si tu me sponsorises, je veux bien.
- C'est ça. Je te laisse avec Gégé.
- Oui, j'ai oublié de lui dire que je voulais une rouge.
Alex prit un air blasé et se retourna vers Gégé.
- Et ne la laisse pas te poser des questions.

Après avoir parlé quelques instants avec Gégé, Lila raccrocha et resta un moment indécise près du téléphone. Au bout d'un moment, elle se décida et composa le numéro de l'Hélios. La sonnerie résonna puis elle reconnut la voix du réceptionniste.
- Bonjour, monsieur Graff. C'est Lila. J'aurais aimé parler à Aurore.
Elle retint son souffle.
- Mademoiselle Sanders n'est pas là. Monsieur Brenner non plus. Mais je peux lui dire de vous rappeler ?
- Heu... Non... C'est à dire que c'est pour lui faire une surprise. Je préférerais que vous ne lui parliez pas de mon coup de fil.
- Entendu. Je serai muet comme une tombe.
- Je vous remercie, monsieur Graff. A bientôt.
Elle raccrocha. Aurore Sanders. Elle se sentit soulagée et se jugea stupide. Qu'est-ce qu'elle était allée s'imaginer ? Le monde était minuscule mais tout de même...
Elle se sentit plus légère, brusquement. La prochaine fois qu'Alex appellerait, elle lui dirait de passer avec Aurore. Elle avait l'air très bien, cette jeune femme. En tout cas, elle lui plaisait.

Quand elle raconterait ça à Pauline, celle-ci lui dirait sûrement qu'elle avait trop d'imagination. Il valait peut-être mieux d'ailleurs qu'elle ne lui en parle pas. Quoique...

Aurore revint à l'hôtel un peu avant dix-neuf heures. Monsieur Graff lui fit un signe en la voyant.

- Mademoiselle Sanders, Monsieur Brenner m'a fait savoir que si vous aviez besoin de quelque chose, vous pouviez vous adresser à moi.

Elle sourit. Il s'empêtrait un peu dans les formules. Ce devait être bon signe. Elle trouva Alex dans son bureau en train de boire un verre. Il regarda sa montre en la voyant.

- En avance pour une fois ! C'est un excellent début. Quand je te disais que tu saurais apprécier la discipline !

Elle le regarda, un peu sur la défensive.

- Je plaisante, ajouta-t-il en voyant sa tête.

Elle dit lentement.

- Je te conseille de garder ton sens de l'humour. Tu pourrais en avoir besoin.

Il l'observait.

- J'ai l'impression, dit-il, que je n'ai pas choisi la facilité.

Il l'attira sur ses genoux et l'embrassa tout en caressant son dos.

- Pourquoi tu es avec moi ? demanda-t-elle brusquement.

- Je me le demande.

Elle le regarda avec ironie.

- Mon intelligence torride, peut-être ?

Il sourit.

- Tu as faim ?

- Oui.

Il entraîna Aurore dans la cuisine du Grill et lui présenta Michel, le cuisinier, un gros homme jovial qui s'affairait autour d'une table.

- J'ai des brochettes de coquilles Saint-Jacques, ce soir, si ça vous fait envie. Avec du riz.

Alex inspectait les différents plats.

- Oui, c'est une idée. Tu aimes, Aurore ? demanda-t-il en lui faisant goûter une noix de Saint-Jacques sur une fourchette.

- Oui. C'est délicieux.

- D'accord pour les coquilles, Michel.

Il fit visiter l'hôtel à Aurore, le salon, les salles de réunion, puis ils revinrent dans la salle de restaurant où elle avait pris son petit-déjeuner, le premier matin passé à Nantes, plusieurs semaines plus tôt. Il lui sembla que ça faisait des siècles. La pièce était calme. Ils s'installèrent près d'une baie vitrée. Alex l'observait. Elle dit brusquement.

- J'ai rendu sa clé du studio à Marc.

Il sourit.

- C'est bien.

Le serveur leur apportait deux assiettes de salade aux noix.

- Alors, qu'est-ce que vous avez fait toutes les deux ?

- Rien de spécial. Si. On a rencontré Xavier en ville. Il nous a dit de passer voir Edith dans la semaine.

- Où ? A La Baule ?

- Oui.

Il s'impatienta.

- Qu'est-ce que vous allez faire des kilomètres pour aller sur la côte? Alors que ce week-end, on va faire du bateau avec Gégé. Vous verrez Edith à ce moment là.

Aurore sourit.

- Oui. C'est ce qu'on lui a dit.

Elle prit sa main.

- Ne t'inquiète pas.

Il la regarda. Il ne savait rien d'elle.

- Maintenant qu'on est là, raconte-moi un peu. Qu'est-ce que tu es venue faire à Nantes ? Et pourquoi tu as réservé sous un autre nom, quand tu as téléphoné à l'hôtel ?

Aurore hésita puis dit d'un ton désinvolte.

- Je suis un peu parano, tu sais. Je lis trop de polars...

Elle se mit à parler, volubile, de livres, de films, sans au fond, rien révéler d'elle, si ce n'est ses goûts. Elle avait un humour tout-terrain et une subtilité qui lui permettait, verbalement, d'établir une complicité, une connivence comme s'ils se connaissaient depuis longtemps. Pourtant, il sentait des zones d'ombres chez cette femme et pour l'instant, il se contentait de naviguer à vue. Il n'était pas pressé. L'essentiel était qu'elle soit là, qu'elle reste.

Plus tard, ils descendirent faire un tour au club.

Ils ne restèrent pas. Alex avait envie de rentrer, de se retrouver seul avec elle.

Il faisait chaud dans la chambre et Alex se retourna dans le lit. Il étendit le bras pour toucher Aurore et ouvrit les yeux. Elle n'était pas là. Il se redressa. Où était-elle ? Il sauta du lit et alla dans la salle de bain. Personne. Le salon était plongé dans l'obscurité et il eut un moment de désarroi. Où était-elle passée ? Comme dans un cauchemar, il se revit la première nuit où elle était partie, le laissant effondré, convaincu qu'il ne la reverrait pas. Il se sentit glacé. Brusquement, il remarqua la baie vitrée ouverte et respira. Aurore était sur le balcon. Il fit coulisser le battant. Elle était là, assise sur un des transats, un livre sur les genoux et la paire de jumelles près d'elle. Elle avait enfilé un pull à lui.

- Qu'est-ce que tu fais ? demanda-t-il.

- Je n'arrivais pas à dormir.

- Toi aussi, tu as chaud ?

- Non. Enfin, oui, sans doute...

Il vint s'asseoir près d'elle.

- J'observe le ciel et les constellations, dit-elle. C'est bien, une exposition plein sud. On peut suivre le mouvement des planètes. A Paris, je ne faisais pas attention. Et puis, mon studio est exposé à l'est. Depuis que je suis à Nantes, j'observe le ciel. Là, on approche de la pleine lune. Tous les jours, elle change de constellation et de forme. Elle a fait deux fois le tour de la Terre depuis que j'ai commencé à observer du studio de Marc.

Il la regardait, vaguement soulagé. Elle désigna le livre sur ses genoux et poursuivit d'un ton uni.

- Je l'ai trouvé dans ta bibliothèque. Il y a des cartes du ciel.

- Oui. Dans la Marine, on se repère en mer grâce aux étoiles.

Elle lui désigna une étoile très brillante.

- Celle-là, tu la connais ?

Il l'observa un instant puis jeta un regard sur la carte du ciel qu'elle tenait. L'étoile n'y figurait pas. Aurore sourit.

- Ce n'est pas une étoile. C'est Saturne. Les planètes ne figurent pas sur les cartes puisqu'elles avancent et changent de constellation. Là, elle est en Bélier.

Elle lui tendit les jumelles.

- Regarde. Avec le grossissement 30 fois, on devine les anneaux. Mais il ne faut pas bouger. L'idéal, ce serait un télescope.

Il la regarda avec étonnement et dirigea les jumelles vers l'étoile. On devinait un renflement autour mais il avait du mal à ne pas bouger. Il se tourna vers Aurore. Ses yeux brillaient dans la pénombre.

Il prit sa main qu'il porta à ses lèvres. Ils restèrent ainsi un bon moment et il dit brusquement.

- Dis-moi que tu vas rester avec moi.

Elle hésita et le regarda brusquement avec gravité.

- Quoi qu'il arrive, il faut que tu saches que c'est ce que je désirais le plus au monde.

Il essaya de trouver un sens à sa phrase et la serra violemment contre lui.

- Qu'est-ce que tu veux qu'il arrive ?

Alex décida le lendemain de faire remplir la piscine de l'Hélios et fit installer des transats et des parasols.

- Vous serez aussi bien, Sophie et toi, ainsi qu'Anthony à nager qu'à courir la ville avec ce gosse par cette chaleur.

Sophie sourit quand Aurore lui apprit les nouvelles dispositions d'Alex.

- On sera surtout beaucoup plus sous sa coupe. Je le savais macho mais alors là... Enfin, il nous chouchoute. C'est le club Med.

Elles passèrent les jours suivants au soleil. Alex venait de temps en temps passer un moment avec elles. Il avait prévenu Xavier et Edith qui vint un après-midi avec les filles. Et Gégé les rejoignait le soir. Une atmosphère de vacances et de loisirs régnait et la plupart des clients de l'hôtel, curieux et enchantés, s'agglutinaient autour de la piscine.

Curieusement, Aurore ne trouva pas l'attitude d'Alex étouffante. Au contraire, il y avait quelque chose de rassurant à laisser quelqu'un vous surveiller jalousement. Ces derniers temps, elle avait épuisé les charmes de la liberté. S'il n'y avait eu cette ombre sur elle, elle se serait sentie parfaitement bien.

35

La semaine s'écoula entre l'appartement et la piscine de l'Hélios. Aurore repoussait chaque jour le moment de parler à Alex et fit la découverte du mensonge et de la montée d'une angoisse sourde dans lesquels elle s'enferrait chaque jour un peu plus.

Le week-end suivant, c'était la fête de la mer sur la côte. Aurore insista pour y rejoindre Gégé et Sophie.

- On ne pourrait pas rester tous les deux pour changer ? fit Alex.

- Mais on est toujours tous les deux.

- Oui mais rarement seuls.

Elle ne releva pas. Elle avait besoin de s'étourdir, de ne penser à rien.

Le samedi, ils arrivèrent dans l'après-midi et retrouvèrent Gégé et Sophie sur le port. Un de leurs amis participait à la course et termina troisième. Son arrivée se fit sous les applaudissements enthousiastes et désordonnés de Gégé déchaîné. Les gens autour souriaient, sa bonne humeur était communicative et il éclipsa l'organisateur de la course.

Sophie toucha l'étoffe du vêtement d'Aurore.

- C'est joli, ce truc.

- Oui. C'est un peu simple. Je voulais faire dans le sexy soft, mais Alex n'a pas voulu.

Il se retourna.

- C'est ça. Moi aussi, je vais faire dans le sexy soft !

Sophie pouffa.

La nuit tomba mais sur le port complètement illuminé, régnait une atmosphère de fête, une excitation presque palpable. Les gens déambulaient dans une rumeur faite de cris et de rires. Aurore regardait autour d'elle, un peu dépassée par les événements. Des baraques de frites alternaient avec des stands de tirs. Sur un podium, un groupe de musiciens chantait des chants de marins nostalgiques ou entraînants.

Alex revenait, suivi de Gégé.

- Tu es toute seule ? Où est Sophie ?

- Partie acheter des frites à Anthony.

Il lui tendit un bol fumant.

- C'est quoi, demanda Aurore.

- De la soupe de poissons, fit-il en montrant un stand. Une idée de Gégé.

Aurore regarda dans la direction. Derrière un comptoir, une grosse marmite cuisait sur un feu, tournée de temps en temps par une mémé à l'air jovial. La nuit était comme un rêve qui la berçait. Elle ne fut même pas étonnée de trouver le breuvage délicieux.

- Alors, c'est bon ? demandait Gégé.

- Oui.

- Alex parlait d'aller dans un restaurant mais je lui ai dit qu'on n'allait pas s'enfermer par un soir pareil. J'ai l'intention de goûter les spécialités de tous les stands.

Aurore le regarda. Il était d'un enthousiasme désarmant. Elle aussi, depuis plusieurs années et jusqu'à dernièrement, avait été ainsi. Elle avait couru, s'était étourdie, rattrapant le temps perdu. Jusqu'à ce que certaines choses remontent à la surface.

Gégé dit, en désignant un endroit où les gens mangeaient côte à côte sur de longues tables alignées.

- On pourrait aller manger là-bas. Ils font des plateaux de fruits de mer.

Sophie revenait, précédée d'Anthony tenant une barquette.

Ils s'attablèrent près d'autres gens avec qui Gégé noua rapidement la conversation. La nuit était tiède. Alex était assis près d'elle et effleurait son genou. Elle aurait dû être bien. L'angoisse persistait. Il est des choses qu'on ne laisse pas derrière soi.

Ils assistèrent ensuite au feu d'artifice. Anthony commençait à donner des signes de fatigue et Sophie et Gégé décidèrent de rentrer.

Alex et Aurore marchèrent un moment sur le port puis descendirent sur la plage. La mer montait lentement dans un léger murmure. Il s'assit dans le sable.

- Quand j'étais enfant, je venais souvent le soir faire de l'équitation avec ma mère sur cette plage.

Elle se détourna et il releva les yeux sur elle. Il avait déjà remarqué que certains mots semblaient trouver en elle comme un écho, une dissonance.

Il lui prit la main et l'obligea à le regarder.

- Aurore, je vois bien que quelque chose ne va pas. Ecoute, Gégé m'a dit que tu avais perdu ton père, il y a quelque mois. C'est ça qui te tourmente ? Dis-le-moi. Je veux savoir ce qui ne va pas.

Elle le regarda étrangement.

- Ecoute, Alex. On va faire un pacte. Tu ne me parles pas de ma famille et de mon enfance et je ne te parle pas des tiennes. D'accord ?

- Moi, ça ne me dérange pas de te parler de ma famille.

- Je n'y tiens pas spécialement.

Il la regarda. Qu'y avait-il donc dans son enfance, qu'elle veuille nier à tout prix ? Il hésita. Mieux valait attendre qu'elle parle d'elle-même.

- Comme tu voudras ! Si tu changes d'avis,...

Elle ne répondit pas. Elle avait l'impression en s'abritant derrière cette semi-confidence, de trouver un équilibre, un confort relatif. Pour combien de temps ?

Edith et Xavier les rejoignirent le lendemain matin. Sophie et Aurore étaient dans la cuisine quand Edith fit son entrée. Elle avait l'air furieuse.

- Ça ne va pas ? demanda Sophie.

- Ecoute. Je viens de recevoir un coup de téléphone de ma belle-mère. Quelle emmerdeuse ! Le genre qui déteste le monde entier. Je l'ai envoyée balader.

- Tu lui as dit d'aller faire une croisière chez les Grecs ?

- Tu prends ma belle-mère pour une intellectuelle ? Déjà, quand je lui parle d'autre chose que de mode, c'est tout juste si elle ne va pas se passer la tête sous l'eau...

Sophie se mit à rire.

- Et Xavier, qu'est-ce qu'il en dit ?
- Rien. Il sait comment elle est. Il m'a dit de ne pas me laisser bouffer.
Gégé, qui entrait juste, s'étonna.
- Encore en train de parler de manger !
Elles s'esclaffèrent sous l'œil ahuri de Gégé. Xavier et Alex firent irruption à ce moment.
- Vous avez l'air de vous amuser.
Edith riait toujours. Xavier dit :
- Alex et moi on va faire une course.
Aurore releva la tête.
- Vous allez où ?
- Chercher des fruits de mer. Xavier connaît un pêcheur qui lui vend des langoustines.
- Je vais avec vous, fit Gégé.
Alex se tourna vers Aurore.
- On n'en a pas pour longtemps. A tout à l'heure.
Elle les regarda sortir.
Edith continuait de raconter ses mésaventures avec sa belle-mère en l'imitant de manière cocasse. Elle se tourna vers Aurore.
- Toi, tu as de la chance. Ce n'est pas Pauline qui viendra t'embêter. Tu l'as déjà rencontrée ?
- Non. Je ne la connais pas.
- D'après ce que j'ai compris, dit Sophie, Alex ne sait pas où elle est en ce moment ?
- Oui. Elle a toujours été comme ça. Mais elle est gentille. Quand elle a épousé son père, elle a adopté Alex comme son fils. Ce n'est pas toujours le cas. Lui, il peut dire qu'il a été choyé.
- Elle n'a pas eu d'enfant, dit Sophie. C'est peut-être pour ça qu'elle a reporté son affection sur lui.
- C'est possible. Tu sais, j'ai souvent entendu raconter des choses sur elle, à commencer par l'histoire de son premier mariage, mais c'est une femme douce et sensible. Je l'aime bien.
Aurore regardait dehors et finit par dire.
- Qu'est-ce qu'il fait, Anthony ?
Elle sortit dans le jardin. Le petit garçon vint vers elle et elle le prit dans ses bras.
Edith les désigna à Sophie.
- Tu vois qu'on peut s'attacher à un enfant qui n'est pas le vôtre.
Aurore s'assit sur un banc. Elle était mal. Dans quelle situation s'était-elle enlisée ? Au point de mentir à tout le monde, même à ses amis. Comment se sortir de là ? Parler devenait de plus en plus difficile.
Au bout d'un moment, elle revint dans la maison.
- Ils ne sont toujours pas revenus ?
- Tu sais, quand ils partent comme ça, ils traînent toute la matinée.

Elle restait là, indécise. Edith sortit dans le jardin et Sophie monta dans la salle de bain. Aurore alla dans le salon. Elle tournait en rond. Ça faisait un moment déjà qu'ils étaient partis. Qu'est-ce qu'ils faisaient ? Alex avait dit qu'ils n'en avaient pas pour longtemps. Elle s'approcha de la vitre et regarda dehors, comme suspendue à son retour. Qu'est-ce qui lui prenait ? Elle devenait comme lui. Il lui avait communiqué son anxiété, sa parano. Leur relation était comme une drogue avec sa lente accoutumance et le manque dès que durait l'absence.

Quand ils revinrent, une bonne heure plus tard, elle eut l'impression de respirer de nouveau et se précipita. Alex descendait de voiture.

- Où étiez-vous ? Vous deviez revenir rapidement.

- On est tombé sur un copain de Xavier.

- Je me demandais...

Il la regarda, parut comprendre et entoura son épaule de son bras.

- Viens voir ce que nous ramenons.

Ils déjeunèrent dehors à l'ombre du grand marronnier. Même là, il faisait chaud. Au moment du café, Aurore emmena Anthony faire la sieste. Quand elle ressortit de la maison, elle regarda autour d'elle.

- Où est Alex ? fit-elle, brusquement inquiète.

Il était assis près de Xavier et releva la tête de la revue qu'il feuilletait. Elle dit:

- Je ne t'avais pas vu.

Elle vint s'asseoir près de lui et passa sa main sur son front. Elle n'allait pas bien. Brusquement, elle avait peur de tout.

Valérie gara sa voiture sur le parking de l'Hélios et se composa un sourire dans le rétroviseur. Il fallait qu'elle tente quelque chose avec Alex. Il était coriace mais elle avait réussi plusieurs fois à passer la nuit avec lui. La dernière fois remontait à plus de six mois et depuis, il l'évitait.

Il fallait qu'elle réussisse à passer un moment avec lui. Ce n'était pas évident. Il s'était entiché de cette Aurore qui le regardait à peine. Sûrement un artifice. Enfin, une fois qu'il l'aurait eue, elle rejoindrait le club pas vraiment fermé de ses ex. C'était peut-être déjà fait.

Apparemment non. En jetant un œil sur le parking, elle venait d'apercevoir la 205. Ce n'était pas grave. Les obstacles étaient faits pour être franchis. Elle descendit de voiture et entra dans le hall. Le bar était désert. Par une des baies vitrées, elle aperçut Aurore qui plongeait dans la piscine.

Elle se dirigea vers le bureau d'Alex et frappa.

- Oui !

Elle entra, un sourire aux lèvres.

- Bonjour.

Le visage d'Alex refléta un instant l'irritation. Elle continua.

- Je passais, je me suis arrêtée.

- C'est gentil, mais tu vois, je suis occupé.

- On peut prendre un verre quand même.

Il la regardait, les sourcils froncés.

- Ecoute, Valérie, tu perds ton temps. Je suis avec Aurore, maintenant.

La situation ne prenait pas la tournure qu'elle avait espérée.

- Et alors ? Ne me dis pas que tu es devenu monogame.

Il la regarda avec ironie.

- Si. Il est des plaisirs rares qu'on découvre sur le tard. Et surtout, je ne prendrai pas le risque de la perdre.

Elle serra ses lèvres minces et s'approcha de la fenêtre, assez près pour qu'Aurore puisse la voir. Cette dernière dut avoir l'intuition d'un regard posé sur elle car elle leva les yeux et croisa son regard. Valérie sourit et se pencha sur Alex. D'où Aurore était, elle devait voir le geste qu'elle faisait pour entourer ses épaules.

Alex recula, surpris, mais elle resserra son étreinte. Elle murmura.

- Tu n'as pas oublié les moments que nous avons passés tous les deux ?

Il la regarda. Quelle mouche la piquait, celle-là ? Il lui prit les mains doucement et les retira de ses épaules.

- Ecoute, Valérie. C'est fini, tout ça. Et puis, entre nous, il n'y a jamais eu grand-chose.

Ce n'était pas vrai ! Elle n'allait pas se mettre à s'accrocher maintenant. Il n'avait vraiment pas besoin d'elle pour lui compliquer la vie. Il croisa son regard. Elle avait l'air déterminé. S'en débarrasser en douceur. Sinon, il risquait des ennuis avec Aurore. Il jeta un regard par la fenêtre vers la piscine et vit qu'elle s'habillait. Il comprit tout de suite. Ça lui apprendrait à sous-estimer les capacités de nuisance de ce genre de femme. Il repoussa Valérie brutalement, sortit du bureau et rattrapa Aurore dans le hall.

- Aurore, attends ! Où tu vas ?

Elle se retourna.

- Faire un tour. Tu as l'air en excellente compagnie, on dirait.

C'était bien ce qu'il pensait. Visiblement, elle était dans une logique de guerre.

- Ecoute, Aurore, je sais ce que tu penses. Cette fille a débarqué à l'improviste dans mon bureau et m'a fait son numéro précisément dans ce but.

Elle le regarda froidement.

- Ah oui ?

- Enfin, tu sais très bien que cette fille ne m'intéresse pas. Elle ne me plaisait déjà pas quand j'étais libre. Ce n'est pas maintenant que je vais m'encombrer d'elle.

- Ce n'est pas l'impression que j'ai eue.

Il la prit par les épaules.

- Aurore, arrête ! Ne fais pas celle qui ne comprend pas.

Valérie sortit du bureau et sourit.

- Que se passe-t-il, Alex ? Oh, bonjour, Aurore ! Ça va ?

Alex se retourna et explosa.

- Toi, tu dégages et tu ne remets plus les pieds ici ! C'est clair ?

Valérie perdit un peu de son assurance mais malgré ça, ne put s'empêcher.

- D'ici peu, c'est elle qui te jettera comme tu me jettes aujourd'hui. Tu ne vois pas qu'elle n'en a rien à faire de toi ?

Il blêmit et elle recula.

- Va-t-en.

Elle hésita puis tourna les talons. Alex regarda autour de lui. Quelques personnes avaient assisté à la scène et arboraient un air d'indifférence étudiée. D'autres étaient carrément hilares. Il prit Aurore par le bras et l'entraîna dans son bureau. Il était furieux.

- Enfin, Aurore, tu pourrais avoir un peu confiance. Si tu crois que je vais me compliquer la vie plus que ça, tu rêves.

- Parce que moi, je te la complique ?

Il leva les yeux au ciel. Ne pas s'embarquer dans une discussion délirante.

- Mais non.

- Je te dis tout de suite, Alex, je déteste ce genre de scènes. Si un jour, je te trouve avec une autre, tu ne me reverras plus jamais de ta vie. Je ne discuterai même pas.

- Enfin, Aurore. Et si c'est un malentendu ? Dans la vie, il faut laisser les gens s'expliquer.

Elle restait là, le visage fermé et demanda :

- Sophie a appelé ?

- Oui. Elle ne vient pas cet après-midi. Elle est chez sa mère. Par contre, Gégé et elle viennent boire l'apéritif ce soir à l'appartement.

Il s'approcha d'elle et embrassa sa nuque.

- On va sortir, si tu veux, dit-il. D'accord ?

- Une autre fois. Je vais faire un tour en ville, cet après-midi.

Alex voulut dire quelque chose mais la sonnerie du téléphone l'interrompit. Il décrocha.

- Allô, Lila ? Ça va ? ... Elle a téléphoné ? Alors, elle était où ? ... En Grèce ? Pourquoi elle n'a pas appelé plus tôt ?

Aurore s'assit sur son bureau, une lueur aiguë dans les yeux.

- Et maintenant, elle est où ? ... A Paris ? Elle a laissé un numéro où la joindre ? ... Non ?

Il s'énerva.

- Qu'est-ce que c'est que cette histoire ? Et d'abord, tu lui as dit de m'appeler ?... Non. Elle ne l'a pas fait... Elle va m'entendre.

Il regarda Aurore en levant les yeux au ciel.

- Mais je me fiche de ce qu'elle fait. Ce que je veux, c'est qu'on puisse la joindre en cas de besoin. Enfin, Lila, c'est quand même toi qui étais inquiète, l'autre fois, et qui m'a fait téléphoner à Isabelle... Mais non, je ne m'énerve pas. Franchement les femmes, vous êtes compliquées... C'est ça. Au revoir.

Il raccrocha rageusement.

- Qu'est-ce qui se passe ? demanda Aurore doucement.

- Ma mère a téléphoné. Elle était en Grèce. Ça fait un mois qu'on n'a pas de nouvelles d'elle et elle redisparaît sans laisser de numéro où la joindre. Je comprends qu'elle ait préféré appeler Lila que moi.

- Elle revient bientôt ?

- Aucune idée. Elle peut aussi bien rentrer demain que dans un mois. Je me demande ce qui lui prend d'agir ainsi ?

Aurore se leva.

- Je vais prendre une douche. Ensuite, je vais en ville.

Alex émergea de ses pensées.

- Qu'est-ce que tu vas faire en ville ?

- Rien de spécial. Me promener.

- Reste avec moi. On peut aller sur la côte, si tu veux.

Elle secoua la tête et détourna les yeux. Cette envie de fuir...

- Non. J'ai envie de bouger. D'être seule.

Alex la regardait, l'air sombre.

- Tu n'oublies pas que Gégé et Sophie viennent ce soir vers 19 heures.

- Non, non.

Aurore roula un moment sans but puis prit la direction de La Baule. Elle était consternée. Pauline Brenner allait revenir. Elle ne pouvait plus continuer ainsi. A sursauter à la moindre sonnerie de téléphone, à craindre une arrivée impromptue. Ce n'était pas possible. Il fallait qu'elle parle à Alex, qu'elle se sorte de cette nasse dans laquelle elle s'était enfermée. A moins qu'elle n'aille voir cette femme à son retour ? Peut-être souhaitait-elle se taire. Mais ce n'était pas la solution. Elle devait tout raconter à Alex. Comment lui dire ?

En arrivant sur la côte, elle passa devant la Villa Anthéa. Cette femme était-elle déjà de retour ? Apparemment non, sa voiture n'était pas devant la maison.

On approchait des vacances et il y avait du monde sur les plages. Aurore s'arrêta à celle de Bonne Source entre Sainte-Marguerite et La Baule. De jolies villas anciennes offertes au soleil bordaient la plage jonchée de coquillages. La mer était basse. Après avoir marché longuement sur les rochers, elle revint sur le sable et s'allongea, les yeux perdus dans l'immensité du ciel.

Quand elle émergea de sa rêverie, elle regarda sa montre et fit un bond. 19 heures 20. Le temps de rentrer, il serait plus de 20 heures. Gégé et Sophie devaient être arrivés et Alex allait être furieux. « Il va m'étriper », songea-t-elle avec un mélange d'anxiété et d'indifférence.

Des enfants avaient construit des châteaux de sable, tout près de l'eau. Bientôt, ils seraient emportés par la mer comme les rêves par la vie.

Elle remonta en voiture et reprit la direction de Nantes. Durant le trajet, elle se demanda ce qu'elle allait bien pouvoir raconter. En arrivant en bas de l'appartement, une brusque inquiétude l'envahit. Quelle allait être la réaction d'Alex ? Gégé et Sophie étaient là, heureusement, songea-t-elle en voyant leur voiture.

Sur le palier, elle hésita, respira comme on prend son élan et ouvrit la porte. Elle fit irruption dans le salon.

- Ah, Aurore ! Te voilà ! fit Sophie.

Elle croisa le regard d'Alex qui la fixait, impénétrable.

- Où étais-tu ? demanda Gégé. Tu as eu des ennuis de voiture ?

- Hein ? Heu, non.

- Enfin, Aurore, où étais-tu passée ? On commençait à se poser des questions.

- Laisse, Gégé, fit Alex d'un ton calme.

Aurore se sentit mal à l'aise. Il était froid et plus inquiétant que s'il s'était mis en colère.

Elle s'assit en face de lui.

- Je suis désolée. J'ai été retardée.

Il ne répondit pas. Elle se leva et se servit un verre de martini. Alex écoutait Gégé qui parlait de bateau.

Aurore se tourna vers Sophie.

- Qu'est-ce que vous faites après ? Vous restez dîner avec nous ?

Elle n'était pas pressée de se retrouver seule avec Alex et espéra les retenir, le temps que les choses se calment.

- C'est à dire qu'on doit récupérer Anthony. C'est ma mère qui le garde. Une autre fois, Aurore.

Sophie avait l'air désolé.

- Je vais chercher d'autres glaçons, fit Aurore en se levant.

Sophie la suivit dans la cuisine.

- Où étais-tu ? demanda-t-elle en baissant le ton.

- Qu'est-ce qu'il a dit, Alex ?

- Rien, mais il commençait à s'inquiéter. Tu aurais pu avoir un accrochage. Où étais-tu ?

- Je suis allée faire un tour sur la côte. Je n'ai pas fait attention à l'heure.

Sophie fit un effort pour ne pas paraître sceptique. « Même elle ne me croit pas », songea Aurore. Elle dit brusquement.

- Ecoute, Sophie. Je peux te voir demain après-midi. Il faut que je te parle.

- De quoi s'agit-il ?

- Je voudrais te dire quelque chose. Je peux passer demain ?

Elle passa sa main sur son front brûlant.

- J'ai besoin que tu m'aides. Je ne sais plus où j'en suis.

Sophie la regardait, à la fois inquiète et intriguée.

- Rien de grave ?

Aurore eut un geste indéfini.

Elles retournèrent dans le salon. L'ambiance était tendue. Vers 21 heures, Gégé et Sophie prirent congé. Aurore les raccompagna à l'ascenseur tandis qu'Alex restait près de la porte d'entrée. Quand elle revint, il était retourné dans le salon.

Aurore qui craignait qu'il ne lui tombe dessus et lui demande des explications, se trouva décontenancée. Elle hésita sur la conduite à tenir et alla à la porte-fenêtre qu'elle ouvrit. L'air était d'une infinie douceur et le ciel constellé d'étoiles.

Elle revint vers Alex qui avait pris une revue. Le silence s'épaississait entre eux. Elle finit par s'asseoir près de lui.

- Alex, je suis désolée. Je ne voulais pas être en retard. Je n'ai pas fait attention à l'heure.

Il la scruta.

- On peut savoir où tu étais ?

Elle ne répondit pas tout de suite.

- Tu devrais me dire de partir. Ce serait plus simple.

Il jeta la revue qu'il tenait sur la table basse et explosa.

- Mais enfin, qu'est-ce que c'est que cette histoire ? Les choses sont simples pourtant. Si tu ne veux pas rester, tu peux partir, je ne te retiens pas prisonnière. Mais enfin je serais curieux de savoir pourquoi.

Elle éclata en sanglots. Alex l'obligea à le regarder.

- Qu'est-ce qui ne va pas ?

Il semblait perplexe.

- Si c'est à cause de Valérie, franchement, tu pourrais avoir confiance.

- Mais ça n'a rien à voir avec Valérie. Et puis toi non plus, tu n'as pas confiance en moi.

- Aurore. Si tu me dis que je peux avoir confiance en toi, j'aurai confiance. C'est simple, il suffit que tu me le dises.

Elle détourna la tête et il se mit en colère.

- Enfin, Aurore, ce n'est pas compliqué. Qu'est-ce qui t'empêche de me le dire?

Elle le regarda sans répondre. Il se leva, furieux.

- Aurore, j'aimerais savoir. Est-ce qu'il y a un autre homme ?

Elle répondit aussitôt.

- Un autre homme ? Non. Pas du tout.

Il était près de la fenêtre et lui tournait le dos. Elle n'avait pas songé qu'il puisse se poser pareille question.

Elle s'approcha de lui et mit ses bras autour de sa taille. Il se retourna. Elle dit sans le regarder.

- Je voudrais partir loin.

Alex la dévisagea.

- Loin de quoi ?

- Un soir, sur la terrasse de mon studio, tu m'as dit que tu pouvais m'emmener loin.

Il resta un moment silencieux puis l'écarta.

- Ecoute. Cet après-midi, Lila m'a donné une idée. On va aller en Grèce passer une semaine ou deux. C'est un pays que je connais bien. Ma mère m'y emmenait tous les ans quand j'étais enfant. Elle y avait des amis qui étaient pour moi comme de la famille. Je serais heureux de les revoir. Et peut-être que tu as raison, ça nous fera du bien de partir. D'accord ?

Aurore réfléchissait. Pauline Brenner venait de rentrer de Grèce. Ainsi, elle ne risquait donc pas de l'y rencontrer. Mais elle ne pourrait pas toujours fuir ainsi. Alex allait l'emmener dans ce pays que sa mère lui avait fait aimer et lui parlerait sûrement d'elle. Etait-ce raisonnable de marcher sur les traces de cette femme ? Tenait-elle vraiment à en entendre parler ? Depuis qu'elle était avec Alex, Aurore détournait toujours la conversation quand il en était question. Elle n'était pas avec lui pour le faire parler.

Ce séjour en Grèce lui laisserait un répit. Le temps de lui parler, de trouver le moyen et le courage de lui dire. Et puis le lendemain, elle voyait Sophie. Parler avec elle l'aiderait sûrement à y voir plus clair. Elle aurait même dû y penser plus tôt.

Il était tout près d'elle. Elle ferma les yeux et posa son front sur son torse. Ses muscles tendaient le tissu de sa chemise. Elle eut un accès de découragement.

- Nous deux, ça ne marchera jamais.

Il la serra contre lui.

- Mais si, ça marchera, nous deux. Tu verras. On vivra jusqu'à cent ans. Et plus tard, quand on sera vieux, on se battra à coups de cannes.

Elle sourit et enfouit son visage dans son cou. Il resserra son étreinte. Il aimait cette femme à la folie. Il fallait qu'elle reste. Il ne pourrait pas supporter de la perdre.

Le lendemain, le temps était orageux. En début d'après-midi, elle arriva chez Sophie qui l'attendait. A Nantes, Gégé et elle habitaient un appartement près du Jardin des Plantes et leurs fenêtres donnaient sur les serres contenant les arbres exotiques.

Sophie la fit entrer dans le salon, elle avait l'air inquiet.

- Qu'est-ce qui se passe, Aurore ?

Elle respira à fond. Elle était oppressée.

- On peut ouvrir la fenêtre ?

- Oui. Bien sûr.

Sophie fit coulisser un des battants tandis qu'Aurore s'asseyait sur le canapé.

- Il faut que je te dise quelque chose, quelque chose que je ne t'ai pas dit. Je ne savais pas comment.

Elle semblait chercher ses mots.

- Je ne suis pas revenue à Nantes par hasard.

Sophie la regardait avec attention. Aurore se mit à parler lentement. Au fur et à mesure qu'elle parlait, les yeux de Sophie s'agrandissaient d'étonnement. Quand Aurore eut fini, elle dit :

- Ce n'est pas possible.

- Oui. Je sais que c'est incroyable.

Elle répéta :

- C'est impossible. C'est une histoire insensée.

- J'aurais dû t'en parler plus tôt mais comme tu dis, c'est tellement insensé...

- Tu es sûre de tout ça ? insista Sophie. C'est peut-être une erreur. Un homonyme.

- Brenner n'est pas un nom très répandu dans la région.

Sophie resta silencieuse un moment. Aurore sentit qu'elle avait du mal à assimiler.

- Tu as essayé de la voir ? De lui parler ?

De nombreuses questions brûlaient ses lèvres.

- Oui. J'ai téléphoné une fois, au début que j'étais à Nantes. Elle n'était pas là. Et puis, une autre fois, j'y suis allée, elle venait de partir...

Elle se tut un instant puis dit :

- Lila a téléphoné à Alex, hier, pour dire qu'elle avait appelé. Elle va sans doute revenir.

Sophie la regarda.

- Parles-en à Alex, Aurore ! N'attends pas. Tu te rends compte s'il apprenait ça par quelqu'un d'autre ?

- Oui. Je sais. J'aurais dû lui parler au début. Je ne sais pas comment lui dire.

- Comme à moi ! Parle-lui. Il comprendra. Après tout, tu n'es pas responsable de tout ça.

- J'ai trop attendu.

- Oui. Mais il n'est pas trop tard.

- Peut-être que cette femme ne tient pas à ce que tout ça se sache.

- Peu importe ce qu'elle veut ! Ce qui compte, c'est Alex et toi. Tu ne peux pas lui cacher ça.

Aurore réfléchissait. Elle se sentait mieux. Finalement, ce n'était pas si difficile de parler. Sauf que Sophie et Alex, c'était différent.

- On doit partir en Grèce après-demain.

- Oui. Eh bien, n'attends pas d'être en Grèce ! Parle-lui dès ce soir.

Elle resta silencieuse.

Quand Anthony se réveilla de sa sieste, elles allèrent faire une promenade au Jardin des Plantes. Elles parlèrent encore mais Sophie en revenait toujours au même point. Tout dire le plus rapidement possible à Alex.

Quand elles rentrèrent, Gégé était déjà arrivé. Aurore regarda sa montre.

- Je ne reste pas. Sinon, Alex va m'attendre.

Sophie la fixa.

- N'oublie pas...

Gégé la raccompagna à la porte et dit brusquement.

- Ecoute, Aurore, ça ne me regarde pas, mais...

Elle se retourna, surprise. Il la regardait avec un sérieux inhabituel.

- Alex tient à toi, tu sais. Hier soir, il était inquiet.

- Oui, je sais. Je n'ai pas fait exprès d'arriver en retard.

- Ecoute, Aurore, je ne l'ai pas souvent vu avec une femme comme il est avec toi. Bon, c'est vrai, il est un peu possessif. Et méfiant. Il a toujours été comme ça. A mon avis, c'est un peu à cause de sa mère. Quand il était gosse, elle partait souvent sans dire où elle allait. Même elle, qu'il a toujours considérée comme la plus douce des femmes... Tiens compte de ça. Essaie de ne pas le faire disjoncter.

Aurore regarda Gégé, puis Sophie qui les avait rejoints dans l'entrée, et dit :

- Sophie t'expliquera.

Alex s'adossa à son fauteuil et regarda sa montre. 19 heures. Aurore avait tenu à passer chez Sophie avant de partir en Grèce et n'était toujours pas rentrée.

Le téléphone sonna et il décrocha. C'était sa tante, la sœur de son père.

- Bonjour, tante..... Oui. Ça va. Ah, ça y est ! Tu t'es décidée à vendre ces terrains ? ... Ma signature. Oui, ce n'est pas un problème... Quand ? La semaine prochaine, ce n'est pas possible. Je pars en Grèce après-demain... Demande à ton notaire de te fixer un rendez-vous demain... Mais si, il peut. Avec tous les honoraires que tu lui laisses, il peut bien te prendre entre deux... Comment ça, il n'est pas à ma disposition ? Non, mais je rêve. Ecoute, tu te débrouilles comme tu veux, moi je signe demain ou je ne signe pas.

Il raccrocha brutalement et se leva. En sortant, il tomba sur Aurore qui arrivait et avait entendu les éclats de voix.

- Qu'est-ce qui se passe ? demanda-t-elle.

Il avait l'air à cran et se dirigea vers le hall de réception. Elle s'accrocha à son bras.

- Alex, je voudrais te parler.

Il s'arrêta et la regarda.

- Qu'est-ce que c'est encore ?

- C'est important.

- Ecoute, j'espère que ce n'est pas une histoire à dormir debout.

Elle sentit sa détermination faiblir. Il valait mieux qu'elle attende, en effet. Il n'était pas exactement dans l'état d'esprit idéal pour entendre ce qu'elle avait à dire.

- Qu'est-ce qui ne va pas ? demanda-t-elle.

- Des conneries ! Ma tante a besoin de ma signature dans deux jours pour une histoire de terrain qu'elle s'est enfin décidée à vendre. Je lui ai dit que je partais en Grèce et elle est furieuse. Son notaire n'a qu'à fixer un rendez-vous demain.

- Tu ne peux pas lui faire une procuration ?

- Tu veux rire ! Elle est capable de tout fourguer. Et même pas au plus offrant !

Elle sourit.

- Ce n'est pas grave.

Il paraissait vouloir entretenir sa mauvaise humeur.

- C'est une emmerdeuse comme 99 pour cent des femmes que j'ai rencontrées.

Elle se demanda sans grande conviction s'il la classait dans les 1 pour cent restants.

- Tu étais où ? demanda-t-il.

- Chez Sophie.

- Qu'est-ce que vous pouvez bien avoir à vous dire des après-midi entiers ?

Elle prit son bras et l'entraîna sur la terrasse.

- On va passer la soirée tous les deux. Il faut que je te parle.

- Je te signale, au cas où tu aurais oublié qu'on doit voir Edith et Xavier. C'est toi qui leur as dit.

- Ah oui, c'est vrai !

Il la scruta.

- Qu'est-ce que tu voulais me dire ?

Il semblait calmé brusquement mais Aurore préféra attendre. La situation ne lui paraissait pas propice à des révélations.

- Rien d'important.

- Tu m'as dit le contraire, tout à l'heure.

Elle soupira. Il ne lui facilitait pas les choses. Pas étonnant qu'il considère les femmes comme des emmerdeuses.

- Plus tard...

Elle lâcha son bras et sortit dans le jardin menant à la piscine. Un accès de chagrin la submergea. Un chagrin qui venait de loin. Le soleil rougeoyait sur l'horizon mais elle était fermée à la beauté des choses, de ce soir à la lumière unique qu'elle ne reverrait pas. Elle avait perdu le goût d'aimer, de savourer. « Je n'arrive plus à être heureuse. » songea-t-elle.

38

L'avion survola le golfe de Saronique et la côte d'Apollon avant de se poser à Athènes. Il faisait chaud, pas loin de 40 degrés, sûrement, mais Aurore se sentit tout de suite bien en posant le pied sur le sol grec. Enfin, elle était loin. De tout.

A l'aéroport, Alex loua une voiture et chargea leurs bagages dans le coffre.

- Où allons-nous ? demanda Aurore.

Elle ne s'était pas encore posé la question. Elle se laissait entraîner.

- Je t'emmène au cap Sounion. C'est un des endroits de Grèce que je préfère. J'y ai passé toute mon enfance. On tombe mal, c'est la saison où il y a le plus de monde.

Il sortit de la ville et prit la route côtière. La mer se déroulait tout le long, dans la lumière éclatante de l'après-midi. Alex parlait avec un élan contenu.

- J'ai toujours aimé ce pays. Nous y avions des amis. Ça fait au moins dix ans que je ne les ai pas vus.

- C'est chez eux que nous allons ?

- Non, j'ai loué une petite maison sur la côte. Mais on ira les voir.

Ils arrivèrent dans un petit village un peu en retrait de la route et Alex prit un petit chemin étroit et poussiéreux qui montait sur une hauteur. Arrivé là-haut, il s'arrêta devant une petite maison crépie de blanc.

- C'est ici ?

Il acquiesça et ouvrit la porte. L'entrée donnait sur une grande pièce confortable prolongée par une loggia.

- Viens voir, dit Alex doucement.

Il ouvrit la porte-fenêtre et sortit sur le balcon. Aurore le rejoignit. De la hauteur où ils étaient, elle apercevait la route côtière longeant la baie que surplombait, au loin, un promontoire sur lequel se découpaient, blanches sur le ciel d'un bleu profond, les colonnes d'un temple.

Aurore regarda Alex et s'appuya contre lui.

- C'est le temple de Poséidon, dit-il. On ira en fin d'après-midi, quand les gens commenceront à partir.

Ils restèrent un long moment appuyés à la rampe sans parler.

Alex finit par se redresser et l'entraîna à l'intérieur. Il faisait bon dans la maison. Les murs épais réussissaient à conserver la fraîcheur.

- En attendant, allons nous baigner. Il y a des petites criques le long de la côte.

Ils passèrent l'après-midi dans l'eau et sur une petite plage. En fin d'après-midi, ils prirent la direction du cap. Le soleil déclinait et quand ils arrivèrent, les colonnes étaient dorées dans la lumière plus douce.

Des gens redescendaient du site et elle sourit à Alex. Arrivée en haut, elle embrassa le temple du regard, ainsi que le paysage derrière. Au large, un long bateau blanc était mouillé, doucement immobile. Elle s'assit sur un bloc de marbre. Le soleil jouait entre deux colonnes. Toute cette lumière... C'était comme un éblouissement. Aurore ferma les yeux, comme pour s'imprégner de ce paysage, de cet endroit qui semblait détenir tous les secrets du monde.

Elle se tourna vers Alex qui la regardait. Il vint s'asseoir derrière elle et elle s'adossa contre lui. Dans cet endroit sublime, suspendu entre ciel et mer, noyé de douceur et de lumière, elle fut surprise d'éprouver un bonheur insensé.

Ils passèrent quelques jours dans le petit village près de Sounion puis Alex lui fit visiter Athènes, Delphes, l'Argolide, tout en essayant de l'y emmener aux moments où il y avait le moins de monde possible. Le matin, très tôt ou en fin d'après-midi. Il en parlait avec retenue et Aurore comprit que sa mère devait aimer ce pays et qu'il essayait de le lui montrer comme elle avait su le faire.

Malgré cette idée, elle était bien, attentive à chaque sensation s'imprimant en elle. Elle était loin. Avec cet homme qui l'entraînait. Loin de tout, repoussant le moment de parler, y songeant à peine tant elle avait l'impression que ce séjour ne finirait jamais.

La deuxième semaine, Alex loua un bateau pour lui faire visiter les Cyclades. La mer Egée étincelait de lumière et de beauté. Il leur arrivait de mouiller à l'abri du vent et de dormir à bord, bercés par le mouvement de la mer ou, dans certaines îles peu fréquentées, de descendre dans de petits hôtels tous simples.

Un soir, Aurore était appuyée au rebord de la fenêtre donnant sur la plage du village et regardait deux petits vieux assis sur un banc.

- On est bien, murmura-t-elle. C'est la vraie vie. Finalement, on peut se passer de beaucoup de choses.

Alex sourit.

- Heureux de te l'entendre dire. C'est toujours rassurant, une femme qui a vraiment des goûts simples.

- Mais certainement. J'aime ce qui est beau mais je peux vivre sans, du jour au lendemain.

- Ah ?

- Oui. Je veux dire par là que je peux me passer de beaucoup de choses qui ne sont pas essentielles.

- Et qu'est-ce qui est essentiel à tes yeux ?

Elle se retourna et énuméra.

- Des livres, la mer... et toi.

Elle parut réfléchir.

- Même sans livres, du moment que j'ai la mer et toi...

Puis elle ajouta, brusquement, dans un sourire.

- Finalement, du moment que je t'ai.

Alex dit avec ironie.

- Rien que pour entendre ça, je ne regrette pas d'être venu.

Vers la fin de la semaine, Alex s'arrêta dans une petite île et dit :

- Ce soir, je t'emmène chez des gens que tu vas sûrement aimer.

Ils mouillèrent le bateau dans le petit port situé au nord de l'île et remontèrent à pied jusqu'au village.

Le soir tombait quand ils arrivèrent devant une maison perdue dans la verdure. Des exclamations les accueillirent au moment où ils franchissaient le portail et Aurore se retourna. Un homme fonçait sur eux et serra Alex dans ses bras.

- Alex ! Ça fait tellement longtemps.

Aurore fut surprise de voir Alex éprouver une émotion inhabituelle. Il finit par s'écarter et embrassa la femme qui venait d'arriver sans faire de bruit.

- Théo, Maria, voici Aurore.

Tous deux se tournèrent vers elle en même temps et elle sourit.

Théo avait dépassé la soixantaine. Mat de peau, les traits burinés, il émanait de lui une force, une puissance trouble et chaleureuse à la fois. Maria paraissait plus jeune. Quarante-cinq, cinquante ans. Racée. Elle observait Aurore avec curiosité et une certaine réserve.

Théo s'approcha d'elle et l'embrassa avec élan.

- Bienvenue chez nous, Aurore. Alors, n'est-ce pas que la Grèce, c'est le plus beau pays du monde ?

Aurore sourit.

- Je ne sais pas. En tout cas, c'est un pays où je crois que je pourrais vivre.

Théo parut satisfait de la réponse. Il les entraîna sur la terrasse suspendue au-dessus d'un jardin d'où montaient des senteurs violentes de fleurs chauffées au soleil.

Maria leur servit un ouzo. Théo parlait avec force geste.

- Ça fait plus de dix ans, Alex. Je suis vraiment content de te voir. Vous êtes en Grèce depuis longtemps ?

- J'ai loué une maison à Sounion une semaine puis nous avons visité les îles.

- Ah, Sounion ! J'aurais dû me douter. Toute ton enfance. Vous y veniez tous les ans. Ta mère adorait cet endroit.

Alex sourit.

- Et toi, tu as fait faire à Aurore le même parcours ?

- A propos, dit Maria brusquement, comment va Pauline ? Nous ne l'avons pas vue cette année.

Alex la regarda, surpris.

- Je croyais qu'elle était là, la semaine dernière ?

Théo releva la tête.

- Qu'est-ce que tu racontes ? On ne l'a pas vue.

- Pourtant Lila m'a dit qu'elle avait téléphoné et qu'elle avait passé quelques jours chez vous.

Théo et Maria se regardèrent puis fixèrent Alex avec étonnement.

- A vrai dire, reprit Alex, elle n'est toujours pas rentrée et ça fait un moment qu'on ne l'a pas vue. Jusqu'à la semaine dernière, on ne savait même pas où elle était.

- Ah ? fit Maria.

- Oui. Elle a disparu près d'un mois sans dire où elle allait.

- Elle le fait souvent, ça.

- Pas si longtemps. Et puis, elle téléphone et elle ne raconte pas d'histoires.

Alex avait l'air soucieux brusquement.

Aurore revint brusquement à une réalité qu'elle avait occultée, ces derniers temps. Un court instant, elle souhaita que cette femme ne revienne jamais puis se sentit brusquement terrifiée, comme si le seul fait de penser ça, puisse la faire disparaître.

- Elle a peut-être quelqu'un dans sa vie, dit Théo.

- Oui. J'y ai pensé.

- Après tout, dit Maria. Elle est toujours très belle.

Alex restait songeur.

- Allez, fit Théo, elle a sûrement une bonne raison. Tu sais comment sont les femmes. Venez. Allons voir ce que Maria nous a préparé.

Ils rentrèrent à l'intérieur. La maison était chaleureuse. Ils s'installèrent dans la salle à manger.

Maria les regarda.

- Vous allez bien rester encore quelques temps. Costa se marie dans dix jours. Aurore pourrait assister à un mariage grec.

Alex eut l'air désolé.

- Non. Dix jours, ce n'est pas possible. Il va falloir que je rentre bientôt.

Aurore le regarda.

- Pourquoi ? On est bien, ici.

- Je ne peux pas, Aurore. J'ai un certain nombre de choses à voir à Nantes.

Devant Théo et Maria, elle n'insista pas.

Ils passèrent une soirée agréable et plus tard dans la nuit, Maria leur proposa de rester dormir. Alex accepta avec plaisir. Théo leur montra leur chambre qui donnait sur un petit jardin et les embrassa pour leur souhaiter une bonne nuit.

Alex resta un moment silencieux après que Théo fût parti. Aurore se rapprocha de lui. Il avait l'air sombre.

- Pourquoi on ne reste pas dix jours de plus ?

Il se retourna et dit :

- On ne peut pas rester indéfiniment.

Elle hésita.

- C'est à cause de ta mère que tu veux rentrer ?

Il la regarda avec lassitude.

- Je croyais que tu ne tenais pas à ce qu'on parle de nos familles respectives.

Elle ne répondit pas tout de suite.

- Ce soir, je veux bien. Si tu veux.

Il était trois heures du matin, il avait trop fumé et se sentait épuisé à l'idée de parler. Les femmes avaient le chic pour vouloir discuter quand vous étiez lessivés. Il s'allongea sur le lit.

- Une autre fois...

39

Plus tard, Alex sortit dans le jardin. Aurore s'était endormie mais lui n'arrivait pas à trouver le sommeil. La nuit était tiède. Il restait là, respirant l'air fluide et odorant tandis que des souvenirs remontaient à la surface. Enfant, il avait passé des nuits dans ce jardin à imprimer sa mémoire de moments qu'il pressentait qu'il ne retrouverait pas.

C'est Pauline qui lui avait fait connaître la Grèce et Théo et Maria qu'elle adorait et considérait comme sa famille. Où était-elle maintenant ? Pourquoi avait-elle menti à Lila ?

La première fois qu'il avait rencontré Pauline, c'était à la clinique de son père. Il avait dix ans et venait d'être opéré de l'appendicite. Il s'ennuyait dans sa chambre, de cet ennui familier des enfants uniques. Un après-midi, il s'était aventuré dans le couloir. La porte d'une chambre était entrouverte et il avait aperçu une jeune femme brune et lisse plongée dans une rêverie douloureuse. Elle était très pâle et portait une chemise de nuit avec de longues manches bouffantes blanches qui accentuaient le contraste entre sa peau et ses cheveux. Elle avait quelque chose de désincarné et il était resté la regarder sans bouger. Elle avait fini par le remarquer dans l'embrasure de la porte et balayant les ombres qui la cernaient, lui avait fait signe d'approcher.

- Pourquoi tu es là ? avait-il demandé. Tu es malade ?

Elle l'avait regardé avec un chagrin secret dans les yeux.

- Tu veux des chocolats ? avait-elle répondu en montrant une boîte près d'elle.

Il avait fait signe que oui et s'était avancé.

- Comment t'appelles-tu ? avait-elle dit.

- Alex. C'est quoi, ton livre ?

- Un livre sur la Grèce. Tu connais la mythologie grecque ?

Oui, il connaissait. Elle avait souri comme s'il y avait une connivence entre eux et avait parlé longuement. A un moment, elle avait parlé de destin, de tragédie et de fatalité. De présages aussi. Il y avait quelque chose qu'il n'avait pas compris, mais elle avait une voix douce et au bout d'un moment elle l'avait regardé comme si elle cherchait quelque chose dans ses yeux.

- Tu aimes lire ? avait-elle demandé.

- Oui. Chez moi, je m'ennuie.

- Pourquoi ? Tu n'as pas de frères ou de sœurs ?

- Non.

Elle le regardait avec douceur.

- Remarque, je ne suis pas souvent chez moi.

- Ah bon ? Pourquoi ?

- Je suis en internat. Et les vacances, je les passe chez ma tante.

Elle avait eu l'air triste de nouveau.

- Tu sais, je suis bien à l'internat.

Elle le fixait avec une sorte de tendresse. C'était une sensation chaude et agréable, un moment inhabituel et presque magique. Il s'était assis au pied du lit et ils avaient parlé longuement.

Jusqu'à ce que son père arrive, droit dans sa blouse blanche.

- Qu'est-ce que tu fais là, Alex ? Je te cherche partout. Excusez-le, Pauline. Je ne veux pas qu'il dérange les malades.

Alex avait eu un regard fier et Pauline avait senti l'hostilité entre le père et le fils, et derrière le calme apparent de cet enfant qui la considérait avec intérêt, l'insoumission qui ne ferait que croître. Il regardait son père avec une froideur hautaine et elle était intervenue d'un ton ferme.

- Laissez-le. C'est moi qui lui ai dit d'entrer. C'est votre fils ?

- Oui.

- Il est très beau. Et intelligent.

- C'est surtout une forte tête.

- J'aime bien les enfants qui ont du caractère. Tu reviendras me voir, Alex ?

Il avait acquiescé et s'était levé.

- C'est promis ? avait-elle insisté.

- Viens me voir, toi. Ma chambre est au bout du couloir.

Déjà, il savait contourner les obstacles, subtilement, mais sans s'opposer ouvertement. Un jour viendrait où il le pourrait et il le savait. Ce n'était qu'une question de temps et il n'était pas pressé.

Le lendemain, il avait attendu. Assez longtemps. Au bout d'un moment, il était allé à la porte de Pauline et avait frappé. Son visage s'était éclairé en le voyant.

- C'est toi, Alex, entre.

Il restait là, le visage impassible.

- Non. Toi, viens.

Elle avait souri, Avec des airs de complots, elle avait suivi Alex dans sa chambre et s'était assise sur son lit. A un moment elle avait ouvert la fenêtre. C'était en décembre et il faisait frais. Pauline avait scruté le ciel, attentive et frémissante.

- Tu sais l'origine du mot sinistre, Alex ? avait-elle murmuré.

Il l'avait regardée sans comprendre. Elle semblait plongée dans un songe douloureux.

- Ça vient du latin sinister qui veut dire gauche. Et tu sais pourquoi ?

Alex avait fait signe que non.

- Tu sais comment les anciens faisaient dans l'antiquité pour prévoir l'avenir ? Ils étaient attentifs aux présages. Quand ils voulaient entreprendre quelque chose, ils attendaient que viennent les premiers oiseaux. S'ils venaient de droite, le présage était bon et les choses devaient bien se passer. S'ils venaient de gauche...

Elle avait fait un signe exprimant la fatalité. Alex l'avait regardée. Elle était différente des gens qu'il avait l'habitude de rencontrer.

- Et tu crois que ça marche, toi ? avait-il demandé.

- Quoi ?

- Le truc des oiseaux ?

Elle avait dit avec amertume.
- Quand on y croit, oui.
Et puis son père était arrivé de nouveau, l'air inquiet.
- Vous êtes là, Pauline. Nous vous cherchions.
Il avait avisé la fenêtre ouverte.
- Mais vous êtes malades tous les deux ! Vous allez attraper froid.
Il s'était précipité pour fermer la fenêtre, et Pauline avait regardé Alex qui s'était retenu de rire. Son père ne se décidait pas à partir.
- Vous restez là, Pauline ?
- Oui, je suis bien, ici.
Devant l'air irrité de Richard Brenner, elle avait ajouté d'un ton ferme.
- Sérieusement, docteur, je suis bien ici.

Pauline et Alex avaient passé les deux jours suivants ensemble. L'après-midi, ils sortaient dans le parc pour de longues balades et ils parlaient. Le troisième jour, elle était arrivée dans sa chambre, vêtue d'un tailleur clair.
- Je suis venue te dire au revoir, Alex.
- Tu t'en vas ?
- Oui. Je suis... guérie.
Il était resté là, pris de court. Il avait voulu lui dire de revenir le voir mais il s'était tu. Elle l'avait regardé avec tristesse et l'avait serré dans ses bras. Elle était douce et parfumée.
- Tiens je te laisse mes chocolats, avait-elle dit en posant deux boîtes sur le lit.
Il avait remercié en hochant la tête. Des chocolats...
- Au revoir, Alex.
Son parfum avait flotté un moment dans la pièce puis s'était évanoui, comme elle. Il s'était approché de la fenêtre. Il s'était rappelé l'histoire des oiseaux et l'avait ouverte. Est-ce qu'il la reverrait ? Il avait attendu. Longtemps. Aucun oiseau n'était passé. C'était en décembre et le ciel était gris.

Alex avait ensuite réintégré la pension. Quelques mois plus tard, alors que le souvenir de Pauline s'était estompé, un surveillant était venu le chercher. C'était un dimanche et la plupart des enfants étaient partis pour la journée avec leurs parents.
- Il y a quelqu'un dans le bureau du directeur qui veut te voir.
Quelqu'un ? Personne hormis son père ou sa tante ne venait ici et il avait ressenti de la méfiance.
Dans le bureau, il était resté stupéfait en reconnaissant Pauline. Elle était là, souriante et un peu attendrie. Elle l'avait embrassé devant le directeur subjugué par son aisance.
- Cet enfant est très intelligent, avait-elle dit.
- Certainement. Un peu forte tête, aussi.
Elle avait regardé Alex avec une lueur complice dans les yeux.
- Je vois qu'il fait l'unanimité, avait-elle dit avec un sourire irrésistible et le directeur perplexe n'avait pas osé la contredire.

- Vous permettez que je l'emmène ?

- C'est que...

- N'ayez crainte. Je n'ai pas l'intention de l'enlever, avait plaisanté Pauline avec une ironie souriante.

Le directeur, habituellement imbu de son autorité, avait bredouillé.

- Bien sûr. Ce n'est pas ce que je voulais dire.

- Bon. Je le ramène ce soir.

Alex l'avait regardée avec curiosité. Elle semblait posséder un pouvoir inattendu sur les choses et les gens.

Dans la voiture, elle lui avait demandé en souriant.

- Veux-tu qu'on aille à La Baule ?

Il avait accepté avec enthousiasme. Là aussi, le printemps approchait comme une fête et déroulait des senteurs nouvelles et fulgurantes. Ils avaient traversé les pins, descendu l'allée cavalière. Sur le remblai, Pauline avait garé la voiture. La plage humide et découverte miroitait sous le soleil et ils avaient marché longuement.

Les gens qui les croisaient leur jetaient des regards distraits. Ils devaient les prendre pour une mère et son fils, avait songé Alex et l'idée lui avait plu. Le soir, à l'internat, il dirait que sa mère était venue le voir. Il ferait promettre à Pauline de revenir. Elle le regardait comme s'il était son fils. C'est du moins ainsi qu'il imaginait qu'une mère regarde son enfant.

Brusquement Pauline s'était arrêtée.

- Il faut que je te parle, Alex.

Elle était grave et il avait senti comme une menace. Elle avait plongé son regard dans le sien.

- Alex, ton père m'a demandé de l'épouser.

La déception avait été amère. C'était ça ! Et son père ne venait même pas lui en parler lui-même. Pauline avait continué.

- Alex, je voudrais savoir si ça te plaît ou non ?

Il n'avait rien répondu. Elle avait senti l'orgueil blessé du jeune garçon et lui avait pris la main.

- Dis-moi si ça te ferait plaisir.

Elle l'avait regardé avec attention et en même temps un certain détachement, comme si elle-même n'était pas sûre de le vouloir, ce qui avait eu pour effet de déconcerter Alex qui ne savait plus s'il devait refuser avec obstination ou la retenir, l'empêcher de disparaître à nouveau. Car il sentait confusément que ça dépendait de lui. Son père le savait-il, que ça dépendait de lui ?

- Bien entendu, il n'est pas question que tu restes en pension. Tu viendrais habiter avec nous et tu pourrais faire de l'équitation, de la voile.

Il l'avait regardée, impénétrable. Il avait songé que Pauline serait à lui, s'il acceptait. Elle serait sa mère et il veillerait à ce qu'elle n'aime que lui. Lui, il aurait pour elle un amour exclusif. Il avait dix ans, c'était beaucoup d'années d'enfance enfuies.

- J'aimerais assez faire de l'équitation, avait-il simplement répondu d'un ton détaché mais Pauline avait souri.

- Tu sais, j'en fais depuis que j'ai ton âge.

Elle avait eu l'air amusé. Il avait songé que la vie allait être quelque chose quand elle serait devenue sa mère.

Le soleil déclinant les enveloppait d'une lumière douce et chaude.

- J'aime bien La Baule, avait dit Pauline, l'air rêveur.

Elle avait semblé détendue, presque gaie. Plus tard, elle l'avait emmené dans le Parc des Dryades et ils avaient marché dans la lente harmonie du soir.

- J'aime bien les parcs, avait murmuré Pauline. C'est lisse et calme... Et presque apaisant.

A l'approche de la nuit, une ombre semblait descendre sur elle.

- Moi aussi, j'aime bien La Baule, avait dit Alex et Pauline l'avait serré contre elle.

Ils étaient rentrés tard à la pension et avaient trouvé le directeur agité mais souriant. Personne d'autre n'avait vu Pauline et il en avait été heureux. Il avait voulu garder pour lui cette journée pleine de surprises et d'émotions nouvelles.

Tout s'était passé mieux encore qu'il n'espérait. Aussitôt après leur mariage, il était venu habiter avec ses parents. Son père étant souvent pris par son métier, Pauline s'occupait de lui. Nombreux étaient les gens qui pensaient qu'elle était sa mère. Ils étaient bruns tous les deux avec des yeux sombres et par une sorte d'osmose, il s'était établi entre eux une ressemblance, un air de famille dans les manières, les attitudes.

C'est Pauline qui avait voulu la maison de Sainte-Marguerite. Elle rêvait d'une maison de vacances avec un grand parc et des arbres centenaires et la mer dont on percevrait le souffle. N'ayant pas le temps de chercher, Richard Brenner lui avait dit de s'en occuper. Il se déplacerait quand elle aurait trouvé. Elle s'était donc mise à prospecter avec Alex. Elle le traitait toujours comme un adulte mais quelquefois, dans un élan de tendresse soudaine, elle le serrait contre elle. Ils en avaient vues, des maisons, et avaient fini par trouver la Villa Anthéa. Pauline avait eu le coup de foudre.

- C'est celle-là que je veux. Exactement ce que je veux. Qu'en penses-tu, Alex ?

C'était vrai, l'endroit était enchanteur. La maison avait un charme ancien et le parc était magnifique avec, tout au fond, un étang recouvert d'une fine pellicule verte.

- Je vais planter des fleurs partout, avait dit Pauline. Des lis, des lilas.

- Et la mer n'est pas loin, avait dit l'agent immobilier. Pour votre fils, ce sera bien.

Ils s'étaient regardés en souriant. Cet endroit avait une séduction indéfinissable et Pauline avait eu ce jour là l'air presque heureuse.

Durant des années, elle l'avait fait voyager, l'emmenant partout tel son fils. Ses rapports avec son père ne s'en étaient pas arrangés. Celui-ci se rendit compte tout de suite de la complicité entre Pauline et Alex, une complicité qui l'excluait. Il devint plus hostile encore à l'égard de ce fils qui ne lui ressemblait pas, qui ne lui ressemblerait jamais et qui n'attendait plus rien de lui.

Et puis un jour, Alex devait avoir dix-sept ans, son père était arrivé dans sa chambre, chose qu'il ne faisait jamais. Il était livide. Il avait dit, sans le regarder.

- Alex, Pauline veut partir. Il faut que tu l'en empêches.

Il avait relevé la tête.

- Partir où ?

- Partir. Elle veut nous quitter.

Il n'avait pas pu dire « me quitter » et avait enchaîné.

- Il faut que tu lui parles, que tu la retiennes.

Il était effondré. C'était la première fois qu'Alex voyait son père exprimer la moindre émotion et surtout le regarder, suppliant.

- S'il te plaît.

Alex avait considéré cet homme avec qui ses rapports étaient devenus quasi inexistants et qui, là, faisait fi de toute fierté. Il s'était juré de ne jamais lui ressembler, de ne jamais tomber si bas.

Il était allé voir Pauline dans sa chambre. Elle avait compris tout de suite.

- Ton père t'a dit ? J'aurais préféré te le dire moi-même.

Elle avait hésité.

- Tu es un adulte maintenant. Nous continuerons à nous voir.

Il était allé à la fenêtre et avait dit sans la regarder.

- Si tu pars, je ne te reverrai jamais.

- Voyons, Alex, tu n'es plus un enfant. Un jour, je t'expliquerai.

Il s'était retourné, avait croisé son regard.

- Jamais, avait-il répété avant de sortir.

Pauline ne partit pas et son père ne lui pardonna jamais. De l'avoir vu suppliant ou d'avoir su la retenir, Alex ne le sut jamais vraiment. Les deux, sans doute.

A sa majorité, l'année suivante, Alex quitta la maison et la fac de médecine et embarqua sur un bateau comme élève avant de s'inscrire à la rentrée suivante à l'Hydro. Il redevint pensionnaire comme lorsqu'il avait rencontré Pauline. Avec le recul, il s'en était voulu. A cette époque, Pauline avait trente-trois ans. Elle était d'un éclat à vous couper le souffle. Il s'était demandé si elle avait un homme dans sa vie et s'il ne l'avait pas fait passer à côté de quelque chose. Bien sûr, il la voyait régulièrement mais sans lui, peut-être aurait-elle refait sa vie.

Et maintenant, peut-être était-ce pour cette raison qu'elle avait disparu. Avait-elle de nouveau quelqu'un dans sa vie et craignait-elle d'en parler à Alex ? Où était-elle ? Pourquoi avait-elle menti ? Des remords anciens et trop vite écartés remontaient brusquement à la surface.

40

Cela faisait un moment déjà, que le gardien du cimetière observait cette femme brune. C'était la première fois qu'il la voyait et il l'avait remarquée tout de suite. Il y avait en elle quelque chose de particulier, une intensité qui vous accrochait. Il ne pouvait détacher son regard de sa silhouette fragile, qu'il apercevait à travers les tombes.

Elle était entrée et avait marché dans les allées comme si elle cherchait quelqu'un. Elle avait fini par s'arrêter devant une tombe recouverte de marbre noir et était restée longtemps debout, perdue dans des songes ou des souvenirs douloureux.

Au bout d'un moment, il n'aurait su dire combien de temps, elle s'était approchée, et maintenant elle était assise sur la pierre tombale. De n'importe qui d'autre, cela l'eût choqué. Mais un charme étrange semblait émaner de cette femme, une sorte de pureté. Un moment, il avait eu envie de lui demander si elle allait bien mais il n'avait pas osé. Elle semblait venir de nulle part et restait figée comme une statue, plus immobile que toutes les croix tendues vers le ciel.

Quand elle se leva, il ne put s'empêcher de la suivre de loin. Ses pas crissaient sur le gravier. Il la vit sortir du cimetière et monter dans une belle voiture de marque étrangère. Quand elle fit demi-tour il put voir la plaque d'immatriculation. 44. Quel département, cela pouvait-il être ? Et que faisait-elle dans ce cimetière d'Ile de France ?

Il revint sur ses pas et se dirigea vers la tombe recouverte de marbre noir. Une simple plaque s'y trouvait. Avec un nom et deux dates. David Beaumont. Un nom qui lui était inconnu.

Pauline roulait doucement. Elle avait cherché au hasard. Comme tout était dérisoire ! Pourquoi se battait-on ? Elle avait toujours eu conscience de l'absurdité de l'existence. Très jeune, elle avait la notion du temps qui passe et même qui s'affole à un certain moment, du temps qui affadit et emporte tout jusqu'au sens et la raison des choses.

C'est la vieille Eléonore qui lui avait indiqué le cimetière. Elle avait été surprise de la voir après tant d'années. Au moment de partir, elle l'avait raccompagnée.

- Essayez de ne pas lui faire de mal, avait-elle murmuré.

- Je n'en ai pas l'intention, avait répondu Pauline.

- Ce n'est pas une question d'intention.

Pauline l'avait regardée dans les yeux.

- Et vous, quelles étaient les vôtres ?

La vieille Anglaise avait paru touchée.

- Je n'ai jamais voulu ça.

Le soleil déclinait quand Pauline revint à Paris et elle essaya de le fixer. Un sentiment qu'elle ne voulut pas analyser s'empara d'elle. Pour ne pas penser, pour ne pas se rappeler, elle se demanda s'il serait heureux de la revoir. Quand elle lui avait téléphoné deux heures plus tôt, il lui avait donné rendez-vous chez lui. Des souvenirs essayèrent d'affleurer. Elle concentra son attention sur la route et le présent immédiat. La circulation était dense mais elle arrivait. Le soleil était un peu plus bas et elle réussit à le fixer sans cligner les yeux. Elle trouva à se garer un peu plus loin sous les marronniers et traversa la place. La vitre de l'entrée refléta un instant sa silhouette brune.

Pierre ouvrit avant qu'elle n'ait eu le temps de sonner. Il avait dû la voir arriver. Après un instant d'hésitation, il dit :

- Tu as trouvé facilement ?

- Oui. J'aimais beaucoup ce quartier.

Il la fit entrer dans le salon ouvert sur la terrasse. Elle s'assit face à la baie vitrée. Le soleil baignait son visage d'une nuance dorée. Elle était déroutée de se retrouver devant cet homme qui la regardait comme autrefois. Avec une sorte d'attention étonnée. Elle avait toujours pensé qu'il l'aimait mais n'avait jamais su vraiment. Elle aussi au début avait été troublée par lui. C'était avant...

- Nous étions insouciants, murmura-t-elle.

- Peut-être pas tant que ça, dit Pierre.

Il semblait embarrassé comme souvent autrefois. Il baissa ses yeux sur son verre.

- Regarde-moi, dit-elle avec une douceur impérieuse, comme si elle retrouvait dans ses yeux une image oubliée, la sienne, celle d'une jeune femme brune et vive et légère.

Pierre releva les yeux sur elle. Elle avait changé. Oh, pas tellement physiquement, le temps l'avait effleurée, mais il la sentait si différente qu'il en ressentait de la douleur. Elle était comme figée, comme une statue belle et lisse. Comme si quelque chose s'était enfui ! Pauline, avant, c'était la douceur, l'élan, la vie. Il ne sut que dire :

- Et Isabelle ? Tu la vois toujours ?

Pauline sourit.

- Oui. Elle habite à Florence. Elle est mariée avec un Italien.

Pierre se souvenait. La première fois qu'il avait rencontré Pauline, elle était avec Isabelle. Elles partageaient une chambre près du Panthéon. Elles étaient très différentes l'une de l'autre. Isabelle savait ce qu'elle voulait, elle semblait indestructible. Personne ne savait ce que voulait Pauline, peut-être même pas elle.

Isabelle affichait une grande liberté ainsi qu'un cynisme sarcastique. Les garçons qu'elle laissait tomber venaient voir Pauline qui les écoutait. Il la voyait quelquefois intercéder en faveur de l'un d'entre eux.

Isabelle restait insensible et désinvolte.

- Dis-leur que j'ai d'autres hommes à fouetter, disait-elle en riant.

Pauline la regardait avec indulgence

- Pourquoi tu n'es pas plus discrète ?

- Les hommes sont un signe extérieur de séduction. Et puis, tu es trop gentille Pauline. Fais les souffrir. Comme ça, ils ne t'oublieront pas.

Pierre les observait. Isabelle jouait. Elle était infiniment plus gentille qu'elle ne voulait le reconnaître, capable du meilleur comme du pire. Plus exactement, des deux successivement. Et elle n'aimait pas se sentir jugée.

- Pourquoi tu me regardes ainsi ? demandait-elle.

Il restait prudent. Verbalement, elle était une tireuse d'élite, capable de démolir quelqu'un en deux phrases.

- Pour rien. Je t'écoute parler.

Elle haussait les épaules.

- Si tu m'écoutais penser !

Il regardait Pauline.

- Tu l'approuves ?

- Je suis toujours de l'avis d'Isabelle.

- Même quand elle a tort ?

- Surtout quand elle a tort.

C'était faux, mais elle l'aurait défendue contre n'importe qui.

Il restait là, plongé dans ses souvenirs d'une jeune femme aimant les gens, l'humour et la vie. Elle était là, maintenant, en face de lui, après tant d'années.

- Isabelle était amoureuse de toi, dit-elle brusquement. Mais tu n'as jamais compris.

Il croisa son regard. « Toi non plus, Pauline, tu n'as pas compris. »

Ils restèrent un moment silencieux. Ce fut elle qui parla la première.

- Tu ne sais pas où elle est ? Je la cherche depuis un mois. Il semble que personne ne sache où elle est.

Il ne répondit pas tout de suite.

- Il est possible qu'elle soit à Nantes.

Pauline le regarda longuement.

- Tu lui as parlé de moi ?

- Oui. J'ai pensé qu'il fallait que quelqu'un le fasse.

- Quand lui as-tu parlé ?

- Il y a plus de deux mois.

Elle restait là, songeuse.

- Si elle était à Nantes, elle aurait essayé de me voir.

- Peut-être l'a-t-elle fait.

Elle secoua la tête.

- Non...

Pierre la regardait. « Pourquoi, Pauline, pourquoi ? ... »

Elle était plongée dans un rêve intérieur.

- Qu'est-ce que je peux faire ?

- Je ne sais pas. Retourner à Nantes, peut-être.

Elle semblait réfléchir. Il la regardait avec une nostalgie douloureuse, presque empoisonnée. « Nous t'aimions tous, Pauline. Nous aurions donné beaucoup pour toi.. » Qu'est-ce qui s'était passé ? Comment peut-on détruire sa vie et celle d'un homme fou de vous ? Pauline, si différente d'Isabelle. Fragile. Fatale et fragile...

Il dit :

- Isabelle avait raison, tu sais. Il ne t'a jamais oubliée.

41

Ce jour là, Alex avait emmené Théo faire une balade en mer à l'aube et Aurore passait la matinée avec Maria. Celle-ci parlait peu mais Aurore se sentait bien avec elle. Ses gestes étaient mesurés, sa présence enveloppante. Des gestes et une présence de femme. Un peu comme Mémé Elise.

En fin de matinée, elles allèrent faire des courses. Elles descendirent à pied la grande rue du village, saluées par quelques habitants qui regardaient Aurore avec curiosité. Maria lui désigna une maison.

- Là, c'est chez Amélie.

Aurore la regarda. Maria parlait de leur voisine. Le lendemain de leur arrivée, Alex l'avait vue arriver et avait levé les yeux au ciel.

- C'est vrai, avait dit Théo. Tu ne l'aimais pas beaucoup, toi.

- Qui est ce ? avait demandé Aurore.

- Elle tire les cartes et lit les lignes de la main, mais Alex n'a jamais voulu qu'elle le lui fasse.

Aurore avait souri.

- Au pays des oracles et de la Pythie, c'est amusant.

Alex avait haussé les épaules.

- Tu parles ! Elle est mariée avec un Grec mais elle est originaire de Lyon.

Maria était allée ouvrir. Amélie devait avoir l'âge de Théo et les avait regardés d'un œil perçant.

- Alex ! Quelle surprise ! Ça fait des années...

Avisant Aurore, elle l'avait scrutée.

- C'est Aurore, la fiancée d'Alex, avait dit Maria.

- Ah ? Je ne suis pas étonnée. Et Pauline, ça va ?

Théo avait eu un grand rire.

- Toi qui sais tout, tu peux peut-être nous dire où elle est. Elle a disparu.

- Disparu ?

- Mais non, avait dit Alex. Elle est en voyage. Elle a téléphoné à Lila, dernièrement.

Ils avaient parlé un moment. Au moment de partir, Amélie avait regardé Aurore et s'était tournée vers Maria.

- Venez me voir un matin.

- Elle voit vraiment l'avenir ? demanda Aurore.

- Quelquefois, elle voit des choses. Pauline allait la voir quelquefois.

Aurore resta silencieuse. Alors qu'elles dépassaient la maison, Amélie sortit en trombe de chez elle.

- Maria, tu ne t'arrêtes pas ? Venez boire un café.

- C'est à dire... On doit faire des courses.

- Pas longtemps !

Amélie les entraîna et les fit entrer dans une pièce spacieuse et claire. Aurore s'était attendue à un endroit sombre et mystérieux où aurait brûlé de l'encens et régné une atmosphère lourde et oppressante. Il n'en était rien.

Sur la table de salle à manger étaient disposés un tapis de jeu vert et plusieurs jeux de cartes de tailles différentes. La fenêtre était ouverte et le soleil baignait la pièce d'une lumière agréable. Seuls les yeux de la femme avaient quelque chose d'impressionnant. Ils étaient noirs et pénétrants et Aurore avait du mal à soutenir son regard.

- Vous voulez que je vous tire les cartes ?

Aurore restait là, indécise. Avait-elle envie de savoir ce qui l'attendait, à supposer que cette femme puisse le voir ? Amélie la regardait.

- Donnez-moi votre main, fit-elle.

Aurore hésita puis tendit brusquement sa main. Amélie la tint un moment dans la sienne.

- C'est étrange, murmura-t-elle au bout d'un moment.

Un sentiment de malaise avait envahi Amélie et elle lâcha la main d'Aurore.

- Je ne suis pas très en forme, ce matin.

Quelque chose alerta Aurore. Qu'est-ce que cette femme voyait ? Le passé ? L'avenir ? Qu'est-ce qui l'affolait le plus ? Aurore voulait savoir, maintenant.

- Qu'est-ce que vous voyez ?
- Je ne sais pas. C'est vague.
- Vous voyez quelque chose de grave ?
- Ecoutez. Alex, ne le quittez pas.
- Pourquoi ? Vous voyez une rupture ?

Elle haussa les épaules.

- Vous vous retrouverez. Et là, surtout ne le quittez pas.
- Pourquoi ?
- Tant que vous serez ensemble, il ne vous arrivera rien. Je ne vous vois pas vivre l'un sans l'autre, dit Amélie.

Alors, pourquoi insistait-elle ainsi ? Aurore ne comprenait pas.

- Je vois une sorte de cheminement, mystérieux comme une initiation. Un parcours que vous devez faire.

Aurore avait une impression d'étrangeté comme si la tête lui tournait. Elle ne pouvait détacher son regard de celui de cette femme et restait là, sans bouger. Elle regarda autour d'elle, surprise de constater que la pièce était claire. Les paroles de cette femme étaient comme une sorte d'enchantement dont elle avait du mal à émerger. Elle se leva, sans pour autant perdre cette impression d'irréalité qui l'avait lentement envahie.

Au moment de partir, Amélie insista :

- N'oubliez pas ce que je vous ai dit. Quand il sera revenu, ne le quittez plus. Jamais.

Son insistance provoqua chez Aurore un sentiment de malaise qu'elle n'aurait su expliquer.

Une fois dehors, elle resta silencieuse. Maria avait l'air ennuyé.

- N'en parlez pas à Alex. Les hommes n'aiment pas beaucoup ce genre de choses. Surtout lui.

42

Alex et Aurore revinrent à Athènes quelques jours plus tard. Théo et Maria les avaient raccompagnés au bateau. Ils étaient désolés qu'ils repartent si tôt et Aurore avait senti qu'ils étaient émus.

Le séjour en Grèce était terminé, ainsi que l'insouciance et la plénitude qui l'avaient accompagné. A l'aéroport, Aurore resta silencieuse. Ils revenaient à Nantes et à une réalité hostile.

Alex finit par remarquer son air sombre.

- Ça ne va pas ?

Ils étaient assis dans le hall près d'une vitre à travers laquelle on apercevait les pistes. Elle dit sans le regarder.

- Je n'ai pas envie de rentrer à Nantes.

Il la scruta, étonné.

- Enfin, Aurore. Pourquoi tu dis ça ?

Il s'arrêta. Elle avait des larmes dans les yeux. Qu'est-ce qui n'allait pas, brusquement ?

- Qu'est-ce qui se passe ?

Elle secoua la tête et s'écarta.

- Aurore...

Il ne comprenait plus. Tout allait bien. Ils venaient de passer deux semaines idylliques. Elle était rayonnante. Et brusquement, ce chagrin incompréhensible.

- Dis-moi ce qui ne va pas.

Elle détourna les yeux.

- Je ne sais pas. Je suis angoissée.

- Angoissée ? Pourquoi ?

Elle biaisa.

- Je ne sais pas. C'est depuis que j'ai perdu mon père. C'est arrivé à un moment où je m'étais éloignée de lui.

Elle passa sa main sur son front. Il était brûlant. Elle répéta :

- Je suis angoissée. Quelquefois, je ferais n'importe quoi pour que ça s'arrête.

Il la regarda, effaré.

- Qu'est-ce que tu racontes ?

Elle resta silencieuse. Il insista :

- Je ne comprends pas. Jusqu'ici, tout allait bien.

- Je suis bien, ici, en Grèce. Loin de tout.

Il regarda autour de lui. Les gens les regardaient distraitement. Une femme en larmes dans un aéroport n'avait rien d'inhabituel. Tout de même, il s'assombrit. Elle était bien capable de refuser de rentrer.

- C'est une idée à toi, Aurore. Je ne vois pas très bien ce que ça change d'être loin. Et d'abord, loin de quoi ?

Elle se tourna vers lui et dit dans un murmure.

- Je n'ai que toi au monde.

- Allons, tu n'as pas que moi. Tu as une famille, des amis. Et puis, en admettant que tu n'aurais que moi, je suis là. Peu importe où nous vivons. Tu n'as pas besoin d'être loin.

Elle plongea ses yeux dans les siens.

- Alex. Il faut que je te dise quelque chose.

Elle hésita puis, comme on se jette à l'eau.

- Je suis née de mère inconnue.

Il la regarda avec stupeur.

- Comment ça ? Née de mère inconnue.

- Ma mère est partie à ma naissance. Seul mon père m'a reconnue. Comme ils n'étaient pas mariés, le nom de ma mère n'a pas été enregistré automatiquement comme pour un couple légitime.

Il ne la quittait pas des yeux. Enfin, elle parlait. A un moment et dans un endroit inattendu, mais enfin, elle se laissait aller. Il savait bien qu'il y avait quelque chose. Par contre, ce qu'elle lui apprenait était incroyable.

Elle respira profondément et poursuivit.

- J'ai grandi sans savoir qui elle était. Mon père n'a jamais voulu me dire son nom, ni quoi que ce soit sur elle, si ce n'est qu'elle était partie. J'ai été élevée par ma grand-mère, celle dont je t'ai parlée. J'attendais, j'espérais qu'un jour ma mère reviendrait, qu'elle m'emmènerait loin. J'ai tellement rêvé d'elle. Un jour, quand j'ai eu dix ans, mon père m'a dit qu'elle était morte.

Alex ne sut que dire. Il prit sa main et l'effleura de ses lèvres.

- Ç'a été terrible. Tu comprends, c'était la fin d'un rêve. Je suis restée des mois sans leur parler, à lui et à ma grand-mère.

Alex songea que lui non plus n'avait pas connu sa mère. Il devait avoir quelques mois quand elle avait eu un accident de voiture. Comment avait-il réagi, lui, quand on le lui avait dit ? Il ne se souvenait plus. Il était évident que le père d'Aurore aurait dû lui parler beaucoup plus tôt.

- Il venait peut-être juste de l'apprendre.

- Non. C'était faux. Dernièrement, j'ai appris qu'elle était vivante, mon parrain l'a rencontrée par hasard.

Aurore vit qu'il l'écoutait avec un sérieux inhabituel. Elle continua.

- Elle était mariée. Elle avait refait sa vie.

- Tu es allée la voir ?

- J'ai hésité. On ne débarque pas comme ça dans la vie d'une femme qui vous a abandonné et surtout qui, en vingt-cinq ans, n'a jamais cherché à vous voir. Quelqu'un qui a sa vie.

Alex resta silencieux et regarda Aurore. Elle avait l'air bouleversée. Il savait ce qu'était une enfance sans la présence d'une mère. Lui-même avait connu ça jusqu'à l'âge de dix ans. Jusqu'à ce que Pauline se penche sur son enfance. Mais là, c'était autre chose. Il demanda à Aurore.

- Elle a des enfants ?

Elle appuya sa tête sur le dossier et ferma les yeux.

- Non. Enfin... non...

- Tu lui as parlé ?

- Non.

Elle restait là, regardant devant elle. Il dit :

- Si tu veux mon avis, il vaudrait mieux que tu ailles la voir. Sans quoi, tu risques de toujours y penser, te poser des questions. Mais essaie de ne pas avoir trop d'illusions. Ce serait dommage d'être déçue.

Il hésita.

- Tu sais, une femme qui abandonne son enfant...

Il vit son regard blessé.

- A moins que tu ne choisisses de faire une croix dessus.

Aurore le fixa étrangement et murmura.

- Je ne peux pas.

Elle baissa la tête. Il vit des larmes couler sur sa joue et ne put le supporter. Bon sang, il en avait connues, des femmes, mais cette mère indifférente à son propre enfant...

- Aurore, ne te rends pas malade pour cette femme. Elle n'en vaut probablement pas la peine.

Il lui semblait mieux comprendre certaines choses, maintenant. Son comportement, souvent incompréhensible. Gégé avait dit qu'elle était différente. Plus sombre, plus tourmentée. Il y avait de quoi. Elle venait de perdre son père, apprendre qu'elle avait une mère qui ne s'était jamais souciée d'elle et d'après ce qu'il avait compris, sa seule famille se résumait à sa grand-mère. Elle venait de dire qu'elle n'avait que lui au monde. Pour revenir dans une ville retrouver des gens qu'on n'a pas revus depuis sept ans, il faut vraiment se sentir seul au monde.

Il dit doucement.

- Aurore, je suis là. Tu n'as besoin de personne d'autre que moi, maintenant.

Elle se laissa aller contre lui. Comment lui dire qu'en d'autres circonstances, il aurait eu raison ? Comment lui dire qu'elle aurait aimé que ce soit si simple ? Comment lui dire ? ...

Elle dit sans le regarder.

- Quoi qu'il arrive, dis-toi que je t'aime plus que tout au monde.

Il resserra son étreintc.

- Qu'cst-ce que tu veux qu'il arrive ?

Ils restèrent silencieux un moment. Jusqu'à ce qu'une hôtesse annonce leur avion. Ils se levèrent et elle se laissa entraîner vers la porte d'embarquement.

Ils arrivèrent à Nantes en début d'après-midi. Alex n'avait demandé à personne de venir les chercher et ils prirent un taxi pour rentrer à l'appartement. La ville était écrasée de chaleur.

Elle ouvrit la baie vitrée et sortit sur le balcon. Elle était restée sombre durant tout le vol et Alex, qui l'avait rejointe, la prit dans ses bras.

- Je suis là, Aurore. Le reste n'a pas d'importance.

Elle ne répondit pas et il réfléchit. Il était bien décidé à résoudre cette histoire. Tant qu'elle n'aurait pas rencontré sa mère, elle n'irait pas bien. Il fallait qu'elle lui parle. Après tout, cette femme avait le droit de s'expliquer. Il regarda sa montre. Là, il fallait qu'il aille à l'Hélios. Il avait téléphoné le matin d'Athènes. Tout avait l'air d'aller mais il préférait passer. Et le soir, quand il rentrerait, il aborderait le sujet avec Aurore.

Il l'obligea à le regarder.

- Ecoute, il faut que j'aille à l'Hélios. Quand je rentrerai, on reparlera de ton histoire. D'accord ?

Elle le regarda sans répondre.

- Qu'est-ce que tu fais cette après-midi ?

- Je vais appeler Sophie et j'irai la voir si elle est là.

- Tu ne l'as pas prévenue de notre retour ?

- Non. J'espérais qu'on resterait encore.

Il l'embrassa.

- On reparlera de tout ça, ce soir. Je ne rentrerai pas tard.

Après qu'il fût parti, Aurore resta immobile un moment, songeant à sa conversation avec Alex. Il fallait qu'elle lui dise tout. Elle ne pouvait pas continuer comme ça. Elle n'en pouvait plus. Il avait dit qu'ils parleraient à son retour. D'ici là, elle allait réfléchir à la manière de le faire.

Le téléphone sonna et elle sursauta. Elle finit par décrocher et fut soulagée de reconnaître la voix de Alex.

- Aurore ? Je viens d'appeler Edith. Elle nous invite ce soir avec Gégé et Sophie pour fêter notre retour. J'ai pensé que ça te ferait plaisir.

Elle hésita, prise au dépourvu. Avait-il oublié ou bien voulait-il simplement lui changer les idées ? Il est vrai que pour lui, son histoire ne présentait pas un caractère d'urgence.

- Oui, c'est une bonne idée. Je vais appeler Sophie. Je ne l'ai pas encore fait.

- Aurore, écoute. Cet après-midi, je vais à Sainte-Marguerite voir si Lila a des nouvelles de ma mère. J'ai appelé. Ça ne répond pas. Ça te dit de venir avec moi ou tu préfères me rejoindre en fin d'après-midi chez Xavier ?

Elle ne répondit pas tout de suite.

- Je te rejoindrai ce soir chez Xavier, finit-elle par dire.

Après avoir raccroché, elle appela Sophie. Celle-ci décrocha presque aussitôt.

- Aurore ! Alors, ça s'est bien passé ?

- Oui. Très bien. J'ai adoré la Grèce.

Elle sentit une hésitation chez Sophie.

- Aurore...

- Oui.

- Tu as parlé à Alex ?

- J'ai commencé.

- Comment ça, tu as commencé ?

Aurore lui raconta leur conversation à l'aéroport.

- Je n'ai pas pu aller jusqu'au bout.

- Pourquoi tu ne lui as pas parlé en Grèce ? Vous êtes restés deux semaines.

- J'étais tellement bien, là-bas. Ça me paraissait tellement loin, tellement peu réel. Tu comprends, là-bas, on était un couple comme les autres.

- Il faut que tu lui parles maintenant. Où est Alex ?
- A l'Hélios. Et cet après-midi, il va à Sainte-Marguerite.
Sophie resta muette et Aurore dit :
- Tu as raison. Je vais essayer de le joindre à l'hôtel avant qu'il ne parte.
- On se retrouve ce soir chez Edith ?
- Oui... A moins que...
- Que quoi ?
- Que ça ne se passe pas bien ! Si Alex réagit mal.
Sophie resta un instant silencieuse.
- Mais non, tu verras. Allez, à ce soir.
Aurore raccrocha et appela aussitôt l'Hélios.
- Monsieur Brenner vient de partir, il y a dix minutes mais vous pourrez essayer de le joindre sur la côte. Il a laissé le numéro.

Aurore remercia et raccrocha. Un sentiment d'anxiété plus aigu l'envahit. Il fallait qu'elle parle à Alex le soir même. Les choses risquaient de se retourner contre elle si elle attendait plus longtemps.

43

Alex alla à Sainte-Marguerite et passa l'après-midi avec Lila. Il était heureux de la revoir et la vieille dame le sentit. Elle revenait de Couëron où elle était allée voir sa sœur, Véra. Il se souvenait de cette petite ville sur les bords de Loire, aux portes de Nantes, où Lila l'emmenait quelquefois quand il était enfant et que Pauline disparaissait pour le week-end. Sa sœur et elle avaient grandi dans une de ces cités ouvrières ou se côtoyaient Russes, Polonais, Espagnols ayant fui Franco et aussi Français de souche, tous formant une communauté hétéroclite, bruyante mais souvent solidaire. Il avait été accueilli à bras ouverts par ces gens simples, lui l'enfant unique et solitaire, bien habillé, même si au début, les enfants, plus méfiants, l'avaient jaugé, observé; il n'était pas des leurs. Jusqu'à ce qu'il soit adopté par un jeune Espagnol de son âge, fier, costaud et débrouillard: Gérard Diaz, qui habitait à deux pas de la chapelle polonaise et qui l'entraînait dans les marais dont il connaissait chaque détour. C'était si loin ! Et en même temps si brusquement remonté à la surface depuis qu'il avait retrouvé Lila qu'il en éprouva une curieuse nostalgie, douce-amère, si inattendue qu'il dit :

- Tu te souviens quand tu m'emmenais dans ta famille et que vous chantiez des chansons de ton enfance ? Je ne comprenais pas un mot mais j'aimais bien.

Lila le regarda avec un air si triste qu'il se reprit. Il n'était jamais bon de se retourner...

- Et Pauline ? Elle est rentrée ?

Lila lui apprit qu'elle était revenue mais qu'elle était à Nantes chez son frère depuis son retour. Elle s'assombrit. Pauline était plus insaisissable que jamais. Elle avait insisté pour savoir si quelqu'un avait cherché à la voir pendant son absence mais n'avait rien voulu dire de plus. Lila avait même le sentiment qu'elle essayait de l'éviter. Elle se sentait fatiguée. Et le cœur lourd de trop de secrets.

Elle regarda Alex. Il était là, bronzé et détendu. Elle songea qu'elle avait été folle de se poser des questions absurdes sur Aurore. Ça prouvait bien qu'elle était fatiguée et qu'elle mélangeait tout. Elle demanda :

- Tu es venu seul ?

- Oui. Nous sommes rentrés ce matin et Aurore voulait voir Sophie.

Il ajouta :

- Je te promets. La prochaine fois, je viendrai avec elle.

Elle demanda timidement.

Tu es heureux ?

Il eut un élan vers elle qu'il contint. Lila avait beau s'attendrir, elle risquait de retrouver son ironie s'il faisait montre d'une tendresse intempestive. Il se contenta de sourire.

Au moment de partir, il songea à Aurore et dit à Lila.

- Pauline et toi, vous êtes ma vraie famille. Tu te souviens quand tu me disais, enfant, que les liens du cœur valent ceux du sang ? En tout cas, ce n'est pas Aurore qui me contredira.

Lila le regarda, brusquement inquiète.

- Pourquoi tu dis ça ?

Il l'embrassa.
- C'est trop long. Je te raconterai la prochaine fois.
Elle essaya de le retenir.
- Attends. Explique-moi.
Il monta dans sa voiture.
- Une autre fois, Lila. Il faut que j'y aille.
- Alex, attends... Il faut que je te dise quelque chose...
Il secoua la tête. C'était typiquement féminin de vouloir vous dire des choses importantes quand vous étiez sur le point de partir.
- Lila, je viens de passer l'après-midi avec toi et c'est maintenant que tu as quelque chose à me dire. Tu me diras ça une autre fois.
Il fit un signe à Lila et démarra.
Elle regarda la voiture s'éloigner, la vision lentement brouillée par les larmes.

Quand il arriva chez Edith et Xavier, Gégé était déjà là.
- Alors, ce voyage ? Ça s'est bien passé ? demanda Edith.
Il sourit.
- Très bien.
- Aurore n'est pas avec toi ?
- Non. Elle devait téléphoner à Sophie et me rejoindre ensuite. Elles vont sans doute venir ensemble.
Il s'assit à côté de Gégé.
- Ça va ? demanda ce dernier.
Il le regardait comme s'il cherchait à lire quelque chose en lui. Alex le regarda, surpris.
- Oui. Pourquoi ?
Xavier sortit sur la terrasse.
- Tiens, Alex ! Tu bois quelque chose ?
Il acquiesça et Xavier le servit.
- Ah, fit Edith en s'adressant à Alex, j'ai vu Pauline et ton oncle en ville cet après-midi ! Je leur ai dit de passer prendre un verre. Comme vous veniez de rentrer !
Gégé la regarda avec effarement.
- Pourquoi tu as fait ça ?
Edith eut l'air étonné.
- Comme ça ! Pourquoi ?
- Alex et Aurore ne tiennent peut-être pas à les rencontrer comme ça, brusquement, sans prévenir.
Elle se tourna vers Alex.
- J'ai dit ça comme ça. Je n'ai pas pensé... Ça t'ennuie ?
Alex parut réfléchir.
- Non. Pas du tout.
Gégé insista :
- Oui, mais peut-être qu'Aurore aurait aimé être prévenue.
Edith le regarda.

- Enfin, Gégé, qu'est-ce qui te prend brusquement ? Alex dit que ça n'a pas d'importance.

Gégé avait l'air sombre. Il resta silencieux jusqu'à l'arrivée d'Aurore qui stoppa sa voiture devant la grille. Il se leva et alla à sa rencontre. Elle remontait l'allée et sourit en le voyant.

- Ça va, Gégé ?

- Je peux te parler une minute ? dit-il en baissant le ton.

- Qu'est-ce qui se passe ?

Elle le regarda, inquiète. Avant qu'il ait eu le temps de parler, Edith s'était approchée, suivie d'Alex qui s'étonna.

- Sophie n'est pas avec toi ?

- Non, mais elle va arriver.

Au même moment, une voiture s'arrêta derrière celle d'Aurore. Elle se retourna et ressentit un coup au cœur. Pauline Brenner et un homme qu'elle ne connaissait pas, en descendaient. Déjà, Alex les avait remarqués et allait à leur rencontre.

- Ah, quand même, te voilà ! Où étais-tu passée ? demanda-t-il en embrassant sa mère.

Aurore s'était arrêtée, figée même. Les avisant, Edith, Gégé et elle, Pauline leur sourit et Alex dit :

- Tu ne connais pas Aurore.

Il prit la main de cette dernière.

- Voici ma mère. Et Claude, mon oncle.

Aurore ne bougea pas et Pauline devint blanche.

- Mon Dieu, vous êtes Aurore, dit-elle.

Elle avait porté sa main à ses lèvres et regarda son frère qui parut comprendre aussitôt. Alex et les autres sentirent qu'il se passait quelque chose d'anormal.

- Vous vous connaissez ? demanda Alex.

Pauline regardait Aurore avec une stupeur douloureuse.

- J'arrive de Paris. J'ai cherché à vous voir... J'ai vu votre grand-mère, aussi.

La phrase parut incongrue à Alex.

- Comment ça, sa grand-mère ? Qu'est-ce que tu racontes ?

Pauline continuait de fixer Aurore.

- Vous savez qui je suis ? demanda-t-elle.

Aurore fit signe que oui.

- Mon Dieu, ça fait un mois que je vous cherche et vous étiez là...

Aurore regarda Alex. Pour la première fois depuis qu'elle le connaissait, la situation le dépassait et il ne comprenait pas.

- Ecoutez, Aurore, intervint Claude. Pouvons-nous vous parler ? Seule. Je crois que Pauline a des choses à vous dire. Vous expliquer.

- Si vous m'expliquiez plutôt à moi, fit Alex d'un ton contenu.

- Il faut que je vous parle, dit Pauline d'une voix tremblante. A tous les deux. J'aurais dû le faire, il y a longtemps.

Alex s'impatienta.

- Mais enfin, me parler de quoi ?

Xavier s'était approché.

- Nous pouvons peut-être vous laisser, dit-il d'un ton hésitant.

- Non, dit Claude, c'est nous qui allons rentrer et parler de tout ça.

- Qu'est-ce que c'est que ce cinéma ? explosa Alex. Je ne bougerai pas d'ici avant qu'on m'ait dit ce qui se passe.

Pauline le regarda dans les yeux.

- J'ai connu le père d'Aurore, il y a longtemps.

Alex songea à toutes ces fois où elle disparaissait quand il était enfant.

- Quand tu étais avec mon père ?

- Non. Avant.

- Avant ? Je croyais que tu étais mariée avec cet ami de tes parents.

- J'étais séparée et je vivais à Paris. C'est là que j'ai connu David, le père d'Aurore. Nous devions nous marier sitôt mon divorce prononcé.

- Avec le père d'Aurore ?

Pauline hésita puis dit lentement:

- Aurore est ma fille.

Alex la regarda avec incrédulité.

- Qu'est-ce que tu racontes ?

Aurore songea que ça devait arriver. Il était même étonnant que ça ne soit pas arrivé plus tôt.

- Elle est ma fille, répéta Pauline. Son père et moi devions nous marier. C'était avant de vous connaître, ton père et toi...

- Mais enfin, ce n'est pas possible.

Il regarda Aurore qui n'avait pas bougé. Tout ce qu'elle lui avait raconté la veille prenait tout son sens. Pauline murmura.

- Et puis, il s'est passé... certaines choses... J'ai quitté son père et il a gardé le bébé.

Tous semblaient frappés de stupeur. Quelque chose se ferma chez Alex et il se raccrocha à des détails pour refuser l'évidence.

- Quand je t'ai vue la première fois à la clinique de mon père, j'avais dix ans. Je me souviens, c'était dix jours avant Noël. Quel âge avait Aurore ?

- Deux mois, répondit Pauline. J'ai quitté Paris après sa naissance.

Une interrogation traversa l'esprit d'Alex.

- Et d'abord, qu'est-ce que tu faisais à la clinique ?

Elle hésita.

- Je venais de faire une tentative de suicide.

C'était trop pour Alex.

- Ce n'est pas possible. C'est une histoire à dormir debout.

Aurore n'avait pas bougé. Il la fixa étrangement.

- Aurore, dis-moi que ce n'est pas vrai.

Elle eut du mal à soutenir son regard.

- Si.

Il y eut quelques secondes de silence.

- Depuis quand tu le sais ?

- Juste avant de venir à Nantes.

- C'est pour ça que tu es revenue ?

- Oui.

Il la scrutait. Son visage était un masque de pierre.

- Et qu'est-ce que tu attendais de moi ? Tu comptais te servir de moi dans quel but ?

- Je ne voulais pas me servir de toi.

- Allons donc !

Les yeux d'Aurore se remplirent de larmes. Il dit d'un ton contenu.

- Pourquoi tu ne m'as rien dit ?

- J'ai essayé de te parler. Je n'ai pas pu. Je ne savais pas comment te dire ça.

Elle n'arrivait plus à retenir ses larmes. Tout s'écroulait. Pauline fit un geste vers elle.

- Ne me touchez pas, dit Aurore en reculant. Vous ne vous êtes jamais souciée de moi. Ce n'est pas maintenant que j'ai besoin d'une mère. Sans Pierre, je n'aurais jamais su qui vous étiez, ni que vous étiez vivante. Et si vous ne l'aviez pas rencontré par hasard, jamais vous ne seriez partie à ma recherche. Mon père m'avait dit que vous étiez morte et je regrette que ça ne soit pas vrai !

Elle était là, brûlante de haine. Avec le sentiment qu'à cause de cette femme, elle venait de perdre Alex. Brusquement, elle se détourna et sortit du jardin en courant.

Alex la rattrapa près de sa voiture et l'immobilisa.

- On n'en a pas fini tous les deux.

Elle le regarda et eut presque peur. Il était blême.

- Comment as-tu pu me cacher une chose pareille ?

- J'ai essayé de te parler. Je n'ai pas pu, répéta-t-elle.

- Est-ce que tu te rends compte de la situation ?

Les larmes coulaient sur les joues d'Aurore.

- Bien sûr. C'est pour ça qu'au début, j'ai essayé de t'éviter. Pourquoi crois-tu que les choses étaient si compliquées entre nous ? Ensuite, plus le temps passait, plus c'était difficile. Je ne savais pas comment te le dire et je ne pouvais pas partir.

- Comment as-tu pu me mentir à ce point ?

Il la secoua puis la serra contre lui avec violence et finalement l'écarta. Il était partagé entre la fureur et sa passion pour elle et semblait vouloir lutter contre les faits.

- J'aurais dû savoir ça, dit-il avec obstination.

Claude s'était approché.

- Ecoute, Alex. On va rentrer tous ensemble et parler, s'expliquer.

- Qu'est-ce que tu veux m'expliquer ? Qu'elles m'ont menti, toutes les deux ? Tu crois que je ne l'ai pas remarqué, peut-être ?

- Alex...

- Elle aurait dû me le dire ! Comment veux-tu que j'aie confiance en elle maintenant ?

Il restait buté. Aurore pleurait. Brusquement, elle monta dans sa voiture et démarra.

- Aurore !

Alex se retourna. Gégé avait l'air consterné, Xavier et Edith pétrifiés de surprise. Il regarda Pauline. Elle était bouleversée.

- J'avais confiance en toi. J'avais confiance en vous deux.

Il s'arrêta.

- Mon père le savait ?

- Non.

- Qui le savait ?

- Claude... Et Lila...

Gégé s'était rapproché de lui.

- Tu ferais bien de la rattraper.

Alex le regarda, soupçonneux.

- Toi aussi, tu savais ?

- Ça n'a pas d'importance. Mais si tu ne la rattrapes pas, elle va disparaître et tu ne sauras pas où la retrouver.

Une brève lueur brilla dans les yeux d'Alex. Il ouvrit sa portière et voulut dire quelque chose. Gégé l'interrompit.

- Oui. Je sais. Commence par la rattraper.

Il monta dans sa voiture et démarra en trombe.

Sophie arriva quelques instants plus tard et fut effarée de voir Pauline Brenner.

- Où est Aurore ? demanda-t-elle à Gégé.

Mais déjà, elle comprenait avec consternation que ce qu'elle redoutait venait de se produire.

Edith la regarda.

- Enfin, Sophie, pourquoi tu ne m'as rien dit ?

- Je ne le sais pas depuis longtemps. Et je pensais qu'elle te le dirait à son retour de Grèce.

Pauline vint vers elles.

- Ce n'est pas votre faute à toutes les deux. C'est la mienne.

Elle était livide. Edith la fit s'asseoir.

- Racontez-nous, Pauline. Peut-être, ça vous fera du bien...

Durant le trajet entre La Baule et Nantes, Alex ne décoléra pas. Il allait passer sa fureur sur Aurore. Mais au fur et à mesure qu'il approchait, l'inquiétude grandit en lui. Elle en était bien capable, de partir et de disparaître. Il songea qu'il ne pourrait pas le supporter. Il était furieux mais il ne voulait pas la perdre. Il accéléra.

L'appartement était vide. Sa valise qu'elle avait en Grèce était toujours là. Elle n'était même pas repassée.

Le téléphone sonna et il décrocha aussitôt.

- Alex, c'est Pauline. Ça va ?

- Non.

- Aurore est avec toi ?

- Non.

- Elle est ? ...
- Partie, oui.
- Je vais venir, Alex. On va parler de tout ça.
Il ne répondit pas.
- Je serai là dans une heure.
Il raccrocha.

En une heure, Alex passa de la fureur à la douleur et de la douleur à l'abattement. Quand Pauline arriva, il était assis devant une bouteille de whisky et la regarda d'un air indifférent. Elle s'approcha de lui.
- Alex, je t'en prie.
Il ne répondit pas et se servit un autre verre.
- Tout est de ma faute, dit Pauline.
Il la regarda avec une intensité douloureuse.
- Je ne peux pas vivre sans elle. Tu comprends ? Je ne peux plus.
- On va la retrouver.
- Où veux-tu la retrouver ? Je suis à peu près sûr qu'elle ne va pas retourner chez elle.
- Où peut-elle aller ?
- Tu peux peut-être me le dire, toi. Où irais-tu ? Puisque tu es sa mère, tu dois savoir. Pour ça, vous vous ressemblez. La fuite, ça a l'air d'être votre fort à toutes les deux.
Pauline eut l'air songeur.
- Si elle me ressemble, elle t'aimera toujours... Mais si elle me ressemble, elle doit être loin à l'heure qu'il est.
Alex éclata.
- Enfin, c'est le monde à l'envers ! Je ne sais pas pourquoi tu es partie, toi, mais en ce qui nous concerne, c'est elle qui m'a menti. Pas moi.
Il la regarda brusquement.
- Pourquoi es-tu partie, Pauline ? Pourquoi les as-tu quittés, elle et son père ?

44

Aurore avait repris la route de Paris, complètement effondrée. Tout s'était écroulé. Et en grande partie par sa faute. Alex ne lui pardonnerait jamais.

Qu'allait-elle devenir maintenant ? Où aller ? Elle n'avait pas de famille, peu d'amis ailleurs qu'à Nantes. Et surtout, comment vivre sans Alex ? Elle éclata en sanglots.

Maintenant que tout était terminé, elle réalisait à quel point elle avait été insensée. Fallait-il que son esprit soit plongé dans la confusion pour qu'elle n'ait pas mesuré à quel point son silence pouvait la conduire au désastre.

Mais elle avait été tellement bouleversée par les révélations de Pierre quelques mois plus tôt. Apprendre à vingt-cinq ans l'existence d'une mère qu'on ne connaît pas, dont on ignore tout, même le nom et qu'on croit morte depuis l'âge de dix ans a de quoi vous déstabiliser.

En un instant, elle avait basculé dans cette enfance à laquelle elle voulait, elle croyait avoir échappé. Elle s'était retrouvée des années plus tôt. Son père l'avait confiée à sa grand-mère, une vieille Anglaise austère veuve d'un Français trop tôt disparu. A l'époque, elles vivaient avec la sœur de son père, Régina, une vieille fille aigrie, qui semblait détester Aurore sans que celle-ci sache pourquoi.

Malgré cela, elle était une enfant enthousiaste et confiante qui attendait tout de la vie. Insouciante. Jusqu'à ce qu'elle aille à l'école. Là, elle avait commencé à poser des questions.

- Qui c'est, ma maman ? Pourquoi je n'ai pas de maman, moi aussi ?

Au début, il y avait eu des silences embarrassés. Son père avait déjà commencé à sombrer. Régina s'apprêtait enfin à se marier avec un homme qui ne lui plaisait qu'à moitié. Un jour qu'Aurore insistait, sa tante lui avait dit rageusement.

- Ta mère, elle est partie, elle vous a laissés tomber, ton père et toi. De toute manière, c'était une garce.

Elle s'était obstinée.

- Où est-elle ? Comment elle s'appelle ? Pourquoi elle est partie ?

On ne lui répondait pas. Les choses qu'on vous cache ont le poids effrayant du silence. Le silence qui laisse libre cours à l'imagination.

En conflit avec sa tante et sa grand-mère, elle avait idéalisé cette mère absente et inconnue. Elle s'était raccrochée à l'idée qu'un jour elle reviendrait la chercher, qu'elle l'emmènerait loin. Elle avait tellement rêvé d'elle. Elle était quelque part et la cherchait. Un jour, elle la trouverait. Il suffisait d'y penser, d'y croire très fort.

Elle avait attendu longtemps, vibrante d'espoir. De longues années entrecoupées de scènes de rébellion et de fugues. Et un jour qu'elle tenait tête à son père et sa grand-mère, elle n'avait pas résisté.

- Un jour, ma mère viendra me chercher. Elle m'emmènera et je ne vous reverrai jamais.

Son père n'avait pu supporter.

- Tais-toi, Aurore !

Elle leur avait répondu, comme souvent.

- Tu peux m'empêcher de le dire. Tu ne m'empêcheras pas de le penser.

Il l'avait regardée, livide.
- Elle ne reviendra jamais, tu entends. Elle est morte ! Morte !
- Ce n'est pas vrai !
- Si, c'est vrai.
Il avait dit les mots qu'elle redoutait.
- Si elle était vivante, elle serait déjà revenue.
Elle avait dix ans. Elle se souvenait du froid intérieur qui l'avait envahie. Elle était restée là, figée, tandis que quelque chose s'enfuyait, l'abandonnait. L'enfance, peut-être. L'innocence. C'était la fin d'un rêve, d'un enchantement.
Elle les avait regardés.
- Vous n'aviez pas le droit d'attendre si longtemps pour me le dire.
C'était fini. Un monde s'écroulait. Personne ne se pencherait plus sur la petite fille qu'elle venait de cesser d'être, brusquement. Etait venu le temps de s'endurcir, de tenir en respect toute émotion, tout sentiment qui pouvait vous rendre vulnérable. Le temps de faire le deuil de son enfance.
Elle s'était enfermée dans un mutisme inflexible qui les niait. Elle se souvenait. Elle leur en avait fait baver. Au centuple. Même sa grand-mère avait craqué, la suppliant de leur parler.
- On t'aime, Aurore.
Elle l'avait regardée avec mépris.
- Vous ne savez même pas faire semblant.
Elle avait dix ans et découvert un moyen de pression sur eux, un formidable pouvoir. Le pouvoir de la parole qu'on distille en échange de la liberté.
Elle avait grandi, secrète et implacable. Quand elle avait eu dix-huit ans, son père avait insisté pour qu'elle vienne à Nantes avec lui. Ils parleraient...
Pas un instant, elle n'imagina qu'ils venaient dans la ville de sa mère. Comment aurait-elle pu ? Son père essaya sûrement de voir cette femme mais elle n'en sut rien. Les choses ne durent pas se passer comme il le désirait car ils ne parlèrent pas et il s'effondra un peu plus, mais elle passa deux mois insouciants. Heureux. D'un bonheur inconscient.
A son retour, elle commença à écrire, à essayer de donner vie aux images qu'elle portait en elle.
Jusqu'à ce que Pierre lui parle sur sa terrasse surplombant Paris. Sa mère était vivante, il l'avait rencontrée par hasard dans un hôtel nantais. Elle avait épousé un médecin nommé Brenner et habitait près de La Baule.
Le plus terrible n'était pas qu'elle soit vivante, installée dans une vie bourgeoise. Mais qu'elle n'ait jamais cherché à la voir, contrairement à ses rêves d'enfant était ce qui l'avait le plus démolie. Pourquoi l'avait-elle abandonnée ? Pierre n'avait pas su répondre à ses questions.
Elle s'était demandé si elle devait chercher à voir sa mère. Elle ne pouvait pas ne pas y aller. Mais est-ce qu'à l'époque des mères porteuses et des bébés-éprouvettes, son histoire n'était pas dérisoire ? Et comment débarquer dans la vie de quelqu'un qui ne désire probablement pas vous voir ? Comment cette femme dont elle était issue, pouvait la recevoir ?

Elle avait hésité, observé cette femme et sa maison. Et puis il y avait eu Alex, comme un obstacle sur sa route, et la trouble attirance pour lui, compliquant les choses un peu plus. Et au moment où elle s'était décidée, sa mère avait quitté Nantes, était partie à sa recherche. Le sort les avait fait se croiser.

Ensuite, sa relation avec Alex, minée par le mensonge, l'angoisse. L'équilibre rompu, les tentatives de parler, les élans, les renoncements, la fuite en avant. La situation intenable, refermée comme un piège.

Elle était épuisée et savait qu'elle n'aurait pu continuer ainsi longtemps. Et il ne lui restait plus aujourd'hui que les remords d'avoir menti et les regrets lancinants d'un été qui ne reviendrait pas.

Elle songea qu'elle allait sans doute pouvoir écrire de nouveau. Fallait-il vraiment écrire un livre avec des larmes ?

45

Pauline avait ouvert la baie vitrée. Alex répéta :

- Pourquoi es-tu partie, Pauline ?

Elle se retourna et le regarda prendre une cigarette sur la table basse. Pour la première fois depuis longtemps, elle lui apparaissait comme une inconnue.

- Comment une femme peut-elle abandonner son enfant et rester vingt-cinq ans sans le voir ?

Elle dit d'une voix tremblante.

- Je ne sais pas comment j'ai pu.

Alex ne la quittait pas des yeux. Elle parut faire un effort.

- J'ai revu son père, il y a sept ans. Il avait retrouvé ma trace. Ton père était absent et toi tu naviguais. Je ne sais pas s'il est venu à Nantes pour me retrouver ou pour se convaincre qu'il n'avait rien perdu, qu'il ne devait rien regretter. Nous étions dans le salon. Sur la cheminée, il y avait cette photo de nous deux, tu sais, celle où nous sommes en Grèce. Je lui ai dit que tu étais mon fils. Sur la photo, tu dois avoir quatorze ans. Il m'a cru quand je lui ai dit qu'elle était récente, que tu avais quelques années de moins qu'Aurore et que tu étais tout pour moi. Il a dit que tu me ressemblais, qu'Aurore était différente. Il était venu à Nantes avec elle. Peut-être espérait-il se servir d'elle pour me faire revenir. Je ne sais pas et je n'ai pas voulu le savoir. Je les ai repoussés, elle et lui. Je les ai éloignés avec une photo de toi. Je lui ai dit que tu étais tout pour moi. Et c'était vrai. Tout l'amour maternel que j'avais en moi, si tant est que j'en aie, je l'avais reporté sur toi. Je lui ai parlé de toi pour qu'il ne me parle pas d'Aurore.

- Mais pourquoi ?

Pauline eut un geste d'indifférence.

- C'était trop tard. Les revoir aurait été admettre que j'avais fait une erreur, que j'avais gâché ma vie. Je n'en ai pas eu le courage. Alors, je me suis obstinée, aveuglément.

- Pourquoi, répéta Alex. Qu'est-ce qui s'est passé ?

Elle s'adossa à son siège et respira profondément.

- Après mon mariage éclair, dont tu as sûrement entendu parler, je suis partie vivre à Paris. J'avais dix-neuf ans. Le mariage m'avait libéré de la tutelle de mes parents, de ma mère surtout. Tu te souviens d'elle ?

Alex se souvenait de cette belle femme un peu froide, très préoccupée de sa beauté et de sa position sociale et terrifiée par l'idée de vieillir. Après le mariage de Pauline et Richard Brenner, elle avait accepté de revoir sa fille qu'elle ne voulait plus voir depuis six ans. Elle avait alors quarante-six ans et pour elle commençait un lent déclin. Déjà étonnée de voir Alex appeler Pauline maman, elle était restée pétrifiée en l'entendant l'appeler mamie.

- Voyons, Alex, ne m'appelle pas mamie, c'est... c'est gênant.

- Tu préfères que je dise mémé ? avait-il demandé avec une joie sadique tout en regardant Pauline se retenir de sourire.

- Oh ! Encore moins !

Se retrouver à quarante-six ans grand-mère d'un enfant de onze ans l'avait mise en état de choc.

Pauline continuait.

- Ma mère ne m'aimait pas tellement. J'étais trop différente. J'étouffais chez moi. Mon père était gentil mais complètement dominé par ma mère. Elle devait le tromper aussi. Pour se rassurer, je pense, elle était incapable d'éprouver le moindre sentiment pour qui que ce fût. J'avais à peine dix-neuf ans et plus de deux ans à attendre pour être majeure. J'ai épousé cet ami de mon père et je suis partie. Ça n'a pas toujours été simple, j'ai connu des hauts et des bas, mais j'étais libre. J'ai trouvé du travail chez un antiquaire et ensuite chez un photographe où j'ai appris la photo. J'avais des amis. Je sortais. Je voulais m'étourdir comme si quelque part, je pressentais que la vie m'attendait au tournant...

Alex l'observait. Elle avait le regard flou de trop de souvenirs.

- Et puis, j'ai rencontré, David, le père d'Aurore. Ils étaient quelques amis dont Pierre que j'aimais bien. Mon cœur oscillait entre les deux. Pierre était léger et insaisissable alors je me suis laissée entraîner par David. Il avait eu le coup de foudre pour moi. Il me regardait comme si j'étais unique au monde. Aucun homme ne m'a aimé comme lui.

- Pourquoi tu l'as quitté alors ? Tu ne l'aimais pas, toi ?

- Si. Je l'ai aimé à la folie.

- Alors, pourquoi ?

Elle respira à fond. Ça avait l'air difficile.

- Il m'a présentée à sa famille. J'étais toujours mariée et sa mère et sa sœur m'ont reçue assez froidement, surtout sa sœur qui m'a détestée d'emblée. Je me suis retrouvée enceinte et j'ai décidé d'aller voir mon premier mari pour lui demander de divorcer. Je lui avais déjà téléphoné une fois mais il avait refusé. Là, quand il a vu que j'allais avoir un bébé, que c'était fini, il m'a dit qu'il était d'accord pour divorcer. Je suis remontée à Paris et j'ai appris un peu après qu'il s'était suicidé. C'était inimaginable. Ça faisait cinq ans que j'avais quitté Nantes. Je n'avais pas mesuré à quel point j'avais pu lui faire du mal. Finalement je ne valais pas mieux que ma mère, capable de blesser par indifférence.

Pauline semblait écrasée d'amertume.

- J'ai connu deux hommes et quelques autres aussi. Deux hommes. Un que je n'aimais pas, que j'ai épousé et que j'ai quitté et un que j'aimais, que je n'ai pas épousé, à qui j'ai fait un enfant et que j'ai quitté aussi.

- Et mon père ?

Elle le regarda.

- Et ton père aussi que j'ai épousé et que je n'ai pas quitté.

Alex hésita à lui demander si elle l'avait aimé et haussa les épaules. Ça n'avait plus d'importance.

Elle restait silencieuse.

- Tu ne m'as toujours pas dit pourquoi tu avais quitté le père d'Aurore.

Elle parut émerger.

- J'étais fatiguée par mon état. La mère de David insistait pour que je me remarie mais je ne voulais pas tout de suite après ce qui s'était passé. On voyait sa sœur de temps en temps. Un soir, elle est passée avec une amie. J'ai eu un étrange pressentiment. Elle s'intéressait un peu trop à David. Lui m'aimait. Je le savais mais je sentais venir le danger. J'aurais dû lui parler. En même temps j'avais confiance en lui. Un jour, je suis rentrée plus tôt que prévu et je les ai trouvés tous les deux. J'étais prête à accoucher. Je suis partie en courant et je suis allée chez sa sœur. Je suis arrivée comme une furie. Je me suis jetée sur elle et je l'ai frappée. La rage décuplait mes forces. J'étais déchaînée. Quelqu'un nous a séparées. Je crois que j'aurais pu la tuer.

Alex regarda avec stupeur cette femme qu'en vingt-cinq ans, il n'avait jamais vu élever le ton.

Pauline parlait maintenant comme pour se libérer.

- Ça n'allait plus du tout. J'ai été prise de contractions et on m'a emmenée à la clinique.

Elle se souvenait brusquement de tout avec acuité. C'était comme quand on allume une lumière trop vive qui vous blesse les yeux. Elle avait accouché une nuit baignée de sang, de sueur et de larmes. D'un bébé hurlant qu'elle n'avait pas voulu voir. Quand elle s'était réveillée, David était là. Il lui disait qu'il l'aimait et la suppliait de lui pardonner. De ne pas le quitter.

- Il m'aimait mais comme beaucoup d'hommes, il pensait que je ne saurais pas ou que je passerais dessus. Comme beaucoup, il a pris le risque. Les hommes ne croient pas que les femmes peuvent partir et pour un moment de plaisir passager, ils prennent le risque de tout perdre. J'aurais pu tout accepter sauf ça. L'adultère, c'est sale et répugnant. J'éprouvais une haine et un chagrin sans nom. C'était fini. Je ne pouvais plus. Je l'aimais tellement. Je ne pensais pas qu'il pouvait me tromper. Il m'a suppliée. Il me disait que c'était un moment d'inconscience. Pour moi, c'était l'écroulement de tout. Un moment qui a détruit sa vie et la mienne. Je ne pouvais plus. Même maintenant, je sais que je n'aurais pas pu. Je n'aurais pas été heureuse de toute manière. A la sortie de la clinique, quelques jours plus tard, il est venu me chercher. Il faisait beau comme un miracle. A en pleurer. J'étais comme un automate, murée dans ma haine. Il me manipulait comme un objet fragile. Le bébé pleurait comme s'il sentait les choses. En rentrant, j'ai fait mes valises. Il m'a suppliée, menacée. A la mairie, il avait reconnu l'enfant et comme nous n'étions pas mariés, Aurore a été enregistrée de mère inconnue. Il aurait fallu que j'aille la reconnaître. Je ne savais pas. Il m'a menacée, si je partais, de garder le bébé. Je lui ai dit que s'il faisait ça, je ne les reverrais jamais de ma vie. Il me suppliait de rester, il pleurait presque. Il n'a pas voulu me laisser emmener Aurore. Il pensait que s'il la gardait, je reviendrais. Le bébé hurlait et je suis partie. Je suis descendue dans le midi où j'avais des amis. Rien n'arrivait à apaiser mon chagrin. Je pensais toujours à mon bébé. Alors, je suis revenue à Paris. Je suis allée voir David. J'étais prête à retourner vivre avec lui. Il a refusé de me laisser parler. Il a voulu me blesser autant que je l'avais blessé et m'a dit que c'était fini et qu'Aurore lui appartenait.

Alex regarda Pauline. Son visage reflétait une intense souffrance. Elle continua sans le regarder.

- J'étais effondrée. Je ne savais pas quoi faire pour reprendre Aurore. J'ai pensé à mon père. Peut-être qu'il pouvait m'aider, faire quelque chose. J'ai pris un train pour Nantes et je suis allée voir mes parents.

Elle s'arrêta un instant comme on reprend son souffle.

- On croit quelquefois qu'on touche le fond et puis on se rend compte que ça peut toujours être pire. Ma mère ne m'a même pas laissée parler et m'a jetée dehors. Mon frère était embarqué. Je n'avais personne. Je suis descendue dans un hôtel et là, je me suis ouvert les veines. C'est comme ça que j'ai atterri dans la clinique de ton père.

Elle pleurait doucement, sans même s'en rendre compte et dit sans le regarder.

- Tu ne me demandes pas pourquoi, alors qu'il m'aimait, David n'a pas voulu de moi quand je suis revenue ?

Alex la scruta.

- Pourquoi ?

- Au moment de le quitter, je lui ai dit une chose terrible.

Elle hésita.

- Qu'Aurore n'était pas de lui, qu'elle était de Pierre.

Il la regarda, effaré.

- C'était faux, bien sûr. Mais comment un homme peut-il le savoir avec certitude ?

Elle se tut, perdue dans ses souvenirs. Etait-ce là que les choses avaient basculé dans l'irréversible ?

Au bout d'un moment, elle dit :

- Plus tard, j'ai appris que David avait essayé de me retrouver. Il a téléphoné à mes parents et est tombé sur ma mère qui lui a dit qu'elle n'avait pas de fille. Entre temps, j'ai épousé ton père et changé de nom. Des années plus tard, il a essayé de nouveau et a appelé mon frère qui lui a dit que j'étais mariée et il est venu. C'était il y a sept ans.

Pauline se tut.

- Pourquoi tu t'es décidée brusquement à partir à la recherche d'Aurore ?

- Il y a quelques mois, j'ai rencontré Pierre par hasard à l'Hélios. Il était à Nantes pour son travail et était descendu à l'hôtel. Il m'a dit que David avait eu une attaque et m'a parlé d'Aurore. Il voulait que j'aille la voir. Je lui ai dit que je savais qu'elle me croyait morte. Il a insisté. Je devais la voir. J'étais sa mère. On ne pouvait pas laisser quelqu'un dans l'ignorance de son identité. David ne lui a jamais dit qui j'étais, pas même mon nom. Je lui ai dit que j'y réfléchirais. Alors, il lui a parlé à elle. Et au moment où je me décidais à aller la voir, elle était à Nantes. Nous nous sommes croisées...

Elle resta un moment silencieuse puis dit doucement.

- Un enfant, c'est tout le bonheur du monde. Et je suis passée à côté.

Elle le regarda.

- Enfin, pas tout à fait. Tout l'amour maternel que j'avais en moi, je l'ai reporté sur toi. Je ne sais pas ce que j'aurais fait sans toi.

- Tu serais sans doute retournée voir le père d'Aurore. Tu te serais battue pour la reprendre.

Il eut l'air songeur.

- C'est peut-être ce qu'Aurore a pensé, aussi.

- Oui. C'est possible. C'est d'ailleurs ce que j'ai voulu faire à un moment. Tu te souviens, quand tu étais enfant, je m'absentais quelquefois les week-ends. David avait quitté Paris avec Aurore et je ne savais pas où ils étaient mais j'ai fini par retrouver leur trace. Tu avais dix-sept ans et elle sept. Ton père et moi, ça n'allait plus très bien. Tu étais grand. Mais un soir que ton père t'a parlé, tu m'as dit que si je partais, je ne te reverrais plus. Je n'ai pas voulu prendre ce risque alors que j'avais déjà perdu Aurore, que je n'étais pas sûre qu'elle veuille de moi.

Alex baissa la tête.

- J'y ai souvent repensé et je m'en suis voulu. Je pensais que tu avais rencontré quelqu'un et que par ma faute, tu n'avais pas pu refaire ta vie.

Elle eut un geste d'indifférence.

- Ne t'en veux pas. Tu ne pouvais pas savoir. J'aurais pu te parler, t'expliquer. Je ne l'ai pas fait. C'est comme ça.

Il regarda Pauline. Elle était vêtue de blanc, comme toujours, comme ces veuves médiévales. Après toutes ces années, il avait presque oublié qu'elle n'était pas sa mère. Elle aussi le regardait.

- Cherche là, Alex. Ne vous perdez pas tous les deux.

Il resta silencieux. Ces deux femmes fugitives comme le bonheur, attirantes comme la fatalité, avaient en elle le même sang, vif et imprévisible, capable d'emballements. Il chercha sur le visage de Pauline une ressemblance. La bouche peut-être, sensible et émotive. Mais elles étaient différentes. Si différentes qu'à aucun moment, il ne s'était douté. Mais comment aurait-il pu imaginer une chose pareille ?

Comment allait-il faire pour retrouver Aurore maintenant ? Où allait-elle bien pouvoir aller ?

Pauline restait plongée dans une rêverie amère.

- J'ai tout raté, dit-elle. Même une chose dérisoire. J'ai toujours pensé que je ne serais pas, pour la femme que tu aimerais, une belle-mère encombrante, que je ne me mettrais jamais entre toi et elle. Tu vois, même ça...

Alex se leva et entoura ses épaules.

- Ne t'inquiète pas. Je vais la retrouver.

Pauline regardait dehors le soleil déclinant sur l'horizon. Elle avait pleuré un océan de larmes, tandis qu'une petite fille aux yeux pleins d'ombres et de lumière grandissait loin d'elle. Comment avait-elle pu tenir si longtemps ? Parce que la vie est plus forte, l'espoir une flamme qui ne meurt jamais ? Ou parce que, certains soirs, la vie ressemble à un tableau ? Pauline, l'esthète, spectatrice de sa propre vie.

Pour la première fois depuis des semaines, Alex se réveilla seul, le lendemain matin. Habituellement, Aurore était là. Où pouvait-elle être en ce moment ?

Il se leva et regarda le réveil. Plus de dix heures. Il avait une de ces migraines! Après le départ de Pauline, la veille, il s'était saoulé consciencieusement et il ne se souvenait plus de l'heure à laquelle il s'était écroulé.

Le sentiment de manque était insupportable. Il se leva, prit une douche rapide et s'obligea à avaler quelque chose puis sortit sur le balcon et s'installa sur un transat pour réfléchir.

Un peu avant midi, on sonna à la porte d'entrée et il alla ouvrir. C'était Gégé. Il le fit entrer dans le salon.

- Aurore n'est pas là ?

- Comme tu vois !

Gégé le regardait, interrogateur.

- Elle n'est pas revenue à l'appartement.

- Qu'est-ce que tu vas faire ?

- Qu'est-ce que tu veux que je fasse ?

- Elle a tout dit à Sophie la veille de votre départ en Grèce. Elle devait t'en parler là-bas.

- Elle ne l'a pas fait.

- Si j'avais su ça avant, je lui aurais parlé. J'aurais essayé de la convaincre de te parler.

Alex haussa les épaules.

- Sophie a sûrement dû le faire.

- Tu as essayé d'appeler chez elle ?

- Ce n'est pas le genre à retourner chez elle. Elle est comme ma mère. Enfin, la sienne. La fuite en avant, c'est leur truc.

- Essaie quand même de téléphoner. Sophie m'a donné son numéro.

- Je l'ai. Mais ça m'étonnerait qu'elle soit chez elle.

Devant l'air insistant de Gégé, il composa le numéro d'Aurore. La sonnerie résonna longuement. Il raccrocha.

- Qu'est-ce que je te disais !

Il se tut quelques instants.

- Est-ce que tu te rends compte de la situation, Gégé ?

- Oui. Bien sûr. Mais c'est pour ça aussi qu'elle avait un comportement incompréhensible... Ça a dû être dur pour elle.

Alex ne répondit pas.

- C'est une gentille fille, Alex et elle t'aime.

- Moi aussi, je suis un gentil garçon. Mais je n'ai pas une traître idée de l'endroit où elle a pu aller.

Gégé restait là, perplexe et regardait Alex. Lui qui s'était toujours préservé de la passion et des complications qui risquaient d'en découler, et bien qu'il essayât de n'en laisser rien paraître, semblait complètement désorienté.

Il dit brusquement.

- Va à Paris. Laisse un mot dans sa boîte ou sous sa porte. Elle finira bien par rentrer chez elle.

- Oui. J'y ai pensé, fit Alex.

La perspective de se retrouver seul le déprima.

- Tu déjeunes avec moi au Grill ?

- Si tu veux.

Après que Gégé fût parti, Alex décida d'aller à Paris le jour même. Il laissa quelques consignes à l'hôtel et prit la route en début d'après-midi.

Le studio d'Aurore était situé dans le quatorzième, au troisième étage. Il sonna longuement et au bout d'un moment, la porte voisine s'ouvrit. Une vieille dame noire apparut et il songea que ce devait être Mémé Elise.

- Bonjour, vous êtes Alex ?

- Aurore vous a parlé de moi ?

Elle le regardait avec un air maternel, mais depuis peu, Alex ne faisait plus confiance aux femmes maternelles.

- Oui. Je lui avais bien dit que vous viendriez.

Il la regarda avec effarement.

- Vous voulez dire qu'elle était là, hier soir ?

- Oui. Elle espérait que vous alliez téléphoner. Elle a attendu toute la soirée.

Il se sentit consterné. Ce n'était pas possible ! La veille, elle était chez elle et attendait son coup de fil. Quel imbécile, il était avec ses certitudes.

- Elle est partie ce matin.

- Vous savez où ?

- Non. Elle n'a pas dit. Entrez.

Il hésita mais elle était vraiment irrésistible avec son air réjoui. Elle le fit entrer dans un salon aux murs clairs avec des meubles bruns et sur un mur, un panneau couvert de photos.

- Ce sont mes enfants. J'en ai sept. Et vingt et un petits-enfants. Vous voulez boire un punch ?

Il était cinq heures de l'après-midi.

- Je préférerais un café, si vous avez.

- Si vous voulez... Le punch, on le boira après.

Elle alla dans la cuisine et revint avec des tasses et un sucrier.

- Asseyez-vous, dit-elle en désignant la table de salle à manger.

- Qu'est-ce qu'Aurore vous a dit exactement ?

Elle s'assit sur une chaise à haut dossier et il en fit autant.

- Elle m'a raconté votre histoire. Elle pleurait. Elle disait qu'elle aurait dû vous parler dès le début, qu'elle n'avait pas su. Pourquoi vous n'avez pas téléphoné ?

- Je pensais qu'elle ne rentrerait pas chez elle. Il faut croire que j'ai toujours eu des idées préconçues à son égard.

Il prit la tasse de café qu'elle lui tendait.

- Vous avez une idée de l'endroit où elle a pu aller ?

- Non. Elle ne savait peut-être pas, elle-même.

Alex la regarda avec accablement. Ça, il s'en doutait un peu.

- En tout cas, elle ne m'a pas dit où. Pourtant j'étais sûre que vous viendriez. Vous ne voulez pas un punch ?

Il eut un geste fataliste.

- Au point où j'en suis.

Alex était bien, installé devant la télé avec Mémé Elise. Elle lui avait fait deux punchs qui l'avaient achevé. Il faut dire qu'il n'avait pas avalé grand-chose de la journée. Comme elle était seule, et vu son état, elle avait insisté pour qu'il reste dîner avec elle. Elle était gaie. Elle lui avait parlé d'Aurore, de la Martinique, de ses enfants, l'avait fait rire et après dîner, lui avait fait un café qu'il buvait devant une émission qu'elle suivait avec intérêt.

Elle désigna l'animateur.

- Celui-là, il a l'air d'un vrai gentil.

Il sourit. De toute manière, elle avait la tête et le cœur de quelqu'un qui ne voit le mal nulle part.

Il était bien, détaché de tout. Qui lui aurait dit plusieurs mois plus tôt qu'il se trouverait dans cette situation ? En train de regarder une émission de variétés avec une vieille dame de plus de soixante-dix ans qui avait réussi à le mettre dans un état second, tout en se demandant comment retrouver une femme qui lui avait menti, mais dont il ne pouvait se passer. Même Lila et son imagination délirante n'aurait pu inventer un truc pareil.

Il restait là, anesthésié par le punch, se demandant ce qui l'attendait encore.

Quand l'émission fut terminée, Mémé Elise se leva et alla ouvrir un tiroir. Elle en sortit des clés.

- Tenez, dit-elle. Ce sont les clés d'Aurore. Ce soir, vous allez dormir chez elle. Comme ça, vous n'aurez pas besoin de prendre votre voiture. Je suis sûre qu'elle ne m'en voudra pas de vous ouvrir sa porte.

Alex se leva. Il voulut dire quelque chose, ne trouva rien et se contenta de l'embrasser. Elle sourit.

- Venez prendre le petit-déjeuner avec moi, demain. Et ne vous inquiétez pas. Elle va revenir.

Elle faisait partie de ces gens qu'on a l'impression d'avoir toujours connus et un court instant, il eut chaud au cœur.

- Merci, dit-il, à demain.

Il pénétra chez Aurore et regarda autour de lui. L'appartement était un studio aux murs tendus de tissu orangé très chaud, meublé d'un lit recouvert de coussins, d'une petite table ronde et, entre la fenêtre et une bibliothèque pleine de livres, d'un grand bureau sur lequel trônait un ordinateur. Dans la petite salle de bain attenante, un flacon de parfum était posé sur le rebord de la baignoire. Il l'ouvrit et le respira en fermant les yeux. Aurore en mettait souvent le soir et fugitivement, il eut l'impression de sentir sa présence.

Il revint dans la pièce principale à la recherche d'un élément pouvant lui indiquer l'endroit où elle se trouvait, ne trouva rien et s'arrêta devant sa bibliothèque au contenu aussi éclectique que ses goûts.

Il s'assit et se passa la main sur le front. Où pouvait-elle être passée ? Il n'en pouvait plus de se le demander.

Déjà, au début, sa relation avec elle l'avait déstabilisé. Avant elle, il s'était toujours gardé une marge de rétablissement. Jamais, il ne s'était laissé aller à s'attacher à quelqu'un. Elle, il s'était laissé aller à penser qu'elle resterait. Et là, son départ le laissait démoli.

Il ouvrit le lit et s'allongea, espérant retrouver son odeur. Il resta un long moment éveillé, passant en revue les différents endroits dont elle lui avait parlé et où elle aurait pu aller, mais ne trouva rien de marquant. Il finit par s'endormir.

Il se réveilla le lendemain assez tôt et ouvrit les volets. Le studio était exposé à l'est et le soleil déjà haut l'éblouit. Il songea à l'enthousiasme d'Aurore pour son exposition sud et la possibilité qu'elle avait d'observer la course des étoiles.

Il descendit dans la rue à la recherche d'une boulangerie, acheta des croissants et marcha un peu.

Au retour, il remonta chez Aurore et s'assit à son bureau. Il réfléchit un moment puis écrivit quelques mots sur une feuille qu'il posa sur le clavier de l'ordinateur. «Aurore, reviens »

Après avoir rendu les clés d'Aurore à Mémé Elise, Alex alla voir Eléonore Beaumont. Elle fut stupéfaite d'apprendre qu'il était le beau-fils de Pauline mais elle ignorait où était sa petite-fille. D'ailleurs, elle ne l'avait pas revue. Au moment de partir, elle le retint.

- Dites à Aurore de pardonner à son père. Il était malheureux.

Encore fallait-il qu'il la retrouve. La vieille dame ne semblait pas en douter.

Que pouvait-il faire de plus ? Il ne pouvait plus qu'attendre qu'elle rentre chez elle, qu'elle trouve son message.

Il revint à Nantes, découragé et passa deux jours chez lui, espérant un coup de téléphone. L'appartement était imprégné de la présence d'Aurore, elle y avait laissé un certain nombre d'affaires qu'il passa en revue, s'attardant sur certains vêtements. Finalement, il décida de s'installer à l'Hélios pour ne pas devenir fou. Elle allait revenir. Il suffisait d'attendre qu'elle rentre chez elle. C'est en tout cas ce qu'il se répétait.

Le lendemain, il alla à Sainte-Marguerite. Il avait parlé au téléphone avec Pauline mais il n'avait pas revu Lila depuis le jour de son retour de Grèce.

Après s'être promené à Congrigoux, il alla à la Villa Anthéa. Tout était calme. Apparemment Pauline était absente, sa voiture n'était pas devant la terrasse. Il alla dans la cuisine et sourit malgré lui. Lila avait dû l'entendre arriver: Un walkman sur les oreilles, elle lisait ostensiblement *le Canard Enchaîné*. Il lui ôta le casque.

- Lila. Quand tu fais semblant de lire, essaie de tenir ton journal à l'endroit.

Elle eut le réflexe de regarder.

- Je le tiens à l'endroit.

- Oui, mais tu vérifies pour en être sûre.

Elle renonça à discuter et dit :

- Alors ?

Il haussa une épaule.

- Alors quoi ?

Lila s'assombrit. Si on l'avait écoutée, les choses auraient été différentes. Elle avait souvent répété à Pauline d'essayer de revoir sa fille, de ne pas attendre. Surtout quand Aurore avait eu dix-huit ans. A ce moment, elle était entièrement libre de la revoir. Et même avant, elle aurait pu tenter quelque chose.

Elle murmura.

- Tu ne l'as pas retrouvée ?

Il alla à la fenêtre et demanda :

- Tu savais ?

Elle soupira. Quand elle avait vu Aurore, la fois où Alex l'avait amenée, elle avait eu un éclair, une intuition. Elle aurait dû en parler à Pauline quand celle-ci avait appelé de Paris à son soi-disant retour de Grèce. Mais elle avait été tellement prise au dépourvu qu'elle n'y avait songé qu'après avoir raccroché.

Pauline aurait pu parler à Aurore avant de tout raconter devant Alex. Le connaissant comme elle le connaissait, il devait être mortifié.

Elle dit :

- Le doute m'a effleurée quand je l'ai vue la première fois et j'ai téléphoné à l'Hélios mais on m'a dit qu'elle s'appelait Sanders. Je n'ai pas insisté.

Il se retourna.

- Tu as appelé l'hôtel ? Elle sera contente de savoir qu'elle ne s'est pas donné du mal pour rien.

- Comment ça ?

- Je savais qu'elle n'avait pas donné son vrai nom. Mais je n'y ai pas attaché d'importance. J'imaginais je ne sais quelle lubie...

Lila hésita.

- Elle n'a jamais cherché à te parler ?

- Si. Je n'ai pas fait attention sur le moment.

- C'est vrai qu'avec toi, ce n'est pas toujours facile de discuter.

- Tu plaisantes ou quoi ? Dis tout de suite que c'est de ma faute.

- Mais non. C'est comme ça.

Il resta un moment silencieux puis vint s'asseoir près d'elle.

- Lila. Dis-moi que je vais la retrouver.

- Evidemment que tu vas la retrouver ! Elle est vivante. Il n'y a que la mort qui vous sépare définitivement.

- Ce n'est pas la mort qui a séparé ses parents.

- Ça n'a rien à voir.

Elle restait là, incertaine et fatiguée brusquement. Avec une violence subite, une soirée remonta à la mémoire d'Alex. C'était plusieurs années plus tôt, à la mort de son père. Il était assis avec Lila, comme ce soir et elle avait fait un geste vers lui. En voulant effleurer son visage, sa manche avait glissé et il avait remarqué les chiffres tatoués sur son bras.

- Qu'est-ce que c'est ? avait-il demandé.

Elle n'avait pas répondu et il s'était senti glacé. Oh non, pas Lila ! Pas elle. Comment n'avait-il rien su ? Mon Dieu, il y avait tellement de choses, tellement de gens qu'il n'avait pas compris.

Il l'avait regardée sans oser poser une question, terrible. Elle avait répondu pour lui.

- Non. Je n'avais pas d'enfant.

Il avait failli pleurer comme un gosse, lui qui n'avait pas pleuré depuis des siècles. Lila. Si gaie. Si douée pour le bonheur.

Il prit la main de la vieille dame et elle parut comprendre. Il dit :

- Ça doit te paraître dérisoire.

- Rien n'est dérisoire. Et surtout pas la douleur, quelle qu'elle soit...

Elle se tut un instant puis murmura.

- J'avais vingt ans quand j'ai été déportée ainsi que mon fiancé. Quand je suis sortie de l'enfer, je l'ai cherché...

Sa voix trembla, brusquement. Il la regarda. Elle avait des larmes dans les yeux.

- Aurore est vivante, Alex. C'est toute la différence.

Il baissa la tête. Lila qu'il avait toujours vue rire pour repousser les ombres.

Ce fut elle qui refusa de s'apitoyer. Elle s'agita.

- Tu n'as pas envie de gâteau ? J'ai fait une tarte aux pommes.

Il la regarda, reconnaissant.

- Si.

Elle sortit une tarte du four et en coupa deux parts qu'elle disposa dans des assiettes. Alex eut l'air irrité brusquement.

- Et en attendant, qu'est-ce que je fais ? Tu peux me dire ?

- Tu n'as qu'à te ressourcer, comme on dit maintenant.

Se ressourcer ! Elle en avait de désopilantes, Lila.

- Tourne-toi vers les autres. Tu as toujours vécu, centré sur toi.

- Comment ça, centré sur moi ?

- Oui. Tu as toujours été égocentrique. Tu t'es toujours protégé des gens et des choses contraignantes. Tu as eu la chance de pouvoir le faire.

Il fronça les sourcils. Qu'est-ce qu'elle lui racontait, là ? Il se leva.

- Lila. J'ai passé les premières années de mon enfance en pension, entre des tantes indifférentes et un père qui ne m'aimait pas. Qu'est-ce que tu aurais voulu que je fasse ? M'apitoyer sur mon sort ? Je me suis endurci pour ne pas souffrir, je me suis fait une carapace d'indifférence. Et par la suite, je me suis juré que je ne laisserais jamais rien ni personne me faire souffrir. Et alors ? J'ai eu tort ?

- La vie ce n'est pas se protéger des émotions, de tout ce qui fait que la vie vaut d'être vécue. Et puis, on ne se protège jamais complètement. Sinon, tu ne serais pas là.

Elle fut surprise de ne pas le voir monter sur ses grands chevaux. Il était plus abattu qu'elle n'avait pensé.

- Ne passe pas à côté des choses, Alex. La vie vaut d'être vécue. Même moi, je peux te le dire.

48

Il rentra sur Nantes. Sans savoir pourquoi, mû par une impulsion inexplicable, il se retrouva devant la maison de ses grands-parents maternels, à La Chapelle sur Erdre. Elle lui appartenait toujours, en indivision avec Irène et depuis sa majorité jusqu'à aujourd'hui, il avait toujours refusé de la vendre.

- Comment, Irène, tu voudrais que je vende la maison de ma vraie mère ?
- Mais enfin, Alex, qu'est-ce que tu veux qu'on en fasse ?
- Ce que tu veux. Moi, je ne la vends pas.

Irène s'était occupée de la louer pendant des années mais quand les derniers locataires étaient partis, un an plus tôt, elle avait décidé de la laisser en plan, espérant qu'il accepterait d'entendre raison. Il était resté imperturbable et savait par Pauline qu'elle ne décolérait pas.

- C'est une honte de laisser cette maison se délabrer ainsi. Et il ne veut rien entendre. Vous savez, Pauline, ce qu'il me répond quand je lui parle de faire des travaux ? « Des transformations dans la maison de ma mère ! »

Il restait là, fixant la façade de la bâtisse au milieu du jardin à l'abandon et descendit de voiture. La grille grinça douloureusement. Il pénétra dans le jardin et fit le tour de la maison. La pelouse était brûlée par le soleil et tout était en friche. Des arbres morts restaient dressés le long de la clôture arrière. Des ormes qui comme d'autres dans la région, avaient crevé des années plus tôt. Un jardin qui n'évoquait rien pour lui. Sa mère était morte quand il avait quelques mois et tout ce qu'il possédait d'elle, c'était la photo d'une jeune femme aux grands yeux sombres qui s'appelait Camille et qui lui était inconnue.

Pour pouvoir louer, Irène avait déménagé toutes les affaires de Camille dans une petite dépendance au fond du jardin, une minuscule maison de gardien et lui en avait donné la clé. Là, le bâtiment tombait carrément en ruine.

Après une lutte épique avec la serrure, il réussit à ouvrir la porte. Un silence total et un désordre incroyable y régnaient. La poussière s'était accumulée partout et des toiles d'araignées reliaient les murs. Il y avait des années que personne n'avait dû y mettre les pieds.

Il monta à l'étage et alla à la fenêtre qui résista. Quand elle s'ouvrit, un nuage de poussière l'enveloppa et se dilua dans l'air frais. Il poussa les volets et la lumière du jour éclaboussa la pièce, accentuant son air désolé. Un grand miroir dont l'encadrement s'effritait, refléta son image indécise. Il renonça à visiter le reste et redescendit. Un petit bureau se trouvait dans la pièce principale et il l'ouvrit.

Il passa un moment indéterminé à regarder ce qui s'y trouvait, des papiers, de vieilles photos, tout ce qu'une jeune fille peut accumuler. Il songea que tous ces objets avaient appartenu à cette femme qui l'avait mis au monde, étaient les vestiges d'une jeunesse enfuie, d'un être disparu. Comme tout était dérisoire ! Que restait-il des êtres quand ils disparaissaient ? Des souvenirs fondus dans le temps et la mémoire de leurs proches ? Lila avait finalement raison quand elle disait que la vie vaut d'être vécue si on vit un grand amour. Un sentiment qui vous fasse vibrer et exister aux yeux d'un autre être.

Il remit tout en place et ressortit. Après avoir refermé la grille, il jeta un dernier regard à la maison et remonta dans sa voiture.

Il arriva au garage de Gégé en fin d'après-midi.

- Ah, Alex ! Ça va ?

- Ça va. Dis donc, tu ne me prêterais pas ta tronçonneuse ?

Gégé le regarda, interloqué.

- Qu'est-ce que tu veux faire avec ?

- Qu'est-ce que tu veux que je fasse ? Couper des arbres, tiens !

- Où tu veux aller couper des arbres ?

Il avait l'air inquiet, subitement.

- Arrête, Gégé, je n'ai pas encore perdu les pédales. Tu me la prêtes ou pas ?

- Si tu veux. Tu en as besoin maintenant ?

- Non. Je passerai la prendre demain. C'est pour la maison de La Chapelle sur Erdre.

Gégé eut l'air soulagé.

- Ah, d'accord. Tu restes un moment ?

Alex ne se sentait pas le courage de parler d'Aurore.

- Pas ce soir. J'ai à faire. A demain.

Le lendemain, il se rendit à la Chapelle après avoir découragé Gégé de l'accompagner. Il décida de s'attaquer aux ormes et tronçonna toute la matinée puis entreprit de débroussailler et d'éclaircir le pignon sud où trop d'arbres masquaient la lumière du soleil.

Il était en nage quand il vit arriver Irène. Apparemment, elle avait eu vent de sa présence, il se demandait bien comment. Sûrement, des voisins avaient dû lui téléphoner.

- Ah, c'est toi, Alex ! Je me demandais qui ça pouvait être.

Elle resta saisie en voyant l'amoncellement d'arbres et de branches.

- Tu n'as pas l'intention de tout raser, j'espère ?

Un court instant, il eut envie de lui dire qu'après avoir passé du désherbant, ce serait Tchernobyl puis renonça. Il n'avait plus le goût à plaisanter. D'autant qu'Irène avait autant d'humour qu'un balai-brosse.

Elle le regarda avec espoir.

- Tu as pris une décision pour cette maison ?

- Oui. J'ai décidé de m'attaquer à l'avant demain.

- Mais qu'est-ce que tu veux faire devant ?

- Des transformations et ensuite, je vais restaurer la maison de gardiens.

- Pour quoi faire ?

Il dit avec ironie.

- Irène. Il est des plaisirs que tu ne soupçonnes pas. Tu devrais venir m'aider. Ça t'économiserait une fortune en cours de gym, musculation et massages divers et tu n'imagines pas la satisfaction d'un travail bien fait.

Sur le coup, elle resta muette et il se retint de rire nerveusement. Elle n'avait jamais dû porter autre chose qu'un vase en verre de Murano et de l'imaginer avec une tronçonneuse, tel Rambo et son arme, lui parut réjouissant au plus haut point. Elle le regarda.

- Tu es sûr d'être dans ton état normal ?

Il eut un sourire de dérision. Dans l'état où il était, couvert de sueur, pas rasé, il devait avoir l'air d'un forcené. Il se baissa pour ramasser son sac à main qu'elle avait posé sur une marche du perron.

- Je me porte comme un charme. Ecoute, Irène. Tu reprends ta caisse à outils et tu me laisses faire.

Elle partit précipitamment et alla à Sainte-Marguerite voir Pauline. Celle-ci essaya de la tranquilliser.

- Allons, Irène, ce n'est pas grave. Il est un peu stressé en ce moment. Laissez-le faire. Il a sûrement l'intention de prendre une décision au sujet de cette maison.

- Vous croyez ?

- Mais oui. Ne vous inquiétez pas. Au fait, vous ai-je déjà dit que j'avais une fille ?

Irène la regarda d'un air inquiet. Avaient-ils tous perdu l'esprit dans cette maison ?

Lila qui assistait à la scène avait les sourcils froncés. Il ne manquait plus qu'Alex débarque à la Villa Anthéa avec sa tronçonneuse et ses idées de transformation.

Gégé passa le lendemain sous le prétexte fallacieux de proposer à Alex des outils dont il pouvait avoir besoin. Il le trouva à l'arrière du jardin et resta lui aussi médusé. Après avoir coupé tous les ormes, il en avait fait des bûches qu'il avait entassées sous un appentis.

Il se laissa tomber sur une marche et Gégé vint s'asseoir près de lui.

- Je suis impressionné. Qu'est-ce qui t'a pris ?

- Un coup de sang. Je suis assez content.

C'était vrai. Toute cette activité lui avait fait du bien même s'il savait qu'une fois rentré à l'hôtel, le manque le ferait souffrir de nouveau.

Irène revint à la charge deux jours plus tard. Alex avait démonté les portes en bois du petit pavillon, les avait poncées et s'apprêtait à les vernir. Il la vit arriver, remontée comme un ressort.

- Ecoute, Alex. Il faut que je te parle. J'ai pensé une chose. Si tu ne veux pas te séparer de cette maison, on peut la faire estimer par un notaire et je te vends ma part. Qu'en dis-tu ?

Il reposa son pinceau.

- Comment, Irène ? Tu voudrais te débarrasser de la maison de ton enfance ?

Elle dit d'une voix frisant l'hystérie.

- Je me fiche de la maison de mon enfance ! Ecoute, jusqu'ici, j'ai laissé faire mais là, cela en est trop ! Tu te fiches pas mal de cette maison, toi aussi. Si tu ne prends pas une décision, je vais voir mon notaire pour savoir ce que je peux faire.

Elle eut un geste maladroit pour repousser une mèche de cheveux qui retombait sur son front et brusquement il la trouva pathétique. Il songea à ce que Lila lui avait dit et se radoucit.

- Détends-toi, Irène. Je vais réfléchir à la question.

Sa tante qui avait repris son souffle pour une nouvelle tirade fut prise de court.

- Ah bon ?

- Laisse-moi encore quelques temps pour réfléchir et je te promets qu'à la rentrée, j'aurai pris une décision.

Elle restait là. Il la regarda.

- Tu as besoin d'argent en ce moment ? demanda-t-il.

Elle s'assit sur une marche du perron.

- Non, ce n'est pas une question d'argent. Mais enfin, on ne peut pas laisser cette maison se dégrader. Et c'est trop d'entretien, une grande maison pareille. La personne qui l'achètera s'en occupera.

Alex avait repris son pinceau et le trempa dans le vernis.

- Tu peux rentrer chez toi, Irène. Je te promets, je vais songer à tout ça.

Elle ne bougea pas.

- Tu ne vas pas rester là à me regarder ?

- Pourquoi ? On est bien. Je ne te dérange pas. Je vais te faire la conversation, si tu veux.

Il fit un effort. Les femmes qui l'entouraient étaient toutes plus obstinées les unes que les autres. Il fallait en avoir de l'abnégation pour supporter l'espèce féminine. Et Lila qui le traitait d'égoïste.

Il eut une idée de génie pour se débarrasser de sa tante.

- Ecoute, Irène, si tu restes là, tu m'aides. Tiens, si tu veux, je te laisse vernir.

- Tu plaisantes ?

- Pas le moins du monde. Si tu veux rester, tu m'aides.

- Mais je ne suis pas habillée pour ça.

- S'il n'y a que ça, tu vas voir dans les affaires de ma mère. Tu trouveras bien quelque chose.

A son grand étonnement, il la vit se lever puis rentrer dans la maison. Quand elle revint, quelques instants plus tard, elle portait un chemisier léger et un pantalon en toile.

- Ça va ? demanda-t-elle, pleine d'espoir.

Il l'examina.

- C'est parfait. Ça te rajeunit de dix ans.

- C'est vrai ?

Il fit un effort pour retrouver sa mauvaise humeur.

- Evidemment. Si tu claquais moins de fric pour des fringues chics, tu ferais moins mémère. Bon, alors écoute, je suppose que tu n'as jamais verni quoi que ce soit de ta vie, à part tes ongles, alors regarde.

Irène lui lança un regard noir puis dit en attrapant le pinceau.

- Donne-moi ça ! En tout cas, ça sent bon, le vernis.

Alex avait sorti les portes dans le jardin et installé des tréteaux. Ils passèrent un bon moment à vernir. Le travail d'Irène n'était pas parfait mais elle était pleine de bonne volonté. Elle était gaie et n'arrêtait pas de parler. En fin d'après-midi, un voisin s'arrêta devant la grille et Irène alla lui parler. Il semblait médusé de la voir travailler et regarda Alex avec insistance. Elle sourit.

- C'est mon neveu. Le fils de ma sœur décédée, il y a des années

L'homme hocha la tête et ne fit pas de commentaires. Après qu'il fût parti, Alex dit à Irène.

- Combien tu paries que demain il va raconter à tout le monde que tu as un amant ? Et plus jeune que toi en plus !

Elle le regarda avec effarement.

- Qu'est-ce que tu racontes ?

- Il n'a pas cru un mot de ce que tu lui disais. Même qu'il doit t'imaginer drôlement ravagée par la passion pour te mettre à travailler de tes mains.

Un court instant, elle parut consternée puis finalement haussa les épaules.

- Il peut raconter ce qu'il veut. Je m'en fiche.

Alex la regarda avec ironie.

- Avec un peu de chance, ça reviendra aux oreilles de tes amies.

Elle avait repris son travail et dit, sarcastique.

- Y'a pas de danger, je n'ai pas d'amies.

Elle releva les yeux sur lui.

- A part Pauline. Mais ça, j'ai mis du temps à le comprendre. Et ne me dis pas que ça vient sûrement de moi, je crois que je l'ai toujours su.

Gégé arriva un peu après et regarda Irène d'un air inquiet.

- Ça va, mon petit Gégé ? Vous venez nous aider ?

Alors qu'elle se dirigeait vers la maison, il se pencha vers Alex.

- Elle se shoote ou quoi ? Elle a fumé la pelouse ?

Elle se retourna.

- Gégé, vous n'imaginez pas le plaisir que donne le travail manuel !

- Ah, évidemment, si c'est une activité masturbatoire !

Irène ouvrit la bouche, la referma puis pouffa.

- Si mon voisin me voit, entourée de deux hommes plus jeunes que moi !

Alex leva les yeux au ciel. Dire qu'il était venu ici pour être seul ! Gégé et Irène allaient lui mettre un de ces souks...

Le lendemain, Irène ne vint pas et Alex songea qu'il aurait dû se douter que ça ne durerait pas. Il fut d'autant plus surpris de la voir débarquer le surlendemain.

- Désolé, Irène. J'ai fini les portes hier.

- Comment ça, c'est fini ? Il y a sûrement un tas de choses à vernir dans cette maison. Je vais aller voir.

Il la suivit des yeux, blasé.

Les jours suivants, il s'attaqua au jardin devant puis à la grille sur laquelle il passa un produit antirouille avant de la repeindre. Irène vint l'aider à plusieurs reprises. Un après-midi, Alex se pencha sur elle et effleura sa joue. Elle le regarda, surprise.

- Qu'est-ce qui te prend ?

- C'est ton voisin de l'autre jour qui vient de passer pour la deuxième fois. Ce pauvre homme a l'air de déployer des trésors d'imagination pour trouver des prétextes pour passer et repasser. Autant lui en donner pour sa peine.

Irène se mit à rire.

- C'est aux oreilles de Robert que toute cette histoire va revenir... Déjà qu'il me regarde bizarrement depuis que j'ai changé de look. Un de ces quatre, il va débarquer et te casser la figure. Juste au moment où tu deviens gentil...

- Oui. Ça m'apprendra à être gentil...

Un soir qu'il restait là, assis sur les marches, réfléchissant à ce qu'il allait faire de cette maison, il songea à racheter la part de sa tante. L'endroit était très bien situé, à deux pas de l'Erdre et la maison, restaurée aurait un charme fou. Il songea à Aurore. Elle lui avait dit un jour qu'elle n'aimait que le neuf, le moderne, les endroits sans passé mais il saurait lui faire aimer l'endroit. Il était prêt à faire toutes les transformations qu'elle voudrait. Et si elle n'aimait pas, il fourguerait tout. Tout ce qu'il voulait, c'était qu'elle revienne. Rapidement. Il n'en pouvait plus de cette incertitude.

Il rentra à l'Hélios. En arrivant sur le parking, il tomba sur Valérie. Il ne manquait plus qu'elle ! Là, c'était complet. Il passa près d'elle sans un regard et elle le suivit.

- Alex. Je suis désolée. Je suis venue m'excuser pour l'autre fois.

- Pas la peine. J'ai déjà oublié.

Elle s'accrocha à son bras et il s'arrêta pour la regarder. Elle dit d'un ton étudié.

- J'ai appris qu'Aurore était partie. J'ai pensé... Si tu veux, on peut parler un peu. Ça te changera les idées...

Il fit un effort sur lui-même. Celle-là, il aurait toujours dû la tenir à bout de gaffe.

- Ecoute, Valérie. Je n'ai pas envie de me changer les idées. Aurore, je vais la retrouver. Je suis prêt à tout pour ça. Et je vais même te dire une chose. Si ça pouvait la faire revenir, j'irais même jusqu'à passer la nuit avec toi ! C'est te dire si je suis prêt à tout ! Tu n'as pas de chance, il n'est pas en ton pouvoir de me la ramener.

Il souriait, sarcastique et tourna les talons. Elle lui lança avec haine.

- Elle ne reviendra pas !

Il ne répondit pas et rentra dans l'hôtel. Dans son bureau, il se servit un whisky. Il en avait besoin. Son verre à la main, il sortit sur la terrasse qui descendait à la piscine. Elle était déserte. Depuis le départ d'Aurore, l'endroit avait perdu de son animation. Il s'assit sur une marche. Où pouvait-elle être ? C'était une de ces fins de journées comme elle les aimait, quand la lumière se fait douce, que les ombres s'allongent. Elle lui avait dit : « Quoi qu'il arrive, dis-toi que je t'aime. » C'est ce qu'il ne cessait de se répéter depuis qu'elle était partie. Et aussi qu'elle allait rentrer chez elle et trouver son mot sur son bureau. Il suffisait d'attendre qu'elle rentre.

Et si elle ne revenait pas ? Ça faisait maintenant plus de dix jours qu'elle était partie et il n'avait aucune nouvelle. Jusqu'ici, il avait été sûr qu'elle allait revenir. Là, brusquement, il se prit à douter. Une idée folle s'insinua en lui. Et s'il lui arrivait quelque chose ? Avec son habitude de traîner le soir en voiture. Un sentiment glacé l'envahit. Et si elle avait un accident, si elle disparaissait ? Qui le préviendrait ? Il aimait cette femme à la folie. L'idée qu'elle puisse mourir le terrifia.

Jusqu'ici, il avait été en représentation. Il s'était regardé, accablé chez Mémé Elise, affichant un détachement blasé avec Irène ou s'apitoyant avec Lila. Jusqu'ici, il s'était regardé souffrir. Là, pour la première fois depuis longtemps, il éprouva de la souffrance.

49

Aurore était appuyée au bastingage et regardait le sillage laissé par le bateau. Le soleil éclatait sur la mer et, à force de fixer son reflet, une multitude d'étoiles se mirent à danser devant ses yeux. Elle rentrait au port après avoir passé l'après-midi sur un petit bateau à passagers qui longeait la côte génoise.

Après avoir attendu toute cette longue soirée qu'Alex l'appelle et touché le fond du désespoir, elle avait quitté Paris, accablée par l'idée qu'il ne lui pardonnait pas de lui avoir menti.

Il fallait qu'elle bouge. Elle avait songé aller en Angleterre dans la famille de sa grand-mère qu'elle n'avait pas vue depuis des années mais l'idée des brumes londoniennes après le soleil de Grèce la déprima et elle préféra descendre dans le midi. Elle avait toujours aimé l'arrière-pays où elle avait séjourné quelquefois avec son père.

Là, une fois arrivée, elle décida de passer en Italie, cette Italie qu'Alex et sa mère semblaient aimer autant que la Grèce et dont il lui avait parlé. Elle prit l'autoroute creusée dans la montagne avec sa succession de tunnels et roula jusqu'à Gênes où elle décida de sortir. Elle traversa la ville poussiéreuse et écrasée de chaleur, embouteillée et bruyante et se retrouva sur la route côtière entre mer et montagne, faite de corniches surplombant le golfe de Gênes ou traversant les stations de la riviera ligure. On était en plein mois d'août, elle roulait, subjuguée par les villas anciennes aux façades aux tons chauds d'ocres ou de rouges, ornées de colonnes et de balustres et les jardins foisonnants de palmiers et d'arbres exotiques.

En fin d'après-midi, elle s'arrêta dans une des petites bourgades en contrebas de la route et chercha un hôtel donnant sur la mer mais tout était complet. Elle se promena un moment puis remonta en voiture et décida de continuer. Des panneaux annonçaient Portofino et Rapallo à quelques kilomètres. Elle essaierait d'y trouver un hôtel.

Le jour avait changé de couleur. A la nuance plus dorée de la lumière, elle estima qu'il devait être 19 heures. Elle traversa une petite station, Santa Margherita Ligure avant d'arriver à Rapallo. Elle fut surprise, c'était plus grand qu'elle n'avait imaginé. Elle ne savait pourquoi, elle s'était attendue à un petit port. La plupart des hôtels étaient complets sauf un mais il ne lui plaisait pas, coincé dans une impasse où on ne pouvait pas se garer. Elle hésita. Elle risquait de ne rien trouver si elle attendait trop. Tant pis. Elle roulerait toute la nuit et irait à Rome. Elle avait toujours rêvé d'y aller.

Elle revint en arrière et vit la direction de Santa Margherita. Le hasard était étonnant. Après Sainte-Marguerite...

Elle reprit la corniche et roula un moment. A un croisement, un panneau jaune avec un soleil sur l'horizon indiquait l'hôtel Sole Mio. Hélios aussi signifiait soleil en grec. Elle ferma les yeux et songea que si une chambre y était libre, elle l'interpréterait comme un présage.

Elle prit la petite route qui montait sur une hauteur, face à la mer. Une allée étroite et sinueuse menait à l'hôtel, un bâtiment tout simple avec une aile rajoutée et des balcons en fer forgé, couverts de grappes de fleurs violettes.

La réception se trouvait dans un long couloir sous un escalier et un jeune homme l'accueillit.

- Il vous reste des chambres ? demanda Aurore.

- Il en reste deux.

Une mama avec un tablier sortit de la cuisine attenante.

- Vous êtes plusieurs ?

- Je suis toute seule.

Elle parut étonnée mais ne dit rien.

- Il nous reste une chambre à l'est et une au sud. Vous voulez les voir ?

Déjà, Aurore savait qu'elle allait rester.

- Je pourrai choisir ?

- Bien sûr. Ferrucio vous aidera à porter vos affaires.

Elle l'entraîna. Grâce à la situation élevée de l'hôtel et bien qu'il soit en retrait de la côte, les deux chambres avaient vue sur la mer au loin. La chambre à l'est était plus spacieuse mais Aurore choisit celle au sud. Elle était ouverte sur un minuscule jardin et les fleurs violettes amoncelées sur le balcon avaient noyé la chambre de senteurs. Un petit bureau se trouvait près de la fenêtre, elle pourrait y écrire.

C'était une ancienne maison de famille, pas très grande et peu fonctionnelle. Pour aller dans les chambres au sud, il fallait traverser une grande salle meublée de vieux meubles sombres et patinés qui faisait office de salon et salle à manger et monter un petit escalier. Après avoir déposé ses affaires, Aurore revint à la réception.

- Vous restez plusieurs jours ? demanda la mama.

Aurore songea qu'à la rentrée, il serait temps de reprendre ses cours. Son congé arrivait à son terme et elle ne pourrait pas se permettre de rester longtemps encore sans travailler. Autant claquer ce qu'il lui restait.

- Ça dépend. Si je reste quinze jours, vous me faites un prix différent ?

La vieille dame hésita.

- Si vous prenez la demi-pension, oui.

Elle s'installa à l'hôtel.. Le matin, elle allait se baigner et marcher sur le port de Santa Margherita ou à Rapallo et Portofino, revenait l'après-midi au moment où il fait le plus chaud, dans le petit jardin du Sole Mio. En fin d'après-midi, elle ressortait se promener puis dînait à l'hôtel avant de regagner sa chambre où elle se remettait à écrire jusque tard dans la nuit.

La riviera ligure avait une séduction indéfinissable avec ses couleurs chaudes, sa végétation luxuriante et cette mer parcourue de reflets différents. Pour la première fois de sa vie, Aurore regretta de ne pas savoir peindre. Pouvoir restituer la beauté de cet endroit. Les mots y réussiraient-ils ?

Sauraient-ils surtout la consoler d'être là dans ces circonstances. Allait-elle passer le reste de sa vie à imaginer ce que serait chaque endroit avec cet homme qu'elle avait perdu ?

Un soir qu'elle rentrait pour dîner, elle s'arrêta pour saluer la mama et son petit-fils. Ils étaient à table dans la grande cuisine attenante et elle dit brusquement.

- Je peux dîner avec vous ?

- Vous ne préférez pas la grande salle ?

Non, justement, elle préférait la cuisine emplie de l'odeur des sauces que la mama préparait et la compagnie de ces gens simples et souriants. Ils acceptèrent avec chaleur et elle s'assit près d'eux. Ils parlèrent toute la soirée, de Paris où ils étaient allés une fois, de Rome qu'il fallait qu'elle voie, du temps qui passait, de choses simples...

Quand la petite amie de Ferrucio vint le chercher, elle se retrouva avec la vieille dame et songea à Mémé Elise, à Maria, à toutes ces femmes en qui elle avait cherché une mère.

Elle était sans foyer comme d'autres sont apatrides, à la recherche depuis toujours d'une famille qui remplace la sienne. Elle en avait une pourtant quelque part dans un endroit de France portant presque le même nom que celui où elle venait d'échouer mais pour n'avoir pas su la reconnaître, se faire reconnaître, elle l'avait perdue.

Elle était là depuis onze jours, maintenant. Onze jours passés à écrire. Ecrire anesthésiait un peu la douleur et l'aidait à passer en revue ce qui s'était passé, à formuler les choses, à réfléchir.

Et au fil du temps qui passait, son énergie, sa force de vivre et d'espérer lui revenaient. Peut-être que tout était encore possible ! Si Alex l'aimait, il lui pardonnerait. Elle avait réfléchi. Peut-être attendait-il, lui, qu'elle téléphone. Plusieurs matins de suite à l'hôtel, elle avait essayé d'appeler l'appartement mais ça ne répondait pas. Où était-il ? Peut-être la cherchait-il ? Depuis onze jours, elle se le répétait. Mais fuyait encore en se raccrochant à cette idée.

Là, sur ce bateau italien qui la ramenait à Santa Margherita, elle décida de revenir. Elle ne pouvait pas laisser les choses se terminer ainsi sans avoir tenté de parler à Alex, une dernière fois. Elle n'avait que trop fui, trop laissé le hasard décider à sa place. Il était temps d'affronter les choses.

De retour à l'hôtel, elle composa le numéro de l'appartement d'Alex qui sonna longuement. Où pouvait-il être ? Elle se décida à appeler l'Hélios. Après quelques sonneries, une voix masculine lui répondit. Elle hésita.

- Je voudrais parler à monsieur Brenner.

Monsieur Graff, si c'était lui, dût reconnaître sa voix, car il ne discuta pas et lui passa un autre poste.

- Allô ?

Elle reconnut la voix décidée d'Alex et fut incapable de prononcer un mot. Au bout d'un moment, il dit d'une voix à la fois contenue et impérieuse.

- Aurore, ne raccroche pas.

Elle resta silencieuse, retenant son souffle. Il ajouta doucement.

- Où es-tu ?... Je t'ai cherchée partout.

Elle ferma les yeux. Il l'avait cherchée. Il l'aimait toujours et l'attendait. Mon Dieu, merci.

- Alex ...

Il poussa un soupir de soulagement.. Surtout la retenir...

- Aurore, je t'ai cherchée partout. J'étais fou d'inquiétude.

Au bout d'un moment qui lui parut interminable, elle dit d'une voix tremblante.

- Tu veux ... que je revienne ?

Il fit un effort sur lui-même.

- Evidemment que je veux que tu reviennes. Où es-tu ?

- En Italie.

- En Italie ! Mais comment veux-tu que j'aille te chercher là-bas ? Où exactement ?

- Près de Gênes. Un endroit nommé Santa Margherita Ligure.

Des larmes lui vinrent aux yeux et elle fut incapable de les contenir. Elle se mit à pleurer.

- Alex... Je suis désolée...

Elle ne pouvait plus s'arrêter. Toutes ces larmes qu'elle avait retenues.

- C'est fini, Aurore.

- Je vais revenir, finit-elle par dire.

Il réfléchit rapidement. La connaissant, elle était capable de rouler toute la nuit. Il préférait aller la chercher.

- Non. Je prendrais un avion demain matin et je te téléphonerai de l'aéroport. Tu viendras me chercher.

Elle fit un effort.

- J'ai essayé de te parler, Alex... Je...

- Je sais. Ça n'a plus d'importance.

Elle était bouleversée.

- Tu vas bien ? demanda-t-il.

- Non. Pas bien...

- Je vais venir. Je serai là demain..

Le soir, elle s'endormit en songeant qu'elle n'avait pas demandé à la mama le nom des fleurs violettes.

Le lendemain matin, elle fit ses bagages en attendant son coup de fil. Elle ne vit pas le taxi pénétrer dans le jardin de l'hôtel et s'arrêter devant l'entrée. Alex en descendit, régla la course et prit son sac. Il leva les yeux sur la façade aux balcons fleuris. Une vieille dame coupait des roses près de l'entrée. Il la salua.

- Vous voulez une chambre ? demanda-t-elle.

- Non. Je viens voir Aurore Beaumont. Elle est bien ici ?

- Vous êtes Alex ?

- Elle vous a parlé de moi ?

- Oui. Hier soir.

Il la suivit à l'intérieur. Le contraste entre la lumière vive de midi et la pénombre du hall était tel que ses yeux mirent quelques secondes avant de s'adapter.

Déjà, la mama décrochait le téléphone.

- Mademoiselle Beaumont. C'est pour vous.

Aurore sortit de sa chambre et s'avança sur le palier. Elle s'arrêta net. Alex était là. Il se tenait en bas de l'escalier et avait levé la tête en entendant ses pas. Ils se regardèrent un instant, incapables de prononcer un mot.

- Je vous laisse, dit la mama.

Alex fixait toujours Aurore qui n'avait pas bougé et monta l'escalier. Arrivé en haut, il se jeta sur elle et la serra comme un fou.

- Aurore, murmura-t-il.

Il l'embrassa avec fièvre et elle s'accrocha à lui. Il était là ! Il était là ! Il l'embrassait et la serrait à l'étouffer.

- J'ai cru devenir fou.

Elle l'entraîna dans sa chambre et il l'étreignit violemment, avec une passion qu'il ne contrôlait plus. Il semblait chercher dans l'amour physique un apaisement à une souffrance, un manque. Pouvoir se confondre. Ils restèrent un long moment sans parler, ayant perdu la notion du temps. La chambre était imprégnée de leur présence.

En fin d'après-midi, ils sortirent dans le jardin. Des senteurs chaudes montaient d'un massif de fleurs.

Il la regarda. Il avait souffert comme un animal, ces derniers jours. Qu'avait-elle de plus que les autres ? Etait-elle simplement faite pour lui ? Quelle était cette histoire que Pauline lui racontait, enfant ? L'histoire d'une âme séparée en deux moitiés condamnées chacune à retrouver l'autre. Etait-elle l'autre moitié de son âme ?

Elle vint s'asseoir contre lui sur la pierre chaude de la terrasse.

- Pourquoi elle m'a abandonnée ? demanda-t-elle brusquement.

Alex la regarda. Il y avait un chagrin terrible dans ses yeux.

- Pourquoi elle n'est jamais venue ? Elle te l'a dit à toi ?

Il l'entoura de ses bras.

- On ira la voir, elle t'expliquera...

Elle secoua la tête.

- Mais si. Ne la juge pas. A sa place, tu aurais peut-être fait pareil.

- Non.

- Allons donc ! Tu m'as laissé tomber pour moins que ça.

- J'aurais emmené mon enfant si j'en avais eu un.

- Pas si je t'en avais empêchée.

Aurore parut perplexe et il insista :

- Tu sais très bien que les choses ne sont pas aussi simples.

Elle restait là, le visage obstiné.

- Ne la juge pas. Laisse-là te parler. C'est quelqu'un de bien.

Il hésita. Il ne pouvait pas lui dire qu'elle l'avait élevé comme elle l'aurait sûrement élevée.

Elle détourna la tête pour qu'il ne voie pas ses larmes. Il avait sans doute raison. Rien ne lui rendrait son enfance perdue mais elle avait une mère et il n'était peut-être pas trop tard pour vivre quelque chose avec elle.

- Aurore, la vie est courte. Imagine qu'il lui arrive quelque chose. N'attends pas qu'il soit trop tard pour aller la voir.

Elle le regarda avec effarement. Et si sa mère disparaissait avant qu'elle ne lui ait parlé, avant qu'elle ne lui ait laissé la possibilité de s'expliquer, pourrait-elle se le pardonner ? Elle resta silencieuse.

Aurore se réveilla au milieu de la nuit, couverte d'une sueur glacée. Elle venait de rêver de Pauline. Celle-ci se penchait sur elle mais au moment où Aurore voulait la toucher, elle s'évanouissait. Dans son rêve, elle courait, courait pour la retrouver. Sa course s'achevait auprès d'Alex qui lui disait qu'elle était morte. Un hurlement muet traversa son esprit et elle se réveilla.

Son cœur battait à tout rompre. Et si Alex avait raison ? S'il arrivait quelque chose à sa mère ? Sans doute valait-il mieux qu'elle aille la voir, qu'elle la laisse lui parler, lui dire pourquoi...

Elle alluma la petite lampe et s'assit dans le lit. Alex dormait à côté d'elle. L'idée de la mort restait présente dans son esprit. Alex lui avait dit sa peur qu'il lui arrive quelque chose durant son absence. Il avait toujours eu le chic pour lui communiquer ses angoisses.

Brusquement, les paroles d'Amélie en Grèce lui revinrent. « Surtout, ne le quittez pas. » Sur le moment, Aurore n'avait pas fait attention. Mais brusquement, les mots prenaient un autre sens. Comme si, ensemble, rien ne pouvait leur arriver. « Ça m'est égal de mourir », songea Aurore. Une pensée lui traversa l'esprit, terrifiante. Et si c'était à Alex qu'il arrivait quelque chose ? Elle se redressa brusquement. Son cœur s'était emballé et elle eut du mal à retrouver son souffle. « Je ne pourrais pas vivre sans lui. »

« Je ne vous vois pas vivre l'un sans l'autre. » Elle en mourrait s'il lui arrivait quelque chose. Aurore sentit l'angoisse l'envahir, une angoisse d'une autre nature que celle ressentie quelques semaines plus tôt et elle comprit ou crut comprendre. « Mon Dieu, faites qu'il ne lui arrive rien. » Elle n'avait pas prié depuis des siècles et fut surprise de retrouver les mots si facilement. « Protégez-nous, mon Dieu, protégez-le. Je l'aime plus que tout au monde. Faites que tant que je l'aimerai, il ne lui arrivera jamais rien de mal. Et faites que je l'aime toujours. Que mon amour le protège ! Laissez-moi veiller sur lui. »

Elle se pencha sur Alex. Il dormait, tourné vers l'autre côté. Avec l'aide de Dieu, elle veillerait sur lui. Elle portait en elle tout l'amour, tout l'espoir du monde. Elle ne le quitterait plus. Les paroles d'Amélie étaient comme un sort jeté. Maintenant que l'amour se teintait de l'idée de la mort, elle se sentait liée à lui par un charme nouveau, un charme noir qui pouvait les protéger ou les perdre mais qui les liait.

Elle enfouit sa tête dans son cou et il ouvrit les yeux.

- Je veillerai toujours sur toi, murmura-t-elle dans un souffle.

Il la regarda, surpris, puis dit avec ironie.

- C'est la première fois qu'une femme me dit une chose pareille.

Aurore ne répondit pas. Amélie avait parlé d'une initiation, un long cheminement. Comme un mystère dont on est tout proche et dont on sent les vibrations diffuses. Quelque chose qui donne un sens à la vie.

- Je ne te quitterai plus, murmura-t-elle.

50

Ils revinrent à Nantes début septembre et Aurore se réinstalla chez Alex. C'était la fin de l'été. L'automne approchant se percevait à de subtils changements, l'éclat du jour plus nuancé, la lumière plus indécise.

Alex ne lui proposa pas tout de suite d'aller voir Pauline. Dans un premier temps, il l'accompagna à Paris chercher ses affaires et son ordinateur et elle s'occupa de louer son studio.

Un après-midi d'octobre, Aurore trouva Alex dans le salon, devant la baie vitrée. Il semblait l'attendre.

- Allons voir Pauline.

Il faisait beau, un peu plus frais, peut-être. Ils arrivèrent à Sainte-Marguerite par la route côtière et s'arrêtèrent à la pointe de Congrigoux. Au loin, on apercevait la Pierre Percée et le phare du Charpentier dans une sorte de halo brumeux. La mer était basse, la plage découverte miroitait comme un corps de femme.

Ils remontèrent en voiture. Alex ralentit en arrivant à la Villa Anthéa et s'arrêta devant la terrasse. C'était la troisième fois qu'Aurore pénétrait dans la propriété. Il descendit de voiture et fit un signe à Pauline qui sortait de la maison.

- Je reviens tout à l'heure, dit-il à Aurore.

- Tu ne viens pas ?

- Non. Je vous laisse toutes les deux. Vous avez à parler.

Il attrapa le chat gris-bleu qui s'étirait sur une marche.

- Horace et moi allons faire une promenade en tête-à-tête. A tout à l'heure.

Aurore se retourna. Pauline l'attendait. Elle monta les quelques marches, la gorge serrée. Arrivée près d'elle, elle fut incapable de parler.

Lila sortit à ce moment, l'air réjoui.

- Ah, Aurore, j'ai fait une tarte, vous allez me dire comment vous la trouvez !

Pauline dit :

- Vous verrez, Aurore. Il y a au moins une personne ici que vous allez adorer.

Aurore hésita et se retourna une dernière fois. La voiture d'Alex avait disparu au coin de l'allée. Elle regarda le parc. Pouvoir trouver l'équilibre au milieu de tous ces arbres séculaires.

Pauline l'attendait toujours. Aurore monta la dernière marche.

En fin d'après-midi, elle sortit sur la terrasse et s'assit sur un des bancs du salon en pierre. Pauline avait parlé doucement, comme on berce un enfant. Elle était belle, elle était douce. Elle était tout ce qu'Aurore avait rêvé. Sauf qu'elle n'était jamais venue. Pourrait-elle un jour oublier ? Désapprendre la méfiance et la retenue ? Savoir surtout ne pas perdre le temps qu'il leur restait ?

A un moment, Pauline l'avait prise dans ses bras et Aurore s'était laissée aller contre elle. C'était un moment fragile et doux, en équilibre, où on retient son souffle pour ne pas rompre le charme. De ces moments qui vous font espérer. Simplement espérer.

Aurore regarda autour d'elle. Le jour était auréolé de douceur. On était en octobre, ce mois de l'année où la lumière est la plus belle, la plus chatoyante.

Dans les derniers reflets et le brusque silence de cette fin de journée, elle songea qu'elle allait essayer de l'écrire, ce livre. Comme un puzzle, qu'elle allait reconstituer. Un livre sur la vie qui bat, l'amour, le désir, le bonheur qui se dérobe, les souvenirs qui s'acharnent, les rêves que la vie naufrage et qui vous hantent. Et ces étés si courts qui ne reviennent pas. Un livre léger et pénétrant comme un parfum. Insaisissable mais qui vous reste comme un rêve qu'on cherche à se rappeler.

Lila était sortie de la maison et l'avait rejointe.

- C'est étrange, dit Aurore. La lumière d'automne est plus douce que l'été, plus dorée.

- Oui. Bien sûr. C'est à cause de l'inclinaison de l'axe de la terre, le soleil effectue sa course plus bas sur l'horizon.

- Je sais. Mais à Paris, il y a un tas de choses auxquelles je ne faisais pas attention.

La vieille dame effleura sa main posée sur le rebord.

- La vie, c'est très beau. Très simple et très beau. Il suffit de regarder. D'apprendre à regarder. D'apprendre à oublier, aussi.

Aurore croisa son regard. « Puissiez-vous m'apprendre, Lila ! »

Une voiture ralentit sur la route et elle vit la BMW s'engager dans l'allée. Son cœur fit un bond comme chaque fois qu'elle retrouvait Alex. Elle se précipita quand il descendit de voiture et il la serra contre lui. Son cœur battait violemment contre le sien.

Elle le regarda. Il était ce qui lui était arrivé de mieux. Elle l'aimait plus que tout au monde. Il était la vraie vie, la vraie raison d'espérer...

Elle leva les yeux vers le ciel. « Mon Dieu. Protégez-le toujours. Faites qu'il ne lui arrive jamais rien de mal tant que je l'aimerai. Et faites que je l'aime toujours... »

Sainte-Marguerite de Pornichet,
le 25 mars 2001

Imprimé en France
par Val pg
12 rue Antoine de Saint-Éxupéry - 44860 Saint Aignan de Grand Lieu
Décembre 2016 - N°55670

IMPRIM'VERT®